U0936879

看不见的高山

龙威凤／著

九州出版社
JIUZHOUPRESS

图书在版编目（CIP）数据

看不见的高山 / 龙威凤著. —北京：九州出版社，2021.1

ISBN 978-7-5108-9789-4

Ⅰ.①看… Ⅱ.①龙… Ⅲ.①长篇小说－中国－当代 Ⅳ.①I247.5

中国版本图书馆CIP数据核字（2020）第221476号

看不见的高山

作　　者	龙威凤　著
出版发行	九州出版社
地　　址	北京市西城区阜外大街甲35号（100037）
发行电话	（010）68992190/3/5/6
网　　址	www.jiuzhoupress.com
电子信箱	jiuzhou@jiuzhoupress.com
印　　刷	河北盛世彩捷印刷有限公司
开　　本	880毫米×1230毫米　32开
印　　张	12
字　　数	256千字
版　　次	2021年1月第1版
印　　次	2021年1月第1次印刷
书　　号	ISBN 978-7-5108-9789-4
定　　价	69.00元

诗君文君歌君故，竹马青梅与君知

&

缘是清流分是山，清流愿向山川翻

——献给“大肠”和狗尾巴草，以及逝去的乱矢岁月

目 录

第一部

相逢，命运的捉弄

我有两次生命，一次是出生，
一次是遇见你。
——水木年华《墓志铭》

第二部

相知，宿命的垂青

当我跨过沉沦的一切，向永恒
开战的时候，你是我的军旗。
——王小波《爱你就像爱生命》

第三部

相恋，轮回的绮梦

诗人艺术家演员音乐家等等的穷，还穷得轻松，因为艺术家天生爱寻快乐，也有得过且过，满不在乎的脾气，就是使天才们慢慢地变成孤独的那种脾气。

——巴尔扎克

第四部

相爱，永恒的馈赠

青春是一个短暂的美梦，当你醒来时，它早已消失无踪。

——莎士比亚

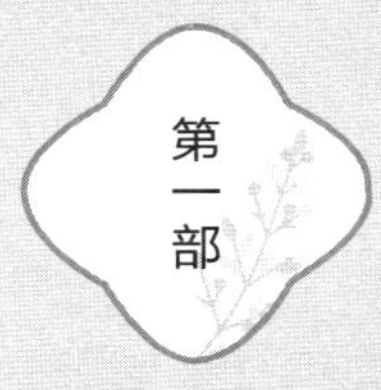

相逢，命运的捉弄

我有两次生命，一次是出生，一次是遇见你。

——水木年华《墓志铭》

第一章　班　车

1

我坐在酒店大床的被子上，等陈梦沐浴出来的忐忑工夫，无意间往窗外一瞥，竟似看到带表弟徐越考察医院女职工澡堂那日的星空。

那天，我俩在澡堂屋顶的通风口搞恶作剧，被保卫科三个人追过六个墙头，险象环生。我拉着徐越跳进土坑，熬到天黑后，在水沟的野地里逃过一劫。我俩气喘吁吁地躺倒在地，遥望星辰，听着蟋蟀的鸣唱，分喝着从职工宿舍楼下奶箱里顺来的巧克力牛奶，笑侃母亲被徐越的一声“大姑”惊到搓澡巾掉在地上那会儿，整个女澡堂里惊恼咆吼的阵势。

“哥，咱们回家吃饭吧？奥特曼今天要打宇宙恐龙杰顿呀！”五岁的徐越终于扛不住对我说。

我指着比北极星还亮的一颗星，说："看，'奥特之星'告诉我们，回去后我妈肯定会用鸡毛掸子打咱俩的屁股。到时，你可得拼命哭，不然就看不到了——奥特曼变身时间只有三分钟。"

结果回家后，母亲才轻打了徐越一下，他就扯着嗓子喊舅舅和外婆的名字，还边喊边哭："是哥哥……是哥哥让我这样做的！"

母亲怒气难消，佯装重手打我几下，一嘴牢骚；父亲则笑呵呵地看着我吃了三碗荷包蛋面条。我抄起遥控器，换到动漫频道，刚好赶上《奥特曼》的片头曲。

然而，生活没有太多"如果"，人生也没有几个"但是"，不能每次犯了错还指望着幸运降临。"'刚巧就赶上'是个奢侈品"这道理，二十九岁半的我到今天才略知一二。近些年，我越来越确信背负过多感情债的人，境遇糟糕、事业不顺、子女缘薄、喝水塞牙皆乃家常便饭。

半个月前的周五下午，咖啡厅里，我扔下没喝几口的拿铁，匆匆离开。推门时，门的反作用力尽数还施我身。我顾不上腕间传来的阵阵刺痛，似过街老鼠般窜入人流。难以预料地，我竟会以如此粗糙的方式与陈梦重逢。

昔日，一位高中同学劝谏说我是做大事的人，不可整日为琐事所累，更不可沉溺于低级趣味。于我来说，而立之年，参透天机，看破红尘，窃喜不已。岂料方才一试，打回原形，贻笑大方，无布掩面。大道理听着枯燥，撂到自个儿身上，才知道是真理。逢事儿不求甚解，模糊边界，一边劝慰自己这不阿Q，一边自我消化。心安理得久了，反觉得这算不得是自己的责任了。可是，还能逃多久呢？

地铁上人不多。对面一对情侣，女孩坐男孩腿上。我偏头，透过他们中间的空隙，盯着玻璃窗上长发男的影子发呆。窗外，新添的广告画作借着地铁高速成像，引人瞩目。明日七夕，这写满恋人寄语的文案是时下商家惯用的手法。对此，我过眼不过脑，正欲继续纠结方才咖啡厅一事，铃声骤响，黄仲仁的电话准点打了过来。罹患躁郁症的他最近病情极不稳定。

“信宏！我完啦！怎么办！呜呜——”电话里依旧是歇斯底里的怪腔调。

“仲仁啊，你还记得陈梦吗？”

“陈梦？她谁啊？你是说——”

未及回复他，一道光照亮了一个泛黄的场景：家乡、老火车站、大铁牛下的黄仲仁、陈梦和我。真正能跳出三界外、不在五行中的，是记忆。

2

二十世纪八十年代的倒数第二年，我出生于山东某县城一个普通而幸福的家庭。小学前，我同父母住在外婆家。父亲是市医院的一名药剂师，母亲在外公开的旅馆做收银员。外婆家在火车站附近，我是听着火车压铁轨的声响长大。在刚有记忆的那几年，我常随母亲或外公目送父亲乘绿皮火车去外市出差。

每次出差归来，父亲会带回我最爱的青岛鱼片和钙奶饼干。空闲时，他常带我去看火车，教我数车厢数。我坐在他肩头咆哮："我是擎天柱，要打倒外星人，维护宇宙和平。"父亲笑着扛起永久大梁自行车，放到铁轨上推行，我坐在前梁上，感觉特陶醉。父亲感叹永久大梁车精致的工艺，正是前轮后轮轴承绝对完美的对称才保证车子不会从铁轨上掉落。一次，我的脚被车轮绞了，疼得直冒汗，眼泪在眼眶中打转。他一边揉着我的脚，一边说："男子汉，这点痛算什么呀！"我喜欢跟父亲去新华书店买连环画。《阿凡提的故事》《孙小圣与猪小能》《猪八戒闹海》《365夜故事》《新黑猫警长》……本本是最爱。此外，父亲还从同事那里借来《三国演义》的小人书，每晚睡前给我讲上一本，听得我意犹未尽。

那时，母亲年轻爱玩，把我这"拖油瓶"丢给外婆晃荡。她的生活很规律：看电影、逛人民商场。我喊累走不动了，她就拿旺仔牛奶和烤肠哄我陪她多逛会儿。直到今天，这个"逛人民商场"的行为依然存在。我喝着旺仔牛奶，吃着烤肠，对她这份执着肃然起敬。母亲带我去老国营影院看过不少电影。星爷的《九品芝麻官》《鹿鼎记》《唐伯虎点秋香》《大话西游》、李连杰《给爸爸的信》，它们对我影响颇大，冥冥中也预埋了我未来的营生。

我从小对音乐敏感。《潇洒走一回》《包青天》《九月九的酒》《走四方》《妹妹你大胆地往前走》……这些歌电视上放多了，我也就都会了。学前班竞选班长时，我献上一曲《潇洒走一回》，被老师以小孩子不宜唱流行歌曲为由婉拒。

初识黄仲仁和陈梦是升小学的第一天。那日一早，父亲打开大门，推出他心爱的"重庆80雅马哈"。这是外公给他从省市买回的潮车，彼时全市不超过百辆。在 1993 年市体育场举行的摩托表演会上，父亲骑它载我兜了两圈。我跨上后座，他不及点火，一个二十岁左右的男子骑变速车冲将过来，把摩托车后灯撞了个稀巴烂。父亲怒目圆睁，一把将男子的车子扔到墙外的垃圾场去了。我从未见他如此气愤。父亲体壮如牛，男子怕动手，撂下一句："你等着，有你好看！"父亲指着对方鼻子用方言问候男子家人后，戴上头盔，两脚踹起油门。

师范中学的附属小学在市里是数一数二的。幸运的人一生都在被童年治愈，不幸的人一生都在治愈童年。在这里，我有幸度过了流星箭雨般绚烂的童年。那些纯真的、拥有无畏心境的日子，不论多久，再回首时，都是希望原野上的永恒光芒。

教室里挤满了人。讲台上，班主任正在核对新生报到表。我用数火车厢的兴致数了数，近一百人呢，聊《七龙珠》的、玩猫抓老鼠的、哭鼻子的、画变形金刚的……正觉无趣，身旁一个比我还瘦的小屁孩儿拉开板凳坐下来。他十分害羞，像个女孩。

我说："我叫游信宏，今年六岁半，喜欢孙悟空。你叫什么？"

小屁孩儿缓缓转过头，愣了几秒钟，小心翼翼地答道："我叫……黄仲仁。"

"黄种人？哈哈！"

"我……我……我也喜欢孙悟空。"

"啊？"

相遇之际，情节不浮夸，台词不动人，仅仅是普通的问候，巧合地志趣相投，便足以使得彼此命运的轨迹交汇，牵绊一生。

我和黄仲仁聊起孙悟空。讲台上，多了一位不讨人喜的大叔，只听他呵斥道:“别说话了！安静一下！”众人止声，齐刷刷地瞅着大叔黝黑油亮的头顶。

大叔咳嗽两声，润了润嗓子，说:“我是教导主任陈志长。同学们，从今天起，你们就是小学生了！你们是祖国的花朵、明日的朝阳，你们身上秉承的是我们中华民族的新希望，你们是跨世纪的新一代！你们的历史使命重于泰山！从现在起，你们要明确自己的目标，好好学习，考上好的初中，为将来成为祖国栋梁打下坚实的基础。作为教导主任，我希望你们能做到……”

我给陈主任起了个“黑老陈”的绰号，逗得黄仲仁捂嘴直笑。得知黄仲仁的父亲也在市医院工作，我兴奋不已。

“巧了，我爸也在市中心医院上班呢！”

黄仲仁说:“太好啦！以后我们可以一起回家。对了，你坐班车的吧？”

“班车？”

“是啊，咱们院儿的都坐班车，一年级到五年级都在，很热闹！”黄仲仁兴奋又自豪道，“而且……我爸是车队队长，管医院所有的救护车，当然也包括班车了！”

“厉害！我爸说再过半年我们才能搬到医院宿舍住。现在我们住姥姥家。唉，听你说班车，我都等不及了！”

“你早点搬过来，放学咱俩就能一起玩了！”

黑老陈见我俩无视他的讲话，便喝道:“喂，你们两个，听见没有？对，就是说话的那两个，给我站起来！”

我和黄仲仁对视一眼，起身而立。

“你俩叫什么名字？”黑老陈居高临下。

“我叫游信宏，他是黄仲仁。”我答。黄仲仁红着脸没说话。

“游信宏……听着很调皮啊！”黑老陈背着手，上前瞥了我一眼，转头对黄仲仁说，“开学第一天，你俩就给我调皮，我刚才说什么了，你给我说说看！”

黄仲仁虽怯懦，但大体复述出了刚才他说的那段话。我暗喜。学生们炸了锅，为黄仲仁喝彩。黑老陈的脸绿了，我不禁笑出声来。

“你笑什么？你给我重复一遍！”黑老陈又将矛头指向我。

百十双眼睛的注目礼让我浑身不自在。突然，一张似曾相识的脸出现在视野边缘。我回过神，将黑老陈的演讲稿又背了一遍。加上黄仲仁方才背的，我越说越快，模仿黑老陈的口吻和手势，添点油加口醋，全场哄笑。

黑老陈有点下不来台，便让班主任监督，将第一个星期的值日都交由我和黄仲仁承包，踩着掌声和笑声匆匆遁出教室。

我回眸寻找刚才的小女孩，正巧她也朝我这边看。小女孩点头一笑，竖起大拇指。我傻笑，指着黄仲仁竖起大拇指。

放学后，我和黄仲仁走出校门。他指着路边停靠的一辆红色的大巴车，说：“看，这就是咱们院的班车！”

班车在路边鹤立鸡群，我看呆了。1995 年，我们县城连小汽车都很少见，更别说大巴车了。80 摩托再拉风，在班车面前也黯淡失色。望着黄仲仁上车的背影，我安慰自己：没关系，再过半年，我也能坐大客车了！想着想着，后背被人拍了一下，以为是来接我的父亲，回头一看，却是那个同班小女孩。

“哈哈，真厉害！你也是市中心医院的？”她大方地问。

“嗯，是啊。”

“嘿嘿，我也是！”小女孩笑起来，皓齿整齐。

“啊？那你认识黄仲仁吗？”

“认识呀，都一个院的，天天坐班车，想不认识也不行。不过，我没见过你呢？”

“这个啊……我还要半年才搬到医院家属院住呢！”我有点不知所措。

“太好啦！我叫陈梦，你呢？”

“游信宏。”我挠挠头。

“叫你信宏吧……我先走了，明天上学再见！”陈梦回头跑向班车。

班车鸣笛，吓了我一跳。车上，黄仲仁和陈梦向我招手，我也回敬他们。此刻，我脸上虽然笑着，心里却说不出的沮丧。

3

暮色中，乘务员将我拍醒。我报以一个标准化的微笑，用力搓揉眼眶，酸胀感得以缓解后，戴上眼镜，起身舒展略感麻痹的四肢，熟练地从上衣固定的口袋掏出公交卡。刚下车，公车便急驰而去。想到末班司机和乘务员埋怨终点站常有我这么一个睡鬼，天天影响他们下班用餐、跟老婆孩子热炕头，也是惭愧。

小时候那么喜欢坐大巴，现在坐大巴却是遭罪。长大后，我们终究会对奥特曼和天线宝宝失去原有的兴趣。

我苦笑，手机上显示来自夏侯的七个未接来电。

穿过刺耳轰鸣的车笛声与飞闪缭乱的远光灯，避开小区跳广场舞的大爷大妈与路边的狗屎，我推开了家门。从厨房传来熟悉的味道。我把鞋子放置到玄关处，换上那双穿了多年的老拖鞋。

夏侯身披围裙，头戴干发帽，手拿锅铲跑过来，把一块鸡肉塞到我嘴里，眉飞色舞地问："怎么样？"

女友复姓夏侯，名梓真，与我同岁。我俩大学相识，她小我一届。大二那年，我们班主任看上了她们班的班主任。我向班长建议采取曲线救国的战略，以欢迎新生为名，给两个班办了一场联谊会。我是联谊会的小品总导演，夏侯是一个小品的女主角。联谊会很成功，两个班主任也顺利地走到一起。我和夏侯同是北漂老乡，也就熟络起来。

吞下鸡块，我拿起桌上的水杯一饮而尽，从口袋里掏出五十元纸钞，说："别说，还真开张了！得多久没开张了？"

一直到毕业那会儿，在地上捡钱是我俩无法割舍的副业。平日走路，走上两步，往地上瞅一瞅。她挽着我，我低头的时候她抬头，她低头的时候我抬头，保证安全的同时不放过每一丝发财的机会。经验丰富的夏侯认为，男车主的私家车位是最容易漏财之处。男人多不用钱包，且常把零钱与车钥匙放在同一口袋，锁车开车掏钥匙时，常有惊喜发生。我俩配合默契，俨如一对"雌雄大盗"，几年下来也有几百块的收入。

“少来。说正事儿，谈得怎么样？”

“哎呀，饿死我了，先吃饭。”

晚餐是B套餐：红烧鸡块、醋熘土豆丝、西红柿鸡蛋汤，都是夏侯的看家菜谱。我接过她递上来的葱油饼，埋头大吃起来。

“鸡块还好，这土豆丝的香味没爆出来，西红柿汤也有些淡。”

“不吃拉倒！毛病不少！”她伸手要把盘子端走。

我赶紧按住她的手，说：“嘿嘿，别生气。这项目——有戏。”

“真的？！”夏侯眼睛一亮，迸射出《泰罗奥特曼》中帝国星人的“杀人光线”。

我心头一缩，避开咖啡厅遇见陈梦一事，只是把制片人烙下的“大饼”掰下一块，放进她那贪吃的嘴中。

第二章　良　民

1

《逆天行》是我近期创作的最为成熟的电影剧本，讲的是孙悟空转世变为女儿身的故事。孙悟空随唐僧取得真经被封斗战胜佛后，因个人恩怨犯下杀戒，佛祖将其魂魄注入女儿身，并入六道轮回，贬下人间。故事以孙悟空第三十二世的轮回之身，名为羽墨儿的女游侠闯荡江湖为主线展开。

起先，刚有这个故事创意时，我指着夏侯那双招风耳，说这是为她量身定制的角色。夏侯一直有个明星梦，大学假期时曾去跟组电视剧跑龙套，饰演公主的丫鬟。可这次，她误会了我的好意，认定我是在嘲笑她长得像猴子，但上扬的嘴角早早出卖了她的欣喜之情。得知近期有制片人邀我商议剧本事宜，她兴奋得几天睡不着，比我还积极。然而，谁能想到，和制片人一起来的助理正是童年的好友陈梦，故人重逢，往事如昨，心如狂潮暗涌。

夜深了，我放下晦涩难懂的《百年孤独》，关掉台灯，钻进被窝。夏侯早已睡得烂熟。窗帘将街角的路灯完全隔断。纯粹的黑暗中，记忆如同一堆碎纸片在空中飞舞徘徊，不断拼合成各式抽象的形状，直到一个色彩无比鲜艳的碎片飘忽过来，黏住双眼。在意识渐渐模糊、失去知觉前，陈梦儿时的面颊在眼前晃了晃，我便陷入混沌……

升小学的第二天，我站在学校门口，念及昨日风波仍心有余悸。

昨晚放学时，父亲没来接我。等了半天，我只好凭借记忆朝外婆家的方向摸索前行。走了半小时，骑着“铃木王”的舅舅喊着我的名字疾驰过来，一脸臭汗的我发现他也是大汗淋漓。回到外婆家，正撞见一群警察和父亲从楼上下来。领头的那个与舅舅打招呼，舅舅称其“二哥”。二哥见了我，拿出手铐，唬我说要抓我回警局。我只当他们是来抓父亲，罪名是父亲弄坏了早上那个男子的变速自行车，便说：“叔叔，我和爸爸都是良民！”众人哈哈大笑。

后来，母亲才告诉我，那天送我上学后，父亲去修摩托车，不想修理店的老板就是那个骑自行车的男子。冤家路窄，两人免不了一场口舌之争，后来竟大打出手。那老板哪里是父亲的对手，一个回合就给撂倒在地上。老板娘见势不妙，拉住父亲不让走，还报了警。

派出所来人把父亲带去录口供，一家人很是着急。好在，派出所有个舅舅的朋友，因年长几岁，舅舅称他二哥。表面上不学无术的舅舅，实际上在我们县城混得相当不错。尽管他自称不是江湖人，可徐越自小逢人便说今天跟着他爸去哪儿哪儿开会，明天跟着他爸与哪些小弟们吃饭，还把老大、老二一直到老九的名字都说了出来。每每这时，父亲便和母亲开玩笑道："这小舅子不简单，你也是个大姐大，厉害啊！"母亲则捏着徐越的小脸，啐道："你真是个小傻瓜！"

我走进师范小学门口的小卖部。那时的小卖部卖的东西杂得很，一般都开在学校附近，售卖零食、文具、玩具等物品。我花了五毛钱，买了两颗巧克力豆、两块泡泡糖、两包辣椒丝。巧克力豆是散装的，一毛钱两个；泡泡糖一毛一块；辣椒丝一毛一包。突然，一个诱惑力十足的家伙映入我的眼帘——BB 弹玩具枪——鼎鼎大名的柯尔特 M1911。我看着玩具枪流起了口水。此时，陈梦走进来，头上的小红帽格外显眼。

"你也喜欢巧克力豆？"她问。

"是啊，本来还想买无花果的，但我只能花五毛钱。"

"这样啊，那我请你吧！"说罢，她便从自己买的一堆零食中掏出两包无花果递给我。

我不好意思地说："这样不太好吧？"可不争气的手还是接了过来。

陈梦笑着说："没事，没看我还有这么多吗？"她拿起存货在我面前晃了晃。我好奇陈梦有如此多的零花钱，后来才知她母亲也是医院的医生，是科室的"科花"；她父亲则是一个中型机械工厂的老板。

我和陈梦边吃边聊，忘了时间。上课铃声响起时，我被老师安排在教室走廊“站桩”。陈梦待遇比我好，只在座位上“站桩”。下课后，黄仲仁告诉我，我两待遇不同是因为陈梦的大伯正是教导主任黑老陈！

出身、圈子，这些是你不可逆改的先天设置。我不禁想到舅舅和二哥，也想到了班车——这个最简单的标准。不过我并不难受，过不了几个月，我也会成为医院“班车帮”的一员。

我对黄仲仁和陈梦说：“唉，我已经迫不及待地想坐班车了，一天都不想等！”

陈梦笑着说：“放心吧，你来的时候，仲仁会给你留个专座的！”

“真的？”我止不住兴奋地问。

“别忘了我爸是车队队长，小菜一碟！”黄仲仁拍拍胸脯道。

黄仲仁倒没说谎。几个月后，我第一次登上班车，众目睽睽下竟有点不知所措，猛然见首排座位上的黄仲仁和陈梦大声向我招手：“信宏，这边！”

2

“信宏，信宏。”混沌中，一个声音将我叫醒。

我睁开眼，夏侯一双大眼睛几乎贴到我脸上。车窗外是秀美翠绿的山野景色，推着食品车叫卖的高铁乘务员在车厢过道来回游移，满车厢都是年轻时尚的情侣乘客，无不向我反复重申今日是同夏侯的七夕之旅。

“怎么了你，困成这样？昨晚也没让你‘缴公粮’呀！”

“小点声，别让人听见了！”我恨不得缝上她的嘴。

夏侯刚要反驳，邻座一个小女孩问自己的母亲：“妈妈，‘交公粮’是什么意思呀？”小女孩的母亲答了句“没什么”，随后对我们报以厌恶的目光。

夏侯知趣地闭上了嘴，我则起身去上厕所。也不知是昨夜B套餐食材的卫生问题，还是半夜被子被夏侯抢走着了凉，蹲了半天都意犹未尽。门把手从外面被一次次转动，尴尬的我叫苦不迭。无奈，我只得草草起身，按下冲水按钮。我打开门，打算狠狠瞪一眼外面这个不速之客，岂料一张熟悉的大脸出现在我面前。

“咦，这不是……藏玉航吗？”我指着这张大脸问。

大脸男愣了一下，咧开大嘴惊喜道：“你，你是游……信宏！”

第三章　无敌三人组

1

藏玉航是我的初中同学，记忆中他脸大，笑起来面瘫。他是我升初中后第一批最要好的朋友之一。那时在班上，他、我、唐子晋三人是风云一时的“无敌三人组”。

唐子晋圆脸平头，浓眉大眼，戴眼镜，长得帅，学习好。初一开学不久，我在课桌上发现一首刀刻的打油诗，名曰《天涯何处无芳草》，内容是关于少男少女懵懵懂懂的那些事儿，一句“何必非在班上找”可谓点睛之笔。同桌马传海告诉我，这是前辈留下的血的教训——好男儿要把心思放在学业上，长大成才后，自然能遇到理想的对象。唐子晋听了，决定带我和马传海去见识一些反面教材。

藏玉航说：“晋哥儿，真带他们去？”“晋哥儿”这称谓是从《少年闰土》中的“迅哥儿”演化而来。

唐子晋嘿嘿笑起来:“好呀！去看‘现场直播’！”

唐、藏二人带路，我们穿越操场，来到最北边的实验楼。这里是初二、初三生做实验的地方，也是中考物理、化学实验部分的考场。我们来到东北边最后一栋 3 号实验楼，从墙皮凋落的瓷砖与成色来看，这楼有一定年岁了，虽不及我们医院老办公楼那般古老，估计也不下十五年了。老邻居王证告诉我，据许多书院中学的校友说，被废弃多年的 3 号实验楼是中学校园内最诡异的地方，就算在白天也发生过灵异事件。

我们来到墙边处的楼东门，爬山虎和楼身已然融为一体，似是把阳光也隔住了。唐子晋“嘘”了一声，我们压低声音，踩着心跳，走进门内……

这之后，我模仿在《三国演义》中的“桃园三结义”，与藏玉航一起拜年龄稍长的唐子晋为大哥，张口闭口“晋哥儿”叫着。可唐子晋不怎么喜欢“晋哥儿”这个称谓。有天一节英语课后，突发奇想的唐子晋让我们叫他“唐 Sir”。由此，我也有了第一个正式的、还算可人的外号——“游 Sir”。平日在学校，我们“唐、游、藏”三人形影不离，一起学习，一起玩耍，一起放学回家。直到一天，我们自称“无敌三人组”。为了弘扬“无敌三人组”的威名，我以当时班上九个女同学为原型，写起了人生第一部小说《九妖传》。

高铁餐车内，我、夏侯、藏玉航，还有他老婆张梦华，四人面对面吃盒饭，边吃边聊。

“看不出，你们小时候还挺能折腾啊！”听我们追忆的初中往事，夏侯故作惊奇道。

“少来，犯职业病了吧你！”我怼她。

“嫂子，你是不知道啊，当年信宏在班上可是神一般的存在啊！有谁不知道他才华横溢？诗词、小说那是千古无二，独领风骚！每次小说一更新，全班人传阅，有人为了先睹为快，还争得头破血流，衣服都撕烂了！一上作文课，语文老师就念信宏的作文和诗歌。全班上下没有不崇拜他的！”藏玉航的语气很是浮夸。

我一脸自豪，嘿嘿偷笑。夏侯狠狠瞪了我一眼。

“你也很行嘛！信宏这样高才的老同学，你都没和我提起过。看来，有空还得多加审问，说不定能审出一些尴尬旧事呢！”张梦华也一脸坏笑道。

藏玉航笑得倒真有点尴尬了。

“哎呀，你们婚都结了，就别再揪着陈年旧事不放了，玉航记不清楚也正常！那说明他对梦华你是真心呀！倒是……”我话锋一转，“我是真没想到，你们俩居然走到一块儿去了，这可是要跌碎我的眼镜啊！”

2

从小学二年级到五年级毕业，没再分过班。每逢考试，不论大考小考，班上的前四名必定是王鹏飞、我、张梦华、刘超凡四个人的不同排序组合。四年中，张梦华是我的同桌，她文静内向，是数学课代表兼生活委员。我最在意的是她的名字里也有一个“梦”字——与陈梦相同。张梦华很白，扎着长长的马尾，杏眼，风采比之陈梦不落下风。陈梦转学后，张梦华对我来说就是“陈梦二号”。

由于性格内向，起初，我和张梦华交流极为困难。和她说话，她只是点头，要不就“嗯”一声。好在老同桌王鹏飞坐前排，不时可以活跃一下气氛。她和张梦华很要好，两人学习上相互请教，课间一同去上厕所，偶尔聊一些我听不懂的女生话题。王鹏飞的同桌刘超凡是语文课代表兼组织委员，是我在班上玩得最好的哥们儿。刘超凡皮肤黝黑，和我一般高，近视加轻度弱视，戴着一只眼盖着纱布的眼镜。他性格从容，有种小大人的稳重幽默感，平日喜欢讲冷笑话。我们都喜欢动漫，课间没事就讨论《龙珠》《圣斗士》里谁最厉害，抑或是《柯南》里面谁最聪明；此外，也常玩一种名叫“老大难”的自创猜拳游戏。

“不是吧，你俩竟然同过桌？”藏玉航的语气里像是掺了一盘醋熘土豆丝。

“哈哈，老弟，别乱想，我和梦华是纯粹的革命友谊啊！”我有些得意忘形道。

夏侯突然揪起我的耳朵，笑着问：“怎么，现在要对老同桌来个陈年表白？”

张梦华尴尬地说：“瞧你说的，那时候大家哪有什么性别概念，都是纯粹的同学情谊。”

“是啊，嫂子，我相信梦华。再说，你也不是不知道，信宏就是块木头，他那时候能懂啥呀！”臧玉航倒是讲义气，也蛮疼老婆的。

“刘超凡从武汉海军工程大学毕业后，成了名副其实的干部，可谓平步青云！对了，梦华，王鹏飞现在怎么样？”我问。

“几个月前联系过。她从山东大学毕业后，留在济南当老师了，有个谈了好几年的男朋友，听说最近可能要结婚呢！”

“哎呀，岁月不饶人！这些老同学个个都结婚生娃了。”藏玉航说，“晋哥儿出国留学后，就断了联系，QQ 七八年没见他上过，身边同学问遍了，居然没人知道他的微信号，也不知他现在怎么样了。”

“何必这么伤感！唐 Sir 一向神龙见首不见尾！记得多年前，我最后一次在网上和他聊天，他见我还在写打油诗，笑我死性不改。”

“嘿嘿！信宏，你笨啊！晋哥儿这是话里有话！”

我和张梦华一脸雾水，正待询问，夏侯没好气地说：“哼，还是你唐大哥了解你。死性不改，说的就是你这个花心大萝卜！你们呀，有所不知，游信宏有个青梅竹马的老情人，而且，他五年前还瞒着我——”

我赶紧捂住夏侯的嘴，谁知张梦华、藏玉航反生了兴致，追问夏侯那人到底是谁。夏侯眼珠一转，用可怖的语气问起他们小学、初中哪些女生与我交好。这对新婚夫妇被夏侯的阵势吓到了，于是，张梦华说小学的，臧玉航说初中的，说了二十多个名字，却一直没说到夏侯的心坎儿上，可听到这么多陌生的名字，夏侯的脸色更难看了。

这对老同学夫妇真是多生是非，害得我一个一个解释，与这二十个名字划清界限，摆明立场。就在我费尽九牛二虎之力平息这场骚乱时，藏玉航的口中吐出一个魔咒般的名字——邹梦颜。

藏玉航这小子！我最担心的终于发生了。邹梦颜——这三个字对夏侯来说，是一个比核弹头更具杀伤力、比《葫芦兄弟》里的蛇精更可恨的禁忌之语。

第四章　朝梦夕拾

1

最后一次见邹梦颜是四年前的春天，在上海。那时，我 25.5 岁，她小我三个半月，约 25.25 岁。四舍五入，我 26，她 25。当时，她十分不满，认为我的临时到访极不友好，打扰了她的生活。她下午有约在先，我厚着脸皮，强约她下午三点在一年前的老地方见。

我和老同学小凤凰在延安高架桥路口的天桥上等了半天，到了 15：31，见邹梦颜款款而来。怨气从她脸上冒出来，那双媚眼好似黑洞。我对这张贯穿了生命十数载的容颜第一次有了陌生之感。恍惚之间，意念世界出现了一个小喇叭，飘来一幅油画，上帝之手在上面略挥几笔，师范小学的小百灵广播站便映入眼帘。

五年级时的我站在门外，里面传来陈梦的声音：“同学们，小百灵广播站开始广播——”接着，她朗读起《赖宁的故事》来。

我推门而入，和一个女生撞了个满怀，对方正是黄仲仁班上的文艺大队委邹梦颜。瞧她这眼神，我来得不是时候。

只见陈梦念完最后一句，与邹梦颜换班，笑着对我说："信宏，你来啦！"

不久前，在性格强势的大姐头班长、校文艺大队长贾明鑫的推荐下，班主任段老师对我这个卫生大队委委以重任，责令我筹备千禧年元旦晚会的小品。整个级部是按照两班合作的方式筹备评分的，巧的是，我们四班和黄仲仁所在的六班被分到一组。随后，由我自编自导自演的小品《警察、小孩与强盗》在黄仲仁、陈梦、邹梦颜、刘超凡、张梦华等主演的共同努力，火爆全场，获得了在座市教育局领导的不吝夸奖与郭校长的表扬，并拿下了晚会的最佳小品奖。

领奖台上，大家喜笑颜开。我怎么也不会想到，此刻，我的命运已被老天爷悄然埋下伏笔。直到今日，将满三十周岁的我甚至怀疑这个"三梦同台"，就是笑话自传《游信宏的前半生》浑然天成的锲子。

2

我和夏侯在杭州站与藏玉航夫妇作别。去西湖的路上，夏侯一声不吭，怒气难消。我不擅长哄人，也自知理亏，一路左言右劝。我从一个卖花小姑娘那里买下半篮子玫瑰花，塞进夏侯怀里。

夏侯把花掷在地上，哼了一声："滚开！"

此时的西湖人山人海，游客们来了兴致，都过来围观这出好戏。

地上的玫瑰红艳无比，一个声音从光年之外传过来："卖花，卖花，小伙子，女朋友这么漂亮，买点玫瑰花送她吧——"时空隧道里，我又回到了五年前的五月十八日，在上海，那个宿命之夜。

五年前正月初三的晚上，我、黄仲仁和他的一位朋友在饭馆喝酒时，话题神奇地落到邹梦颜身上。作为一起长大的损友、邹梦颜的小学同学，黄仲仁认为我和邹梦颜的事是路人皆知、茶余饭后的笑料。他把酒给我满上，醉醺醺地问："你这个负心汉，不知道她一直在等你吗？"

"都过去了。现在她有对象。"我拿起杯子一饮而尽。

"你傻啊！那又怎么样？抢过来啊！"他用力拍打桌子，引来四处好奇的目光。

"就是，现在都啥年代了，男未婚女未嫁，大家机会均等！"那位朋友的情绪也上来了。

高中毕业后，我不愿复读，在家人的安排下赴京读了三流大学。意外的是，虽在实验班名列前茅，邹梦颜也考得不理想，选择了复读。那年十一，我和黄仲仁去第一高中找她。松柏书院的孔子石像前，我踱步三圈后，前去传信的黄仲仁把邹梦颜带了过来。

寒暄过后，邹梦颜问我："学计算机也挺好。可是，你不是想学音乐，或者编导吗？"

我苦笑作答："大人们定好了，我也没办法。"

邹梦颜有些惆怅，竖起端坐的双腿，雪臂轻颤几下，笑着对我说："没关系，不管学什么，用心就好。"

从她透亮的双眸里，我读到一种珍贵。

“我的手机号上次仲仁给你了吧？”我瞥了眼不远处闲逛的“灯泡儿”，拿出诺基亚3230。

“嗯，放心吧，我记得。”她有些拘谨。

上课铃声不合时宜地响起来。

邹梦颜起身，再次叮嘱道：“我得回去了。你平常要多把心思放在学业上，别总想着偷懒！还有，自己的梦想一定不要忘记。不论何时，都要相信自己！只要往前冲——”

“就有一半的机会能成功！相信自己是最大的秘籍！”我喊出同学录上她留给我的励志格言。

邹梦颜愣了一下，笑起来，一对小酒窝很美。

“要不，明年……你也考来北京吧！我……请你吃饭！”我对着邹梦颜的背影喊。

邹梦颜回身，笑道：“信宏，别忘了你今天说的话！”

黄仲仁给我斟满酒，说：“所以啊，你就别装傻了。她手机号码的真正含义，你还不明白吗？”

我升大二那年夏末，邹梦颜并没有考来北京，而是去了老家邻市的医学院。她再次发挥失常的原因我不清楚，但黄仲仁说是因为我平日不联系她。我抬杠，她又不是没我的号码，怎么不联系我呢？黄仲仁数落我，她整日忙着学习，背负复读压力，也没手机，再说哪有女孩子主动的道理！我觉得此话有理的时候，收到邹梦颜的第一条短信，告诉我她去邻市医学院就读了。

我继续装傻道：“只不过号码有点像，能说明什么？”

黄仲仁恨不得给我一巴掌：“你啊，没救了！”

2006 年前后刚流行手机那会儿盛行情侣号。当时，有本畅销书叫《数字恋爱密码》在女生间流传颇广。即便如此，我仍以为邹梦颜的号码与我的相像只是巧合，不然，她怎么不来北京呢?

我们不是说好的吗?

这次，邹梦颜考研到上海换的新号码和我的依旧很像。这么多年，我的号码一直没换，她又在第一时间请我惠存她的新号码。故此，黄仲仁自信地推断得出她仍在乎我的结论。

我放下杯子，说:“几天前，张晓芳告诉我，邹梦颜的男友想让她回来结婚，她没同意。”

黄仲仁激动地说:“这不就对了嘛！读研是拒婚理由没错，但明显是她还放不下你啊！”

我不会想到，这天晚上与黄仲仁喝的酒，竟再次将我与邹梦颜的命运齿轮悄然转动。

第五章　七夕真的下雨了

1

回到北京，我试着联系邹梦颜，以工作压力大患上抑郁症为由，不时从她那里得到一些精神上的慰藉。我知道，这么做对不住夏侯与邹梦颜的男友，也觉得如此一来我怕是真的要抑郁了。可是，这就像是喝上了陈酿——上瘾。

闲聊了几个月，这段被搁浅的情谊再次汹涌澎湃起来。金风玉露相逢，胜却人间无数。这也是我必须来上海找她的理由。临行前，我又自以为是地做了一件自感真诚的蠢事。

临行前，我把邹梦颜的故事讲给夏侯听。听后，她泪眼婆娑，说我不要她了。我安慰她，表示这样做是实事求是，我不能欺骗任何人。我向她保证，自己会遵循原则，明白什么该做、什么不该做。夏侯哭了一夜，第二天到北京南站给我送行。进入检票口的那一刻，我知道，自此，我和夏侯之间有了一道无法愈合的伤痕。

五月十八日下午五点半，抵达上海虹桥后，我给邹梦颜打电话。几个月来，我们聊得愈来愈亲密，一度兴奋的我甚至产生幻觉——这五六年，我和邹梦颜从未分开过。

“喂？”

“喂，您好，请问是邹梦颜小姐吗？”我故作正式道。

“哈哈！”

“我到车站了，一会儿见。”

“啊，好。你吃了没，先去吃饭？”

“好啊，我请你。”

挂了电话，顿觉一丝幽默之殇。多年以后，从北京转到上海才得以履行当年的那句：请你吃饭。

过期的誓言，还能否算作兑现呢？

一小时后，我抵达事先订好的酒店。邹梦颜得知酒店就在她实习医院的对面，告诉我在延安高架桥的天桥上碰面。

我提前来到约定地点，戴好墨镜，内心骚动不安。这一刻，我的大脑一片空白，忍不住全身颤抖。这感觉从未有过，我想我大概是疯了。排除多个疑似身影后，我深呼吸，提醒自己要冷静，直到背后响起一个久违的声音：“信宏——”

出租车里，我和邹梦颜并排而坐。原本可以坐三个人的地方，我俩却不住地往中间靠。我任由她的右腿与我的左腿不时随着车子颠簸碰撞着，每撞一次就如过山车翻跟头般，痒痒的，爽爽的。

也许，她也心照不宣。

“在车里你还戴墨镜？”她问。

“我是怕见你太紧张啦！”我克制着激动之情。

邹梦颜嫣然一笑，看得出她化了淡妆。她留着时下流行的日式长款蘑菇头，身着碎花绵绸连衣裙，收身小皮衣勾勒出她颇佳的身段。她小腿修长，近乎与我平行。我看着她，不禁心旌荡漾，听她讲述近况。

她抱怨学医是个天坑，本科五年、硕士三年不说，毕业后还要住院规培三年，真正成为医生时，已经是老姑娘了。我鼓励她，医生稳定，地位高，越老越吃香。她问我工作近况。我那时从事广告业，便将几个知名企业的案子如实相告。

邹梦颜欣慰一笑，拍拍我的腿，指着车窗外道：“看，外滩！”

邹梦颜执意付了车费，拉我来到外滩观景区。天色渐沉，乌云遮星，忽明忽暗的月光泼洒在黄浦江上，柔情尽显，却被灯火通明的东方明珠比衬下去，显得可有可无的。外滩大街，游客如织，光彩夺目地向人们展示着上海滩的魅力。

我和邹梦颜撑着栏杆，并肩眺望对面的东方明珠。轻快愉悦的氛围中，我们从初中聊到高中，又聊起大学的趣事，聊工作中的见闻。默契的是，谁都不问彼此的感情经历，这种影响心情的话题俨然不适合在当下谈及。

聊到近期火爆的《我是歌手》，邹梦颜问：“你现在还写歌吗？”

我微笑着掩盖内心的不安，答：“也写，就是写得少了。”

邹梦颜没接话，猜不透她在想什么。她望着地平线上的一叶孤舟，哼唱起一段我没听过的轻快旋律。

“挺好听的，你写的？”我问。

“见笑啦！比起你差太多啦！”

升高中后，没能与邹梦颜分到一班，让我万分失落。虽说这是青春期都有的“少年维特之烦恼”，但我还是在思念旋风中找到了一种比写小说和情诗更生动的抒发形式，那便是音乐。

也许，我确实小有天赋，有幸从自小听过的那些烂熟于心的流行歌曲、动漫音乐、京剧山歌中找到属于自己的小宇宙。在不懂基本乐理的情况下，靠大脑谱曲，想象出每一个音符的高低起伏，填入词句，模拟歌手的演唱效果……经过个人小作坊式的创作，我写下了十三首歌。随后，我找到黄仲仁，从他那里要了两盘索尼空白磁带，放进英文复读机，把这十三首歌一一唱下来，录成人生第一张原创专辑《极限人生》。黄仲仁说：“这些歌，不会全都是写给邹梦颜的吧？”

那一年，在邹梦颜生日这天，我和黄仲仁站在一班的教室门口。众目睽睽之下，我故作潇洒，把磁带交到邹梦颜手上，快步逃开。

我拉回自己的思绪，轻声道：“其实，我想趁工作之余继续搞音乐，和几个朋友一起搞。”

“很好啊！多尝试总会有机会的。”她笑道。

邹梦颜没变，还是那个“天使爱美丽”。

江面上传来一阵巨大的鸣笛声。不远处，一艘龙船横向驶过，船上灯火阑珊，满载宾客。龙船尾侧有几个游客振臂高喊着“喂——”，朝我们打招呼。我和邹梦颜对望一眼，笑着回应他们。

2

几声闷雷过去，飘起了蒙蒙细雨。邹梦颜从包里拿出伞，我俩往南京西路踱去。密集的人群中，我们在步行街挤转了半天，正商议着在何处共进晚餐之时，夏侯的电话打了过来。

“喂——”我尽量让自己的语气正常。

“你……见到了吗？现在……在做什么？”夏侯的语气夹杂着不安。

“碰面了。现在正准备吃饭，你吃了吗？”

步行街人多喧嚷，我放大了声音，小心翼翼地组织语言。我如失明般险些撞到行人或酒店停车场进出的车上。邹梦颜拉住我的衣袖轻轻引我避开这些碰撞的麻烦。

电话中的女人、眼前的女人；现在的女人、过去的女人；谁是现在，谁是过去……百感如潮涌，心往何处行——我到底在做什么？

邹梦颜带我来到梅龙镇广场十层的一家韩式烤肉店。她用手势询问我的意见，我点点头，进店入座。

我一边与夏侯交谈，一边看邹梦颜指着菜单对服务生点餐。

“你喝酒吗？”她望了我一眼。

“啊，这……不喝了吧？芒果汁就好。”

“哦！”她似乎有些失落，“两杯芒果汁。”

挂断电话，邹梦颜盯着我，随意地问：“你妈妈？”

我镇定下来，自然地附和："嗯，是啊！"

夏侯要知道有这一出，必会闹个地覆天翻，玉皇大帝也得退避三舍。

吃过晚饭，我和邹梦颜压马路压到人民公园。两人靠得近，手背无意间的碰触让我无所适从。好在大家默契地南聊北扯，用几个老同学的奇闻糗事把略显沉闷的气氛活跃起来。

"接下来，咱们去哪儿？"她问。

"这个……你说呢？"

"喂，你不是说你全都计划好了吗？"

"大白天去处多，现在这个点儿——"我看着电子表。

"咱们去看电影吧，前面就是和平影都。"她指着百米外耀眼的灯牌说。

前面路口站着一个卖玫瑰花的大妈。大妈挎着花篮，满篮子的玫瑰预示今晚生意不佳。大妈向每一位过往行人热情推销她的花是怎样的品质优良、在怎样的土壤生长、用怎样的肥料培养。我和邹梦颜也被她拦了下来。

"小伙子，女朋友这么漂亮，买些玫瑰送她吧！你看，我这花开得多艳，这是进口的特别品种……"

我看看邹梦颜，没情商地问："你要吗？"

邹梦颜面无表情，我如蒙大赦。

我笑着对大妈说："不用了，不用了……"

大妈哪肯罢休，加强了攻势。我疲于应对，邹梦颜突然抄起我的手，拉着我就跑。

强烈的电流传递到我的手掌、皮肉、毛细血管、神经元、中枢神经系统……这是一种无法用文字呈现的奇妙感。或许，这就叫幸福。

右手边，邹梦颜笑得很甜，就像中学时那样。

甜蜜的时光持续了二十秒。之后，墨镜从左胸口的衣袋悄然滑落，宣告幸福时光终止。我拾起墨镜，大妈仍穷追不舍。我和邹梦颜跑进影院大厅，冲进直梯。电梯门关闭的刹那，又缓缓打开，大妈微笑地立在我们眼前。

邹梦颜的脸绿了，对大妈加重了语气。我见势不妙，忙用温和的口气说："阿姨，不是不买您的花，是因为……因为买了太多，家里已经没地儿放了。您看，下次再买，怎么样？"

"这……那下次，小伙子，你一定要多买点！"大妈显然对我说的话很受用。

"一定一定！"我与大妈作别。

电梯上升，邹梦颜不悦道："哼，看不出你还蛮有经验的嘛！男人果然没一个好东西！"

我笨拙地辩解："没办法，不这样说，她估计要追咱俩一晚上。"

邹梦颜脸色更难看了。我是不是——坏事了！

售票口前，我俩商议了一番，决定看《致我们终将逝去的青春》。邹梦颜执意请我，被我以一句"哪有女孩子掏钱的道理？你再这样我就给你急"给怼了回去。

"那这样，我请你喝杯咖啡总行吧？"邹梦颜指着旁边的星巴克说。

端着生平第一杯星巴克，我俩检票入场，去致敬那正在逝去且终将逝去的青春。看到赵又廷那句“你神经病啊”，我俩笑出声来；赵又廷与杨子姗在操场上摸胸的时候，我使劲咽了口唾沫，用余光扫了眼邹梦颜。她紧抱双腿，姿势妖娆，瞳孔中似有焰火。

看完电影怎么办？各自回去，还是……做点什么？

3

我倒在酒店床上，暂停播放了无数次的回忆光盘。我来到窗前，望着恬静的西湖呆视片刻，生了烟瘾。这些年来，夏侯一直怀疑那晚看完电影，我和邹梦颜去了酒店。女人要是争风吃醋起来，那真是世上最可怖的事情。

窗外不知何时下起了雨。在这浪漫的七夕雨夜，邹梦颜又会依偎在谁的怀里？前些年，我不敢去想这些。然而换个角度，这对邹梦颜来说何尝不更残酷呢？

等达到所谓的成熟，可以真正平静面对这种残酷之后，我却骤然想起当年邹梦颜刚得知我与夏侯在一起时，曾在人人网上更新过的签名——七夕真的下雨了。

第六章　三好学生

1

周四下午，处理完手头的工作，我跟许总打了声招呼，提前下班，到大望路新世界百货的星巴克与陈梦会面，商议《逆天行》项目的拍摄事宜。

我找了个靠窗的座位，拿着一杯香草拿铁，为遇见许总甚为欣慰。作为他的助理，我十分欣赏他的发光型人格，正如他提出的公司价值观——发现你的光芒。四年来，得益于许总给予的物质支持，我一边工作一边创作剧本和小说。可以说，没有他，就没有《逆天行》这个优秀的故事。

喝光最后一口咖啡，窗外驶来一辆宝马五系，熟练地倒进路边仅剩的一个车位。随后就见陈梦从驾驶座出来。真是女大十八变，昔日清纯爽朗的小姑娘成了时髦靓丽、一身奢侈品的都市女郎。

迎着人们欣赏的目光，陈梦信步走来，很快锁定我的方位，然后坐到我旁边。

“喂，那些大叔都盯着你的大腿看呢！”我善意提醒道。

“看就看呗，又不会少块肉。”她俏皮地朝我挤挤眼。

我又点了杯抹茶拿铁，递给陈梦，问道：“怎么样，说说好消息呗！”

陈梦喝了一口咖啡，抿了抿烈焰红唇，笑着说：“别急嘛，这么多年没见，咱不得先好好叙个旧？”

“算起来，有近……十八年没见了。”我把身体调节到适合倾听的角度。

“那么，Question one——你还记得那个问题吗？”陈梦眨眨眼睛，似笑非笑道，“你一直没回答我的那个？”

我心头一紧，眼前这张俏脸缓缓褪去。

2

加入医院“班车帮”没几个月，父亲带我和母亲离开外婆家，搬进了医院分配的职工宿舍，也就是家属院。父亲分到的老一号楼四十多平方米，设施陈旧了些，但好歹是个温馨的家。虽没有独立厕所，但这公寓式宿舍群反让左邻右舍相处融洽。有道是远亲不如近邻，放那时候就是大实话。平日你家炒个鸡、炸点肉，挨家送点儿；下次我家煮点排骨、炸点鱼，挨户送点儿。到了夏天，公寓楼前的大院里，大家伙儿桌子一摆，老少齐聚，打打扑克，欢声笑语，好不热闹。这种日子在五年级搬到新宿舍楼后，便消失殆尽了。

在医院家属院，除了黄仲仁、陈梦，我又结识了同年级的“粽子”“耗子”“马大哈”、海鹏、张振，高年级的李凯、刘欣等诸伙伴。班车上，我们围坐在一起，猜拳玩《圣斗士星矢》《街头霸王》的格斗游戏；放学后，开车前，我们在校门口与其他级部的学生玩“反斗圈”，我和黄仲仁每天都赢一口袋。此外，我们还玩翻皮筋、跳绳、跳房子、迈十步、一步一回头、丢沙包等游戏。其中最有趣的有两个，一是枪战游戏，一是足球比赛。

寒假前的期末考试，我以数学一百分、语文九十九点五分的成绩与双百擦身而过，懊恼不已，回到家不敢把试卷拿给父亲，与母亲约定的“柯尔特 M1911”也彻底告吹，不像考了双百的陈梦和马大哈，有白雪公主和变形金刚的奖励。

好在，“三好学生”的奖状助我挽回了颜面。

“页数的‘页’写成了贝克的‘贝’，这 0.5 分丢得可惜！不过，能拿到三好学生也不错。”父亲放下试卷，拿起奖状爱不释手。

“没关系，再接再厉，下次争取好成绩。”母亲递给我一瓶旺仔牛奶。

如今的小学，全班上下人手一个奖状，远不及那时的货真价实。现在的奖状多是廉价版，什么进步奖、劳动奖、努力奖等，名目繁多。过去，奖状只分“三好学生”和“优秀少先队员”两种，而“三好学生”奖状又是含金量最高的。一个年级几百号学生，“三好学生”奖状发不到十个人，两种奖状加起来也不到二十人。更关键的是，奖状一年只发一次，还是在过年前，竞争的残酷程度可想而知。

人比人气死人！家长们多少好点面子，尤其自家孩子得了奖状的，见人就问你家孩子今年怎样怎样，那些孩子没得奖状的家长只能绕路避开——面子上实在过不去啊！得益于此，M1911 还是如期跟我见面了。

放假后，我不着急写作业。《寒假作业》五十来页，从一年级到五年级页数会逐渐增多，《暑假作业》又比《寒假作业》厚不少，毕竟暑假比寒假长一半。黄仲仁不同，他每天都要写上几页，他爸妈给他制定了严格的假期计划表，还报了英语、作文、美术、书法等辅导班，比学校课程表密集得多；陈梦更厉害，不到十天就把《寒假作业》写完了，而她的补习班课时量是黄仲仁的两倍。

黄仲仁说他不喜欢这样，可他的行为出卖了他。我们在外面玩的时候，黄母从远处一喊他的名字，他就乖乖地回家学习了。所谓物极必反，黄仲仁成人后的沧海桑田原来早在这时便种下了因由。陈梦则乖巧听话，从没听她抱怨过。故此，母亲拿黄仲仁和陈梦来试探我是否有意去上补习班，见我坚决反对，觉得我成绩优秀，几次碰壁后，也就不了了之了。

3

粽子是除黄仲仁和陈梦外，我认识的第一个家属院小伙伴。“粽子”这外号是我起的，他名字里有“粽”字的谐音。粽子头脑不错，又是班级的卫生委员，我常在班干部会议上听到他打官腔。长大后，粽子没有考公务员，而是出国做了科学家，令人感慨。

常和粽子在一起的还有耗子和马大哈，他们自诩为“医院三人组”。耗子清高，说话怪里怪气的，人幽默，性格强势；马大哈学习不错，活脱脱的小鲜肉一枚，长得像《圣斗士星矢》中的瞬那般清秀。海鹏是小伙伴里身体素质最好的，跑得快，力气大，从不知道什么叫累。他内向，学习不太好，常因算错耗子考他的数学题引大家哄笑。张振随和，和黄仲仁在小伙伴中个头最小，喜欢四驱车和漫画书。

枪战游戏是我们三天一次的嘉年华。我、黄仲仁、陈梦、海鹏一组，粽子、耗子、马大哈与张振一组。大家对胜负格外较真儿。我们这边陈梦的枪法太滥，输得多一些。我和黄仲仁不爽，又不好意思赶陈梦出局。终于有一天，我俩搞到一个足以扭转乾坤的秘密武器——棒子烟花。这是黄仲仁从他哥那里偷来的。这种危险的连喷式烟花，大人是不允许小孩私自燃放的。

第七章　棒子烟花

1

刚开始玩游戏的时候，我和陈梦没有枪，单靠黄仲仁的 UZI 和海鹏的“沙漠之鹰”杯水车薪。“医院三人组”有两把 AK、一把 M4，张振有一把左轮，每次都杀得我们大败而归。

后来，我们找到一个新武器——小爆竹。小爆竹像火柴，在盒子上摩擦点火扔出去，几秒钟后爆炸，是那时小孩子必备的过年神器。黄仲仁和海鹏用枪，我和陈梦用小爆竹做“手榴弹”助攻。起初，我们就算没赢，也不至于输得太惨。之后，对方也效仿我们这一出，一时间手榴弹满天飞。

然而，这次不同了。一来，我有 M1911 在手，陈梦有她爸新给她买的 MP5；二来，我们有“棒子烟花”这个秘密武器，怎么看我们都赢定了。

按老规矩，游戏的活动范围不得超出小花园和操场。小花园里有座小假山，是双方的必争之地。假山下面有个小山洞，里面插着一面用红布做成的红旗。规则是一方攻一方守，攻方进洞夺旗，守方保护红旗不被攻方拆掉。如果半小时内攻方拿不到红旗，判守方赢；如果攻方在山洞拿到红旗，需要一路杀回到起始点，方算取胜。

为确保安全，我们每个人都戴着专用的枪战游戏眼镜。BB 弹枪流行之际，意外时常发生，有小孩被 BB 弹打伤眼睛，更有甚者因此而失明。家长对 BB 弹枪忌惮得很，却又禁不住孩子的软磨硬泡，最后只能半推半就买了来，唯一的要求就是必须戴好防护眼镜。

游戏开始，双方各派出一个代表猜拳，胜方优先选择攻或守。我运气不错，赢了粽子。

我问黄仲仁："选哪个？"

黄仲仁坏笑着说："那还用说，选攻啊！"

正合我意，秘密武器在手，心里踏实。

海鹏疑惑地问陈梦："他俩疯了？"

陈梦说："就是这样！嘿嘿，我天天练枪呢！"

耗子冷笑着说："有意思，你们就是不长记性。选守还能勉强玩玩，选攻？哼，疯了！"

我拿着 M1911 晃了晃，说："那可未必。以前装备不行，这次可是有备而来。"

张振说："他们以为枪和咱们一样多就能赢，想得真美！"

粽子说："算了，有信心是好事，就再让他们尝尝咱们的厉害！"

马大哈说："赶紧开始吧！输的要买五包香菇肥牛的！"

香菇肥牛是那时人气最高的零食，地位堪比现在的卫龙辣条。五毛钱的价格对小学生来讲，已然是高级食品。

我摸了摸绑在后背上的棒子烟花，心下说：哼，这次要杀你们个屁滚尿流，让你们知道我游信宏的手段。

2

众人到达指定位置，游戏开始。我们分析，照对方的习惯，会在花园后门埋伏一人或两人，假山朝正门方向埋伏一人或两人，至少一人守在山洞里。

我们分头行动，声东击西。海鹏和黄仲仁冲锋在前，在花园门口找了个掩体，正面进攻，吸引火力。他俩往里瞄一眼，BB 弹贴着他俩的头皮飞过。两人也不慌张，举枪还击。

我和陈梦来到花园后门，进去后前先朝假山扔了几个小爆竹。我料定他们埋伏在后门，很难判断我们会从哪条小路杀进去。花园后门通向假山的路被几棵松树隔成三条小路，他们最多两人，一人守一条。先来个打草惊蛇，感觉他们也就一个人守这条线。

果不其然，我和陈梦成功潜入，在松树处兵分两路。我叮嘱陈梦小心行事，顺着其中一条小路往假山摸过去。半路与耗子狭路相逢，半梭子 BB 弹射过来，我早有防备，侧身往草丛里打了个滚，躲开了。我举起 M1911 反击，耗子不敢贸然上来补枪，扔了几个小爆竹过来。

我一边还击一边思索对策，听见假山那边的黄仲仁喊：“粽子挂了！”

耗子一惊。

“别担心，我把海鹏干掉了！”粽子喊。

黄仲仁这家伙蛮有一套的嘛！可枪法奇准的海鹏也挂了。这么一来，还剩耗子、张振、马大哈。马大哈体质弱，不足挂齿，当务之急是解决耗子和张振。

我朝耗子躲的松树又扔了几个小爆竹，露头一看，哪还有耗子踪影！准是担心马大哈一个人应付不了黄仲仁，去守旗了。我追上前，假山近在眼前，正思索走哪边绕到洞口，不想身后被人用枪顶住：“不许动，你被活捉了！”

是马大哈！我叫苦不迭，太小看他了，功亏一篑。忽听马大哈叫了声“哎哟”，显然是 BB 弹打在身上了。冬天衣服厚，估计是有几颗碰巧打肉上了。

陈梦跳出来，喊：“哈哈，马大哈，你挂了！”

马大哈疼得满眼是泪。

我和陈梦相视一笑，就剩耗子和张振了。

冬季昼短，游戏开始到现在二十分钟的工夫，天就渐渐转黑了。我、陈梦、黄仲仁小心翼翼地聚到洞口前。

陈梦说：“还等什么，冲进去一决胜负啊！”

我摇头道：“他们肯定躲在里面阴咱。”

黄仲仁问：“那怎么办？”

陈梦突然叫道：“小心，张振！”

张振从侧翼杀出，举枪朝我们射击。陈梦下意识地挡在我前面，同时按下扳机。

陈梦与张振同归于尽。

张振抱怨："唉！差一点就能干掉两个！"

陈梦笑着说："信宏、仲仁，进去把耗子干掉！"

"二对一！耗子就是有孙猴子的本事也赢不了。"

我和黄仲仁往洞里扔小爆竹，可小爆竹扔光了，也不见耗子出来。这家伙真狡猾，知道自己势单力薄，就玩阴的。我们不进去就拿不到红旗，拿不到红旗就赢不了比赛。还剩不到十分钟，拖下去我们会输的。

黄仲仁说："耗子这招可真损，再不进去就没时间了。"

我说："这个阴险的家伙！咱俩一起进去，我不信他能一枪打两人！"

我和黄仲仁举枪入洞，耗子却没在洞里。我拿起小红旗，和黄仲仁冲出洞外，一路向终点跑去。

"耗子去哪了？不会逃跑了吧？"黄仲仁边跑边问。

"不可能，那家伙狡猾得很。"我沉吟，"肯定别有目的。"

"什么目的？"黄仲仁不解，"想赢，还让咱俩进洞拿旗？"

"谁知道他动了什么鬼脑筋。"我抬头，离终点不到百米，陈梦、粽子、马大哈、海鹏、张振已经等在那儿了。

"还剩两分钟！"他们喊。

耗子无力回天，难道他真临阵脱逃回家吃饭去了？不对，耗子绝不可能这样。

黄仲仁见我慢下来，以为我跑不动了，从我手中接过红旗加速向终点跑去。忽然，耗子从黄仲仁侧翼的冬青丛中蹿出来。黄仲仁措手不及，一梭子 BB 弹尽数打在身上，红旗落在地上。

耗子拿起红旗，朝我摇了摇，喊：“你们输了！还有不到一分钟！”说完哈哈大笑。

最后还是着了耗子的道。我咬牙切齿，看看高声欢呼的粽子、马大哈、张振，再望望心有不甘的黄仲仁、陈梦、海鹏，心一横，从背后掏出“棒子烟花”，对准耗子，点燃引信。少顷，一团火花喷出，伴着“咚——咚”声，直取耗子。耗子大惊，慌忙躲闪。我举着“棒子烟花”追上去。

“棒子烟花”共六发，耗子躲过了前五发，最后一发硬生生地落在脖子上。他大叫一声，倒在地上打滚。陈梦和黄仲仁等人都愣住了。我扔掉空棒子，挫败感更加强烈了。

第二天，母亲提着鸡蛋水果，带我去耗子家赔礼道歉。耗子没大碍，只是烫破了皮，若是伤到眼睛，后果不堪设想。耗子父母都是高知，没有为难我和母亲。我也诚恳地给耗子道了歉，这事也就此告一段落。

父亲狠狠批了我一顿，我自知理亏。但比赛输了就是输了，大丈夫愿赌服输，敢作敢当。起初，耗子和我相互防备。耗子有大孩子的老辣，我不喜欢。现在想来，那种不喜欢中包含了敬畏与蔑视、自信与自卑。我俩都知道，棋逢对手的结果不是惺惺相惜，就是互看不顺眼。对七岁的我来说，耗子是第一个死对头。

第八章　相扑本田

1

陈梦喝光咖啡，打开一瓶柠檬水。

“你真狠！万一伤到耗子要害，后果有多严重啊！”她说。

“现在想想当然后怕。可那时候，看到你和仲仁、海鹏的一脸衰样儿，我实在咽不下这口气！谁叫耗子这么阴险。”

“嘿嘿！记得你当时脸都吓白啦！”

“那时候，你为什么要为我挡张振的子弹呢？”我问。

“信宏，你都三十了吧，卖萌还是真蠢呀……我大概就是那时候喜欢上你了吧？”

“可是……你那时才七岁啊！”

“嘻嘻，过奖，承让。”

“得，对不住，我三十岁才达到你小学时的段位。”

“哈哈，信宏，你好讨厌啊！”陈梦轻捶我一下，低胸衣领处，事业线若隐若现，让人心猿意马。

“要不是你帮我挡枪，咱们就输了。”说着，我把头扭开。

“我枪法滥，每次都害大家输。所以当时就觉得自己必须做点什么。哎呀，那时候，信宏你人好，功课优秀——”

“真怀念小时候没这么多俗世的烦恼。”我打断她。

“好啦，信宏，差不多该回到咱们那个‘问题’了吧？”陈梦话外有音。

“嗯，也是。”我尴尬应对，“对了，相扑本田，你堂哥，他现在在哪儿高就呢？”

“他呀，毕业留校做体育老师啦！”

相扑本田，本名陈向前，外号陈旋风，教导主任黑老陈的儿子，也是陈梦的堂哥。这家伙是师范小学一霸，平日恃强凌弱。这个神似游戏《街头霸王》中相扑本田的死胖子的爱好竟是踢球。他家住卫生学校，与我们医院相邻。1998 年“世界杯”将近，全国掀起足球暴风。我们这一片儿集合了市医院、卫校、教育学院三个单位小学生足球队的踢馆赛，是每个月最重要的比赛。我加入医院足球队的首次比赛，对手正是由陈向前领衔的卫校队。

2

此前，我们早与陈向前结怨。课间，我们“班车帮”去操场踢球，可球场总是被高年级的陈向前一众抢占。一次，粽子因为一句话被陈向前打了。我们气不过，跟他们打起来。我和耗子联手用一套“天马流星拳”和“升龙拳”的组合拳把陈向前打哭了。可他们终究大我们三岁，危急时刻，海鹏把“校老大”金龙带了过来。迫于金龙的淫威，陈向前自认倒霉。不想，陈向前这边有人给黑老陈通风报信。黑老陈见状大怒，欲捉我们去德育处问罪，幸好被及时赶来的陈梦救下。在陈梦的指证下，黑老陈不得不相信作为“目击证人”的侄女的证词。那时，我只当黑老陈能相信陈梦所言，也没那么坏，后来才恍然大悟——陈梦的父亲不正是黑老陈的亲弟弟嘛！事后，有大哥金龙的招牌在，相扑本田也不敢找我们的麻烦了。金龙这个名字也深深印在了我的脑海。

相扑本田事件后，我名声大噪。和黄仲仁、粽子他们不同，我属于半路插队，不像他们从幼儿园起就一起穿着开裆裤闹革命了。搭乘班车半年多的时间，我成为“班车帮”的骨干成员：论成绩，学霸粽子忌惮我三分；论棋技，“象棋王”马大哈是我手的下败将；海鹏、张振与我是四驱车俱乐部比赛的常客。自打耗子跟我合作揍了相扑本田，我俩关系缓和了许多。耗子向足球队队长、五年级的李凯引荐我，我便加入了医院小学足球队。

对耗子感激之余，我硬着头皮向母亲开口，买了件廉价版的阿根廷队球衣做队服。进队后，李凯却只让做我守门替补，对我想踢前锋的愿望嗤之以鼻。他将“22”号贴在我背上，对我说：“不急，要知道门将也是球队的另一个核心！”我想到《足球小将》中帅气的若林，便接受了组织的安排。

除了没有运动细胞的粽子与体弱多病的马大哈，耗子、黄仲仁、海鹏、张振都在球队。不过，只有球技好的耗子和体力好的海鹏是正式队员，其余都是坐冷板凳的，替补守门员更是不受待见。想到这儿，我只能幻想自己是若林的附体了。所以，跟卫校队的比赛，我得想办法上场，在陈梦面前戏谑一下她这个让人不爽的堂哥，进而成为正式球员，踢上前锋。

陈梦启动了车子，又将我拉回到现实中。

“那时的你真的很喜欢踢球。”陈梦的目光热忱，“而且，那场比赛至今历历在目……信宏，你……总是坚韧不拔，怪不得能写出《逆天行》！你知道吗，除了我们张总，有好几家影视大咖都看好这个项目呢！”

陈梦笑得真挚，我心中一颤。那场比赛我何尝忘记？那可是我生平第一次切实体会到英雄主义的魔幻魅力。

第九章　足球赛

1

比赛地点设在卫校操场，不想这天被一群高中生占了。我们只得来到卫校南门附近的“午门古迹”。午门古迹名曰“午朝门”，是明代衡王府的南门。古迹有两座大石门，约五米来高，两旁均有石雕的麒麟圣兽。两座石门相距五十米，若以石门做球门，勉强算个小球场。虽然地上铺的不是草坪，是经历过岁月沧桑的青砖，但对于当时的小孩子来说，再没有比这里更合适的备用球场了。

我们是客场作战，没悬念，我依旧作为替补守门员和黄仲仁他们坐冷板凳。比赛开始，双方啦啦队各不相让。忽然，我听到了熟悉的声音。我转头，看到陈梦。

“怎么，你也来了？”我问。

“我刚加入，”陈梦指着啦啦队的大姐头刘欣说，“欣姐姐一直希望我来……你和仲仁他们加入后，我也坐不住啦！”

“哈哈！那个……相扑本田真是你哥？”

“堂哥。不过，”陈梦话音一转，“你真了不得，大家都传遍啦！”

突然，传来刘欣焦急的呼喊声——出事了！黄仲仁说，刚才那一脚射门正好踢在了王证的手上，戳到了手指。

王证是我们的一号守门员，大我一岁，高我一级，是我家邻居。我常去他那里玩“小霸王”（一种游戏机）。他是个小大人，说话一套一套的，特早熟，喜欢亲吻电视上的美女姐姐，比如《神雕侠侣》中的小龙女李若彤。此时，他跪在地上，捂着自己的手，表情极为痛苦。

“没事吧？”我扶起王证。

王证摇摇头，小脸憋得通红。明明戴着厚厚的足球手套，手指居然肿了。我打量着方才射门的卫校队前锋，人高马大、手长脚长的，分明长了张初中生的脸。

乖乖，好大力气，比相扑本田还狠！

李凯拍拍我的肩膀，微笑着说：“信宏，轮到你出场了。”

我缓过神儿，点点头，站到石门前。黄仲仁他们给我呐喊助威，只听陈梦喊道：“加油！信宏！”

我刚将母亲新买的手套戴好，相扑本田就飞起一脚，球便朝我砸过来。我下意识地将球牢牢地抱在怀里。

相扑本田扫兴地喊道：“倒霉！”

啦啦队的呼声更高了，陈梦的嗓门最大。我把球传给海鹏，朝陈梦挥挥手，不知她能否看得到。

我这个 22 号替补守门员的意外表现鼓舞了我方士气。海鹏在中路飞起一脚，传向前场的耗子。耗子接到球，避开敌方后卫的铲球，果断传给球门前出现空位的李凯。李凯飞射入网，1：1！我们将比分追平。

2

上半场结束，我接过陈梦递给我的一罐健力宝，听王证笑呵呵地说：“行啊！信宏，反应挺快的！不会是蒙的吧？”

我笑道：“这和打‘超级玛丽’一样，你这样的水平过不了第五关的。”

黄仲仁说：“你蒙个试试！信宏是天才！我俩玩‘按门铃’从没被抓住过。”

“按门铃？”陈梦不解。

耗子一边喝水一边冷笑道：“这种缺德事倒像是你俩做出来的。”

我刚要发作，李凯过来说：“海鹏家里有事先走了。下半场人手不够，所有替补都上。信宏，你替海鹏。”

我心情大好，终于可以踢我最爱的前锋了。坐冷板凳的黄仲仁和张振也兴高采烈起来。

我们只剩六人，啦啦队也没了刚开始的气势。卫校那边欢呼声更大了。李凯安排下半场的战术，黄仲仁守门，张振后卫；剩下的人都到中场，一有机会就猛冲射门。简单说，就是放弃防守，全力进攻，破釜沉舟。

李凯说完，见我们都没反应，笑着说：“怎么，你们都觉得咱们输定了？”

大家沉默不语。

张振说：“六打十一，不可能赢的。”

耗子说：“赢不了，也不能输得太难看！”

我说：“对！不能被卫校的看扁了啊！”

大家士气回涨许多。陈梦的呐喊声点燃了熄火的啦啦队，刘欣和李凯交换了一个眼神，像极了《还珠格格》里的紫薇和尔康。

下半场一开始，卫校队大力神前锋一个远射破门，因力道实在太大，黄仲仁吓得本能避开，球擦着他的头皮飞入球门。

啦啦队嘘声一片，卫校那边笑翻了天。相扑本田和大力神前锋指着我们捧腹狂笑，眼神轻蔑。

众人懊恼。

王证喃喃地说：“这不怪黄仲仁，那家伙根本不是小学生。”

虽然我们拼了命也想赢得这场比赛，可双拳难敌四脚。卫校队除大力神前锋外，其余人实力平平，但人多势众，后场的张振和黄仲仁铆足劲，仍挡不住卫校队的攻势。我们只能眼巴巴地看着自己的球门一次又一次被射穿，比分也成了尴尬的 11 ∶ 1。

中场开球，我将球踢给耗子，耗子晃过一人，传给右路的王证。王证运球到敌方底线，面对三人包夹奇迹般地将球传到李凯脚下。

有空档！喊声中，李凯抬腿就射，不想被人撞了一下，踢了个空，重重摔在地上。

耗子大怒，指着大力神前锋说：“你是故意撞他的！”

大力神前锋轻蔑地笑笑，说：“我跑得太快，刹不住。”

相扑本田更是盛气凌人道：“怎么，赢不了，耍赖？”

我和黄仲仁扶起李凯，听王证说：“我看，要不算了吧，再比下去，我们只会输得更惨。”张振和黄仲仁低下头，不说话。

李凯笑着问我：“信宏，你也认输吗？”

我沉默。

相扑本田嚣张地说：“看你们人少，也不好意思欺负你们。这样吧，接下来到比赛结束，你们只要能进一球，就算你们赢！可是，看你们这衰样，应该是不行啦！哈哈！”说完，卫校队那边开始起哄挑衅。

我看看陈梦，又看看黄仲仁等人，一股无名火无处燃烧。我来到相扑本田跟前，狠狠地说：“相扑本田，输了你可别尿裤子！”

相扑本田哈哈大笑道：“你们要是赢了，我叫你一声爷爷！”

王证胆怯地问：“如果输了呢？”

“输了，就解散球队，回去找妈妈吧！”大力神前锋很是不屑。

“好！”李凯起身说，“让他们知道我们医院队的厉害！”

3

此时，我同陈梦已经置身一家高档的自助餐厅。

陈梦端来一盆阿根廷龙虾和面包蟹放到桌上，说：“当当当当当，怎么样？”

“拿这么多，别人吃什么？”邻座一个小孩单纯的眼神让我无比尴尬。

“没办法，我说够了够了，那厨师大叔一个劲儿地给我拿，非要多给，我也是盛情难却。”

“这说明你魅力四射。这屋里的男士没一个不盯着你看的！”

“真的吗？”陈梦卖萌道。

“千真万确！”

“给——”陈梦把剥好的一个龙虾递过来，欲塞到我嘴里，我忙用手接住，因为太用力，握住了她的手。

陈梦娇笑道：“怎么，信宏，别心急嘛，先吃饭，乖！”

这语气又让我恍惚起来。

与相扑本田的那场球赛后半场，因为比分差距过大，我们一边咒骂卫校队烦人的啦啦队，一边抱怨难以阻挡相扑本田和大力神前锋的进攻。就在大家越吵越烈几乎内讧时，陈梦手拿一袋子可口可乐分给大家，娇笑道：“怎么，大家别心急嘛，来，先喝水，乖！”

陈梦的抚慰让大伙儿冷静下来。既然规则如此，接下来守门也没啥意义，索性六人一起冲，赌上医院队的荣耀，让卫校队这帮家伙叫声爷爷。无奈胳膊还是拧不过大腿，十分钟下来，卫校队将比分扩大到23∶1。我们六个敢死队员大汗淋漓，体力差不多都耗至极限。

第一个“阵亡”的是王证。之前，他就对大力神前锋那一脚射门存有阴影，斗志槽最先用光。他一屁股坐在地上，对我们摇摇头，气喘吁吁地说：“我不行了，真的跑不动了。”

第二个退场的是张振。他姐从天而降，说是奉母之命喊他回家吃晚饭。张振顶撞了两句，说把球踢完让卫校队叫声爷爷之后再走。他姐听了，立马变得和爷们儿一样，抓起张振扛到肩上就走。这架势别说我们几个，连相扑本田和大力神前锋也惊住了。

闹剧过后，天色渐黑。猛然间，一道闪电划过，接着一声闷雷过后，下起雨来。不一会儿，双方啦啦队就走光了。小孩子对于所谓的名誉之战哪有什么概念，这场球赛对多数人来说，不过是打打酱油，调剂一下单调的小学生活而已，哪在乎谁是谁的爷爷、谁是谁的孙子?

几分钟的工夫，卫校队那边只剩下五个人：相扑本田、大力神前锋，还有几个面熟的家伙。我们这边的敢死队员却从四个变成五个。李凯指着球门前的陈梦，对我们笑着说："这妹妹够义气！是叫陈……梦吧？"

我发现黄仲仁看陈梦的眼神和陈梦看我的眼神有点像。

相扑本田说："还有五分钟！要不你们提前解散？"

大家相视一笑，放话回去："孙子赶紧的，准备叫爷爷！"

细雨黄昏，午门古迹前，比赛进入尾声。这是赌上尊严的圣战，虽不及星矢他们守护雅典娜、维护爱与正义那般神圣光荣，但对我们来说也是关乎集体荣光的战役。

也许怕阴沟里翻船，卫校队派两人守门，相扑本田、大力神各带一人打前后场。三对四，我们终于掌握了控球权。无奈相扑本田三人拼死人盯人的防守，我们一时也难以找到射门机会。看来，他们的战术就是放弃进攻，进而拖延时间取胜。

这时，哨声响起，卫校队那边欢呼起来。我们几个愣愣地站住，不甘地望着裁判。裁判是教育学院的五年级学生，他孤身一人撑着伞，敬业无比。突然，他放声喊道：“还剩一分钟！”

我们撒腿就跑，运球冲向卫校队大门。趁相扑本田他们发愣的工夫，耗子运球晃过大力神，传给黄仲仁。黄仲仁传给有空隙的李凯，李凯起脚飞射，无奈运气不佳，被相扑本田反踢一脚，球飞了回来。

“臭球！”李凯愤怒高喊。耗子和黄仲仁他们也连连叹气。

球被踢回的瞬间，我疾跑过去，在出界前将球救回，不及多想，飞速带球冲向卫校队大门。一路上犹如神助，我把所有的本事和本来没有的本事都使了出来。电光火石间，我穿过了没缓过神的大力神等三人。球门前，相扑本田上前铲球，我用脚一撇，晃过，飞起一脚，球从守门员和后卫中间的空隙入网。

时间凝固，所有人都呆了。陈梦、黄仲仁等人狂喜不已。大家围上前，把我抛了起来。自由落体的过程中，雨过天晴，我看到了卫校队懊恼的面容、相扑本田愤怒中的无奈……

至今，我仍记得那一刻——天空宽阔、敞亮，尽头似有无尽的光。那时，我还不清楚这就是无比老套的个人英雄主义情结。

第十章　街　战

1

后海酒吧内，霓虹灯急速闪烁，一首轻快却激昂的摇滚歌曲将我从异世界拉回，大银幕上正直播“世界杯”，巴西对法国。散乱的舞池后，喧嚷的歌声旁，人头密集的吧台一角，我接过调酒师递上的鸡尾酒，与陈梦碰杯。

“怎么，还陶醉于当年之勇呀？”陈梦的脸颊微红。

“哪有！后来你转了学，我们更肆无忌惮了，一直斗到相扑本田毕业……对了，他去书院中学的第一年想联合校霸曾一峰对付金龙，被我和仲仁撞见。我们叫‘班车帮’倾巢出动，与金龙一起把他们打了个落花流水。”

2

那日斜阳已残，书院中学对面的小胡同里，我、黄仲仁、耗子、海鹏、粽子、马大哈、张振等七人全副武装，手持 BB 弹气枪，神情凝重，蓄势待发。

相扑本田把他的旧部下——师范小学五年级的骨干全部交予曾一峰调遣。曾一峰大喜，承诺只要明年相扑本田考来书院中学，就提拔他当老二。对此，我们不能退缩，胆小怕事不是我们医院“班车帮”的作风。况且，上次和相扑本田扛上，也是金龙帮忙摆平的。现在他有难，我们岂能袖手旁观？可二年级对初三，如同青铜圣斗士硬嗑黄金圣斗士。我们这边就海鹏、耗子和我还有点战斗力。粽子虽然比同龄人高且胖，却是个书呆子；张振除了不喜欢读书，其他方面就是粽子的翻版；手无缚鸡之力的马大哈和身材瘦小的黄仲仁的战斗力可忽略不计。故只可智取，切忌硬碰硬。

这日，书院中学没有晚自习，会提前放学。我们先在对面的小胡同埋伏好，准备到时杀对方个措手不及。下课铃声响起，我摸了摸后背的棒子烟花。

我问海鹏：“金龙那边都准备好了吧？”

海鹏点头：“他让咱们小心，尽量别出手。”

黄仲仁说：“看，他们出来了！”

金龙三人出门，骑车而去。曾一峰一众六人骑车跟随。我们连忙跟上。我们这边只有海鹏会骑自行车。于是，海鹏载我先行，耗子他们一路小跑跟在后面。由于经常踢球，大家体力远胜一般小学生。

两拨人一前一后先后拐进皇城古巷。看来，曾一峰是想在人少的巷子里动手。有传言说，晚上放学，皇城古巷的黑暗角落有一帮不良少年打劫初中生和小学生的零花钱，俗称“劫道”。

海鹏拐进古巷后来了个急刹车。“他们已经干上了！”他指着前方道。

巷子尽头是个死胡同，两帮人扭打在一起。金龙三个初一的对阵曾一峰五个初三的竟然没落下风。海鹏解释，他暑假在少年宫武术班认识的金龙，金龙学前班就在少年宫学武术了。

“相扑本田他们呢？”海鹏不解道。

“一定有阴谋。”我刚说完，耗子他们就跟了过来。

黄仲仁感叹金龙的身手，战斗进入白热化。曾一峰一拳扑了个空，吃了金龙一脚，气得大吼一声，喊道：“出来吧！”

我们吓了一跳，以为行踪暴露，只见西边小巷子窜出七个人——相扑本田带着小光头、眼镜男等一帮人冲了出来。他们把手里的棍子扔给曾一峰等人，局势瞬间逆转。

耗子跺脚道：“用棍子！”

马大哈握紧手中的AK，说：“咱们上吧？”

张振笑道：“马大哈，你还挺积极，你不怕吗？”

马大哈“嘁”了声，我们忍不住笑了。

“不好，他们快撑不住了！”黄仲仁将UZI掰上弦。

“他们先玩阴的，咱们客气啥？干吧！”我举起M1911。

七把BB弹枪齐射，结结实实打在曾一峰和相扑本田等人身上。十月的天气一般只穿一件T恤，我们用的又是铅弹，威力比枪战游戏用的塑料弹大得多。果不其然，随后听见相扑本田他们吃疼的叫声。

曾一峰对相扑本田喝道："把这些毛孩子给我全抓起来！"

金龙对我们喊："你们赶紧跑！"

海鹏骑车载着跑得最慢的马大哈，我们几个跟在后面。相扑本田和小光头他们一路穷追不舍。十几个小毛孩在皇城古巷穿梭，几个坐家门口聊天的老太太看到，有的摇头，有的叹气，还有的比小孩子都欢喜。

"她们笑什么？"我边跑边问。

"没啥，和我奶奶一样，老年痴呆。"张振说。

我们边跑边举枪射击，相扑本田他们边躲边骂这次一定饶不了我们。我们子弹打完了，根本没时间补充弹药，这样下去迟早要被追上。

突然，耗子喊："走东边的小路，从那里翻墙进医院！"

医院家属院东边是一排红砖墙，墙外小路连着皇城古巷。我们平常从学校走路回家的话，这面墙是最后一道关卡。墙约两米高，小学生爬起来不算吃力。地上有块大石头，是前辈们传承下来的翻墙利器。墙体从低到高有不少用石头打磨出的凹槽，是翻墙时用来脚蹬的。

我让他们先上墙，自己断后，并解下背上的棒子烟花，点燃引信。

“嗖”的一声，第一发擦着小光头的脸飞了出去，吓得他一屁股坐在地上。其他人见了连忙躲避。“嗖嗖嗖”三发出去，几个小胆的丢下相扑本田撒腿跑远了。最后一发，我对准躲在一家平房大门后的相扑本田。“嗖——”火花打在墙上，火光四溅。相扑本田扯着嗓门骂街：“游信宏，我打死你！”

眼下，只剩粽子还没上墙。粽子腿粗脚肥，好几次都上不去。我用手托着粽子的大屁股，无奈他太胖，脚下总是踩空，一时无法够到墙上耗子的手。

相扑本田这边只剩他和跟班小光头、眼镜男三人，见我的棒子烟花空了，立马扑上来。

粽子终于抓到耗子的手，把耗子拉到墙上。我来不及翻墙，对耗子他们喊：“你们先走吧！我去正门！”

我对自己的速度很有自信，相扑本田他们暂时追不上我。跑到十字路口，我回头一看，小光头就在身后。我一惊，被地上的石头绊倒在地。不及起身，小光头已经追上来了。我俩扭打在一起，胜负难分。随后，有人踢了我一脚，肚子上的痛意让我再也使不出力气，接着就吃了小光头几拳。

我心觉不妙，谁知小光头突然停手了。一只有力的手将我扶起来，正是金龙。金龙身边站着几个十五六岁的高中生，相扑本田三人被他们围在中间。真是绝处逢生啊！

金龙笑着问我：“没事吧？今天谢谢你们啦！”

“不客气。之前你帮过我们……”我的目光落到眼镜男身上，指着他对金龙说，“能放他一马不？他以前帮过粽子。”

眼镜男向我投来感激的目光。

“没问题。”金龙说，“放心，今后如果有人找你们麻烦随时找我。你们的事就是我的事！”

相扑本田和小光头面如死灰，吓得求饶。我和金龙作别。医院门口，大家都在等我。我把事情描述了一番，大家纷纷击掌喝彩。为庆祝“班车帮”的伟大胜利，我们去小卖部买了巧克力豆、浪味仙、铁板牛排，还有美口可乐。

“还是美口可乐最好喝！”黄仲仁说。

“我也觉得是，比可口可乐好喝！有一种香草冰激凌的味道！”马大哈点头。

“冰镇的更好喝，可惜只有两瓶了。”张振边喝边说。

“信宏和粽子一定走了狗屎运，才喝到冰镇的。”耗子不爽道。

“哈哈，耗子，怎么不服啊？要不要赏你一口啊？”我把冰镇可乐塞到他嘴边。

“天凉，喝冰镇的会拉肚子。”粽子得了便宜还卖乖。

“不喝给我。”海鹏夺过粽子的可乐，“咕咚”一下喝了一大口。

“你……”粽子气得满脸通红。

海鹏把自己那半瓶递给粽子：“来，和你换着喝。”

星空下，医院办公楼前的喷泉广场，大家欢声笑语，边吃边喝。多年以后，我们长大成人，会否还能像现在这样简简单单地分享快乐呢？

“我们玩圣斗士吧！我选天马座星矢！”黄仲仁说。

“我选不死鸟一辉！”海鹏说。

“我选白鸟座冰河。”耗子说。

“我选天龙座紫龙。”我说。

“我选仙女座瞬！”张振说。

“不行。瞬是马大哈的，谁也不能抢！”大家一致反对。

“五青铜都被你们选完了，我和粽子怎么办？”张振问。

“好办。你选独角兽座邪武，粽子则是大熊座檄。”耗子说。

“可是，他们不厉害啊……”

或许，每个人的梦想都是从孩提时代萌芽的，只是太过抽象，只能通过一些特定时刻经由内心杂乱无章的感性触觉体现。遗憾的是，彼时的我们无法准确分辨出它的颜色，也无法预料和感受到它的分量和力量，自然更不能知晓它之于人生的意义了。

过了几天，海鹏告诉我们，那天我们逃走之后，金龙和曾一峰他们被几个高中生打了劫。戏剧性的是，高中生老大是金龙的远房表哥。他们把曾一峰一众身上的零花钱搜刮一空，警告了一番，彻底摧垮了曾一峰在书院中学的势力。从此，初中生金龙成了书院中学的老大。初三的那帮人虽有不服，却也无可奈何。

得益于金龙的威名，直到小学毕业，再没人敢找我们“班车帮”的麻烦。我们的事迹也被添油加醋一番传了出去，一时成为众多小学生敬而远之的对象。

不管黑老陈如何逼问，相扑本田一口咬定打他的人是第一高中的学生。可第一高中人那么多，根本无从找起。那些日子，黑老陈的脸变得更黑了。我们也识相，遵守纪律，争做优秀少先队员，再也没参与任何校园暴力事件。

第十一章　书院中学的鸡肉串与告白墙

1

陈梦放下酒杯，往我这边靠了靠。

“哎呀，这些事老陈没告诉我哩！”

陈梦几乎钻到我怀里。酒量“一杯醉”的我脸上火辣麻烈。

“这种丢面子的事怎么能和你说呢！不过，话说回来，我真想不到书院中学小卖部的王老师竟是我的初中班主任，还是陈向前的舅舅！这家伙也是，老爹是教导主任，老舅是语文老师，怪不得如此猖狂！”

“你还记得王老师呀！”

“那当然，他教语文，对我的写作影响很大。”

这时，陈梦挽住我的胳膊，硬是扯到她怀里，我的脸热辣得几欲裂开。随后，她又把我的手搁到她的大腿上，光滑的触感让我浑身抖动起来。

“你这是……”

“难得重逢。咱们从白天待到晚上，从咖啡厅说到餐厅，餐厅聊到酒吧，又是枪战，又是球赛，又是打架的，现在，该回答二十二年前的那个问题了吧？”陈梦吐气如兰，不依不饶的。

我冷汗一冒，酒醒了大半。我知道，这一天终究会来的，也可以说“这一天终究回来了”。

2

陈梦转学前的那个暑假，和黄仲仁、粽子他们再次被补习班锁住。母亲问我，“你看黄仲仁他们都去少年宫报班了，你就没什么想学的吗？”我摇头，“不去，没意思，不如玩。”

“玩，玩，就知道玩！不好好学，早晚被别人追上。”父亲恨铁不成钢道。

我笑着说：“怎么可能！我这次可是考了双百！”

“莫忘了学如逆水行舟，不进则退。”父亲苦口婆心道。

我不以为然。在班上，我成绩出类拔萃。放假前，母亲开家长会回来说，段老师表扬我的时候，她从头到脚都散发着自豪感。

总之，不管他们怎样规劝，我拒绝上任何补习班，平日不是去隔壁王证家打“小霸王”，就是窝在电视前看《动画城》和《大风车》。如果是《海尔兄弟》《舒克和贝塔》这样的还算好，若碰到不喜欢的就更觉无趣，只期盼黄仲仁或陈梦早点下课，大家好一起去医院操场踢球玩枪战。说来惭愧，除了玩，我没有什么特别喜欢的东西。

那天上午九点半，陈梦来家里找我。她礼貌地打招呼，“叔叔阿姨”叫得格外乖巧。父亲木讷憨厚，咧嘴笑出了门牙。母亲拿旺旺仙贝和旺仔牛奶招呼陈梦。

父亲问陈梦母亲工作上的事情，母亲则打探陈梦的老爸近期是否又发了大财。

每周二和周五上午九点半，没课的陈梦会准时来找我。这次，我俩没和之前那样去她豪华敞亮的家里玩游戏、吃零食。她提议去书院初中。

“去那里做什么？有什么好玩的？”

“姐姐说，那里卖的烤饼夹鸡肉串可好吃啦！”

半小时后，我和陈梦站在紧闭的大门前，牌匾上写着“衡王府街道办事处书院初级中学”。

“一个人都没有，都放假了吧！”

“没放，初中生暑假短。”说着，陈梦走进传达室。

里面别有洞天，各种零食、文具塞满了货架，看起来也是个小卖部。正门通向学校内部，门口处立着一支炉架，上面烤着烧饼和肉串，淡淡青烟飘过来，香味入鼻，勾出了馋虫。一个初中生站在炉前，面无表情，盯着炉火看。这时，下课铃声响起。

“大姨，给我烤两个饼、四个鸡肉串，一个饼夹一串，剩下两个直接吃。”陈梦轻车熟路地把钱放进纸箱，听口气应该是认识老板娘。

老板娘应声道：“稍等哈！”说着从泡沫盒里拿出饼和鸡肉串，放在炉架上；接着，拿起用易拉罐改装的调料盒（可口可乐罐下面开了十几个小孔），将孜然和盐洒在快熟的烧饼和肉串上；随后，将烤饼从中间撕开翻过来，把鸡肉串夹在饼里，递给那个初中生。

见初中生走远，陈梦问老板娘：“大姨，哥哥怎么不上课？”

老板娘叹气，边刷酱边翻着饼和鸡肉串说：“第三、四节是作文课，他上课看漫画，被他爸发现了。唉，这孩子越来越不听话了。”

这初中生是老板娘的儿子，难怪不给钱。我接过老板娘递过来的烤饼和肉串，边吃边问陈梦这其中的前因后果。陈梦说，老板娘的老公是书院初中的语文老师，对学生非常严厉，所教的班级语文成绩在每次全市统考中都是第一。儿子在老子的课上开小差，结果可想而知。

“而且还是公开课。”陈梦补充道。

公开课是教师考核的重要一环，有教委和他校新老教师旁听打分，关系到工资奖金，更关系教师职称的晋升。

饭点时间，只见大批学生如浪潮般涌过来，一眨眼工夫，老板娘就忙不过来了。陈梦拉着我胳膊，走出包围圈，带我走进书院中学。

书院中学面积不大，还不及师范小学。我俩边走边吃，边聊边笑，不觉间走到东头墙角处。我坐在石头上，把最后一口鸡肉串塞进嘴里，看到墙上有不少粉笔涂鸦。其中，多数是“××，我喜欢你”之类的歪歪扭扭的文字。

我很诧异，问陈梦：“这是什么啊？”

“爱的宣言！”陈梦拿过我手中的塑料袋，连同她的一起扔进一旁的垃圾箱。

“啥宣言？”八岁的我完全听不懂她说的是什么。

“就是男生女生之间相互喜欢。”陈梦的语气怪怪的。

“是动画片里王子和公主那样的？”我猜测着。

“信宏，我问你……”陈梦有些脸红，“你有喜欢的女孩子吗？”

“啊？这个……”我一时语塞，不知说什么好。

“我觉得……”陈梦的声音很小，像是说给自己听似的，“我有点喜欢你！你喜欢我吗？”

什么意思？我不知所措，不知该如何作答。我从陈梦的瞳孔中看到自己的样子——一张尴尬无比的脸。

我赶紧甩头，避开陈梦的目光，像个害羞的小姑娘。

走投无路之际，突然一个声音朝我们吼道：“你们两个做什么呢？”

一个身穿中山装的中年男人走到我们面前，头上那顶老干部专用鸭舌帽格外抢眼。

我拉着陈梦准备开溜，忽听陈梦开腔道：“舅舅，是我呀！”

鸭舌帽看到陈梦，脸色由阴转晴，说：“这不是小梦吗！来这里做什么呀？”说话间，却一直盯着我看。

陈梦回答：“来找我姐姐的。”

提起陈梦姐姐，鸭舌帽赞不绝口，夸她聪明懂事、勤奋好学，考入重点高中问题不大。这语气和我们班主任如出一辙，让我想起父亲的口头禅：“分、分、分，学生的命根！”

回去的路上，陈梦告诉我，她姐去年刚上初一的时候就常带她来这里的小卖部买零食吃。

“后来我就习惯一个人来了——我发现不仅是烤饼和鸡肉串，这里很多零食都是咱们学校门口没有的。”

“原来如此！这里的烤饼和鸡肉串真的很好吃！”我舔了舔沾在嘴边的孜然粉。

“信宏，你还没回答我的问题呢！”陈梦突然话锋一转。

“啊——对了！刚才出校门口，我看见你舅舅——那个王老师在烤架上烤烧饼，好像那烤炉是他的一样，好奇怪。”

“不奇怪呀！王老师和小卖部老板娘是一家啊！”

“啊！”

“别大惊小怪的，快说！你喜欢我吗？”陈梦不依不饶地问道。

我实在不知道陈梦口中的“喜欢”究竟是怎样的一种感觉。像喜欢玩“小霸王”那样？像喜欢吃烤饼、鸡肉串那样？像和黄仲仁一起捉昆虫那样？抑或是其他……

胡思乱想之际，我和陈梦已走到家属院大门口，正好撞见刚下补习班的黄仲仁。

“我也不知道。你让我再想想！谢谢你今天请我吃烤饼和鸡肉串！拜拜！”

说完，也不等陈梦回答，我头也不回地奔向黄仲仁，摆脱了尴尬。

3

此后一段时间，陈梦再没找过我。我把这事说给黄仲仁听，他认为这个问题的另一个表述是——你想不想和我玩过家家？

“童话书上不是写王子喜欢公主，公主喜欢王子吗？最后他们结婚了。这不就是咱们经常玩的过家家吗？”黄仲仁对此十分肯定。

我又问王证，他指着杂志上王菲的照片，说：“这么和你说，我喜欢这个女的，因为她好看，唱歌也好听。”

我似乎懂了些什么，直奔陈梦家楼下，刚要上楼，就撞上陈梦的姐姐。

“姐，陈梦在家吗？”

陈梦姐姐摇摇头，说：“她跟爸爸回辽宁老家了。”

陈父祖籍山东，是和陈梦爷爷闯关东出去的，后来与其兄黑老陈一起回家乡奋斗，黑老陈去师范小学做了老师，陈父的生意则越做越大，成为市里有名的企业家，与陈母结婚时，还在医院引起了不小的轰动。父亲偷偷告诉我，陈母是当时医院里最漂亮的女药师。

“陈梦什么时候回来啊？”

“不知道。对了，她有封信要我交给你。你等着，我去给你拿！”

陈梦姐姐急匆匆地跑上楼去。不一会儿，她将一个信封递给我，骑车而去。

信封上面写着“给信宏”三字。我展信一看，陈梦的字迹映入眼帘：

信宏，我要跟爸爸回辽宁了，可能不回来了。爸爸已经给我办好了转学手续。认识你，我很开心。真想有天再见到你，你是我最好的朋友。再见，信宏！

陈梦

我一脸茫然。陈梦潦草的字迹在我看来比语文老师的字好看得多。我再次问自己是否喜欢陈梦，依旧没有答案。因为我不知道什么叫喜欢一个人。我万分羞愧，愤恨的感觉顺着神经末梢，沉入心海，慢慢地被巨浪包裹起来。

陈梦走了，悄无声息。

陈梦走后的一段时间，我莫名消沉，说不上有多难过，可不管做什么都心不在焉的，踢球也好，玩枪战游戏也好，都没了热情。每当射门入网，我总是习惯朝啦啦队所在的方向望望，当然不会有陈梦的身影。渐渐地，我越来越踢不下去了，每次比赛都和李凯表示身体不适，有时甚至借口推脱，久而久之也就淡出了足球队。黄仲仁和耗子他们十分不解，但时间长了也就见怪不怪了。

终于有一天，我对黄仲仁说："我不想踢球了。"

黄仲仁不解地问："为什么？因为'亚洲杯'中国输了？"

我如获至宝地回答："当然！真没意思，还号称史上最强的中国队呢！我们去打篮球吧，像流川枫那样！"

黄仲仁说："好呀！我想成为仙道！"

于是，我和黄仲仁双双退出了医院足球队。在李凯和耗子他们不解的目光中，我俩抱着从小卖部二十块钱买来的篮球，向隔壁的篮球场跑去，心中响起《灌篮高手》的主题曲《想大声说我喜欢你》。

一天晚上放学回家，听父亲对母亲说，陈梦的父母离婚了，陈梦跟着她爸回了老家，陈梦她姐则判给了陈母。

我似懂非懂，但可以确定，陈梦大概真的不会再回来了。

第十二章　重　逢

1

“信宏，你跟我说实话，我走了之后，你伤心吗？”

“或许吧！至少不踢球了是真的。”

陈梦开心地笑了，对酒保道：“老板，再来一杯！”

“别喝了，一会儿你怎么回去？”

“有代驾呢！”她又钻进我怀里，缠绵道，“咱们继续！我还等着你的答案呢！”

尴尬中，手机响起，是夏侯。我挂断电话，给她发微信说现在正在开剧本讨论会，估计一个小时后结束。夏侯说，她买了一堆食材，已经洗净备好，等我回去吃火锅。我回复她，你先吃，别等我。虽然我知道她不会听。

“谁呀？女朋友查岗了吧？”

“算是吧！”

“果然男人都一个德行。即便是信宏你，也不例外呢！”陈梦语气幽怨道，目光呆滞了片刻，“不过也正常，人总是要长大的吧！你也不可能一直像小时候那样呆萌。”

“看来这些年你的感情生活丰富妖娆啊！谈过几个男朋友？五个有吗？”我试图转移话题。

“讨厌！能不问人家这种没礼貌的问题吗？”

“不是吧？难道有十个——”

不等我说完，陈梦拿手捂住我的嘴。她那慎怯愁怨的双眼同五年级与她重逢时如出一辙。

2

在结束不久的少先队大队委员会上，班长贾明鑫与我被选为行政级别最高的校大队委员会委员。贾明鑫任文艺副大队长，一人之下，千人之上；我任卫生大队委，掌管全校所有的卫生委员。除去大队长和两个副大队长，我也算是三人之下，千人之上了。而且，大队委员全校共计八人，我们五年级四班就占了两人。由此，我的小学行政管理生涯迎来了巅峰。

班车上，我们争先恐后地拍粽子的马屁。粽子是大队长，我是卫生大队委，耗子是体育大队委，马大哈是学习大队委，全校八个大队委员，我们“班车帮”就占了半壁江山。

耗子说：“想不到，游信宏居然也是大队委！”

我说："耗子，老实点，不然我每天都让值班的卫生委员给你们班卫生区扣分。"

马大哈问："你们谁知道文艺大队委是谁？"

黄仲仁说："是我们班的邹梦颜。怎么？"

马大哈说："学生处的老师让我和文艺大队委配合，把新一年的小百灵广播站做好。"

张振说："我建议多放些好听的歌，比如羽泉的《最美》。"

粽子说："放《乡间小路》还是《最美》，咱们大队委员会还要开会讨论。他们上届五年级的也是这样过来的。"

校大队委员会全体会议在多媒体教室召开。走进多媒体教室，我们这批新上任的委员们很忐忑，几个人交头接耳，讨论讲台上那个长得像电影院大银幕的玩意儿有啥用处。众人坐定，不一会儿，黑老陈和级部主任走进来，我这才想起来去年黑老陈刚升为校委会主席。除黑老陈和级部主任外，坐在主席台上的还有粽子、贾明鑫和另一位副大队长。

会议由贾明鑫主持。为迎接即将到来的千禧年，黑老陈和级部主任部署了这一年校队委的重要任务，主要分为以下三个方面：

首先，小百灵广播站的播放内容全面改版，从学生学习、生活、健康、娱乐等方面逐渐覆盖到德、智、体、美、劳全面发展方面；第二，复兴文艺，加强美术和音乐等艺术课的教学反馈效果；第三，加强校园卫生建设，提高课间操、眼保健操期间对卫生区的检查力度，扩大其在班集体或个人考核中所占的比重。

黑老陈说："在千禧年到来前的这四个月里，学校领导高度重视咱们大队委员会的作用，希望诸位能够为全体同学，特别是低年级的学弟学妹做出表率，把咱们各方面的工作做好。”

级部主任接话说：“是啊，同学们，你们这一届大队委员会委员是跨世纪的一届，承前启后。我相信，这段时期的经历会成为在座每一位一段珍贵的人生记忆。过了今年，你们就是真正的少年了！”

粽子和贾明鑫拿出事先准备好的稿子，代表大队委员会全体委员做出郑重承诺。

跨世纪的千禧年、承前启后、真正的少年……粽子、贾明鑫他们脖颈间的红领巾，还有我自己的，更加鲜艳了。

会议提出三项工作指标，经过全体人员讨论研究，确定了这一年大队委员会的具体工作。级部主任和黑老陈反复强调，学校的卫生状况体现了学校的精神面貌，一定要严抓卫生工作，各级领导会在千禧年来临前的这段时间，相继到校检查工作的落实情况，因此不容有失。我承诺保证完成领导交予的任务，马上召开全校卫生委员代表会议。

小百灵广播站由贾明鑫和文艺大队委邹梦颜负责。她的话比张梦华还少，看她在会议上发言，感觉她和陈梦、张梦华有几分神似，也许因为她们名字里都有个“梦”字吧！

耗子和马大哈的任务也不轻松。作为体育大队委，耗子要落实每个学生的周运动量，以比赛或其他形式进行不定期检验；马大哈是学习大队委，大多是去各个班级做演讲，分享探讨各科目的学习经验与兴趣培养，尤其针对即将参加奥数竞赛的同学们给予重点宣讲。

最后倒是便宜了粽子。他只需把我们这边的工作进度向黑老陈、级部主任汇报，再带着新交代下来的任务回来安排给我们就可以了。时间一长，他的性格也有所变化，说话的语气强调和郭校长越来越像。

我把学校所有卫生中队委员聚集起来，划清了各自负责的地盘，叮嘱他们务必要好好落实学校交代的任务。

我学着粽子常摆的那几个手势，吩咐道："卫生问题反映的是咱们师范小学的整体精神面貌，每个委员都要做好自己的工作！"

大家纷纷鼓掌。对此，我颇有些沾沾自喜。

由于检查标准抬高，见效非常之快。没几天工夫，很多人就来找我抱怨，有眼保健操跟错了节拍被扣分的，有卫生区里落了几片废纸、落叶被扣分的，有没穿校服做课间操被扣分的，还有红领巾佩戴不整齐被扣分的……对此，我解释这是校领导和大队委员会提出的要求，请同学们予以配合。

与陈梦重逢那天，黄仲仁来班上找我诉苦："信宏，你得帮我一个忙！"

原来，二班的卫生委员每次检查眼保健操的时候都会扣他的分。令人奇怪的是，黄仲仁并不认识这个看似和他有仇的人。由于此人是我的小弟，我便答应黄仲仁下午看电影时替他出气。

3

从一年级开始，每学期学校都会组织学生去电影院看电影，内容多是适合儿童的题材，如《闪闪的红星》《地道战》等；有时也会去看话剧，四年级看的是《少年周恩来》。上次大队委员会结束后，为深入贯彻会议精神，丰富学生的文艺生活，改为每学期看三场话剧或电影。据说大型动画片《宝莲灯》将在明年春天上映——这很可能是小学毕业前看的最后一场电影。而这一次看的是由张艺谋执导的《幸福时光》。

观影过程中，我和黄仲仁摸黑来到二班的地盘，找到二班的卫生中队委周伟。

“呀，是领导呀！失礼失礼。”和王证一样，周伟是个颇具城府的小大人。

我单刀直入地问他为什么总是和黄仲仁过不去，他不好意思地告知：“我同桌总跟我说黄仲仁这个好、那个好，我只是有点不爽罢了。”

“你同桌认识黄仲仁？”

“她和黄仲仁家都是市医院的。”

“她叫什么？”

“陈梦。”

我心头一紧，抓起他问：“她什么时候回来的？”

周伟吓得一哆嗦：“一……一星期前，刚转到我们班。”

没人知道陈梦回来，也没人在班车上看到过她。我又问了家属院里几个同年级的女生，一个个也摇头表示不知道。

晚上回到家，我问父亲，谁料父亲叹道："唉，两个月前陈梦她爸因为企业破产负债千万，一时想不开就自杀了。"

原来，陈父去世后，陈梦母亲和她姐就搬到城里的房子住了。房子是陈父几年前买的，名字写的是陈母。陈母担心前夫的死对陈梦的伤害过深，便把职工宿舍卖了，母女三人搬过去一起住。

"班车帮"就老伙伴陈梦同学的慰问工作，展开了激烈讨论。考虑到陈梦是昔日"班车帮"成员，在足球啦啦队中身居过要职，现就陈梦因父亲辞世造成的情绪恐慌问题、自闭问题，大家决定给予其两方面的慰问：第一，每人捐出五元钱给陈梦买礼物；第二，选出一名代表把礼物送到陈梦手里，并向她传达大家的深切慰问。

这个代表自然就是我了。

翌日，我来二班找陈梦，周伟却告诉我，她已经请假三天了。放学后，我带着疑惑回到家，见母亲正急匆匆地收拾行李。

"回来了，信宏。拿上你的东西，我们要去别的地方住一段时间。"母亲说着把枕头塞进袋子。

"为什么？"

门口驶来一辆夏利车，听声音是舅舅。

母亲说："一会儿再说！赶紧拿东西，还得去办公室接你爸呢！"

傍晚时分，舅舅把我们送到南阳河桥下的一个平房区。南阳河在几百年前是护城河，现在是西门水库的一个支流水渠。整条水渠贯穿城东城西，从地图上看就像一条青龙蜿蜒在城市的南方。南阳河上有一座大桥，叫南阳桥，是城市的交通要道。南阳桥下，沿着南阳河两翼是老旧的平房区。二十世纪八十年代，这里有水有花，可谓城中花园。

车子沿小路下来，绕河而行。河边随处可见洗衣服的家庭妇女，也有玩耍的儿童和散步的老人。又行片刻，车子停在一户平房门前，大门上的红漆似是刚刷不久。舅舅敲门，门开了，走出一个三十多岁皮肤黝黑的女子。

女子说："来了？进来吧！"

舅舅与她聊了两句，听意思是老早就联系好了。接着，女子把她男人喊出来，帮我们拿行李。

偌大的院子里，除却北边的主屋自住外，东西两边各有两间大房，想必是对外出租用的。女子带我们来到西边的屋子，对我们说："就是这儿。"

母亲仔细看了几圈，对父亲点头，表示满意。这里虽然比不上医院宿舍，但比老家的旧房子强多了。舅舅帮母亲把床铺等收拾一番，又打扫了一遍卫生，才开车离开。

"爸，咱们怎么搬到这里住了？"

父亲放下报纸，笑着说："有小道消息说，最近有大地震。你妈胆儿小，就让你舅给咱们找了这个地儿，防震来了。但毕竟是小道消息，震不震谁知道呢！"

母亲一边洗菜一边说："你们还真别不信！你看医院里那么多人都临时搬出来了。你们是没经历过唐山大地震，那可真是天灾啊！不管震不震，以防万一，咱都得搬出来。"

我又问："黄仲仁、王证、粽子、耗子他们呢？都搬出来了？"

母亲说："都搬出来了，不是回乡下老家，就是像咱一样沿着河岸找些平房暂住。听说河水能缓冲地震波，也不知道是不是这样。"

父亲嘿嘿直笑。

母亲懒得理会父亲，继续说："信宏，我可事先给你说好，咱们在这住的这段时间，你少去河边玩。地震的时候，河边很危险。"

我连连答应，以免母亲唠叨个没完。

吃饭的时候，外面吵吵嚷嚷的。透过窗户，我看到女房东领着几个客人进来。

母亲对父亲说："看吧，现在全城都乱成一团了，估计住楼房的都搬出来了。"

突然，我的视线自动捕捉到一个身影，熟悉的轮廓下，那张脸被屋檐下的灯光映得通红——

竟是陈梦！

我克制住激动的心情，寻思着如何向她传达大家对她的慰问，只听母亲对父亲说："咦？你看，巧了，那不是陈梦她妈吗？"

父亲说："我早看到了。"

母亲不禁酸溜溜道："看到大美女，你的眼睛倒是比谁都好使了！"

父亲笑道："那是……"没说完，就被母亲拧了一把，直叫疼。

父亲感叹陈母不容易，前夫去世，孤身一人还要抚养两个女儿。母亲听了，倒还真生出几分同为女人的同情。

第十三章　进退之间

1

早上，父亲骑着摩托送我去学校。临走前，母亲说要去和陈母打个招呼，顺便问问母女三人需不需要什么帮助，毕竟还不知道要住到什么时候，怎么说她和父亲也是同科室多年的老同事了，而且陈母对我一向很是照顾，陈梦和我玩得也不错。父亲憨然一笑，两脚踹响了发动机。

课间，我找到周伟，让他转告陈梦放学后在小卖部门口等我。中午放学，我来到小卖部后面的死胡同，陈梦已经到了。看到我，她没说话，反而低下了头。

我打开书包，把大家凑份子买的美少女战士玩偶递给她，背起了事先从王证那里组织好的台词：“你的事咱们‘班车帮’都知道了，这是大家送你的礼物，希望你能尽快好起来，大家都等你回来呢！”

陈梦抱紧玩偶，感动地说：“谢谢大家！”

“回来了也不来找我和仲仁，为什么呀？”

“爸爸不在了，我很难过。”

“你还有咱们医院的伙伴们呀！”我发自内心地说。

“我……不知道怎么回事，就是怕……见到大家，尤其是你，信宏。”

“这……”王证教我的台词里可没有这一句。

一辆桑塔纳停到路边。陈母走下车，她的眼角被鱼尾纹包裹着，给本不输母亲的那张脸添了几许无奈。好在，她的笑容立即将这一切阴霾一扫而光。

“信宏，你和梦梦赶紧上车。我和你妈妈说好了，今晚咱们一起做饭吃。”陈母微笑着，那语气和笑容让我确信她仍然是父亲科室最漂亮的阿姨。

住在南阳河边防震的这段日子，我和陈梦每天坐陈母的桑塔纳上下学。在黑老陈的安排下，陈梦又回到了阔别四年的五年级四班。随后，校大队委员多了一个人——副文艺大队委陈梦。黄仲仁、粽子他们觉得我干得不错，准确地把大家的慰问传达给了陈梦，圆满地完成了大家交付的任务。

一天，陈母找到我，说她和陈父离婚后，陈梦的学习成绩直线下滑，陈父去世后，陈梦对学业兴趣全无。陈梦姐姐读高二，学业繁重，放学又晚，所以，她拜托我每天放学后和陈梦一起写作业，她若哪里不懂，希望我能指导她。一段时日下来，几次小考，陈梦的成绩有了起色。陈母一边谢我，一边往家里送东西。母亲用眼神警告笑脸相迎的父亲，自己却笑呵呵地把东西收下。

平日写完作业，我和陈梦偷偷溜到南阳河边，跟一群当地小孩玩耍。太阳要没下山呢，就抓鱼、打水仗。有时，表弟徐越也会来这儿住上一两天，我们就带着他一起玩。有一天，徐越突然来了一句："哥哥，你和姐姐以后会结婚吗？"陈梦笑了笑，摸摸徐越的脸蛋儿。我则皱起眉头问他："这些乱七八糟的念头你都是从哪里学来的？"

晚上，陈梦拉我到院子里的梧桐树下，陪她看星星。奶奶在世时，常在夏日夜晚在老家院子里铺上一张凉席，坐在上面陪我数星星，讲古老的故事。奶奶去世后，外婆也会带我在旅馆楼前放张小板凳，看星星，讲故事。

"信宏，还记得四年前给你的信吗？"陈梦问。

"……"我有点结巴。

"你是不是喜欢你的同桌张梦华？"

"你知道张梦华？"

陈梦笑笑，抬头看着北斗七星，说："她真不错呢！漂亮，学习又好。这几年，我越来越胆小了，不然我肯定会和她一较高下的！"

这话肯定是周伟告诉她的！这小子，我一定要好好教训他一下！眼下，我必须澄清事实，不能再制造更多的误会。

"你走以后，我不开心了好久，啦啦队没了你，我球也不踢了。和张梦华同桌以后，觉得她和你有点像，你们名字里都有一个'梦'

字……我只是觉得你和张梦华跟其他女孩子不太一样。”

说这话时，陈梦一直凝视着我。漆黑的院子里，月光洒在她的脸上，角度不偏不倚，光影的饱和度恰到好处。她眸子里生出一道光，犹如《战神金刚》里的光芒神剑一般，深邃无尽，里面似有一片汪洋，海面上呈现着星星的倒影。海浪将我的心卷起来，一浪又一浪的。接着，龙卷风袭来，引发了海啸，随即将一切都被吞噬了。

2

酒吧的音乐变得舒缓起来，如此狂野的地下歌手还能唱出这样柔美的旋律，让人惊叹。

“亏你还记得这么清楚！咱们在南阳桥下避震的那些日子，是我最宝贵的回忆！”陈梦又饮下半杯威士忌，眉飞色舞地说，“记得有一次阿姨和叔叔吵架，回了娘家，你们爷俩儿把虾给做糊了。你来找我和妈妈帮忙，谁知被中途折回的阿姨撞见了，折腾到半夜才澄清误会呢！”

“你是真的不能再喝了。”我试图扶起陈梦柔软的身躯，她却死抱着我不放。

“信宏，这么多年，让你正面回答那个问题，就那么难吗……你还想逃到什么时候？”陈梦仰头，眼睛里盛满了水。

“其实——”

陈梦忽地一下吻住我的嘴，双手死死抓着我的脖子。我醉意朦胧，理不清此刻冰爽的感觉是福是祸，本能地想将她推开，可迷乱的神志却被酒精带来的快感完全侵袭。

“信宏，你喜欢我吗？”陈梦双颊绯红，嘴唇更红了。

“应该……喜欢。”我双眼涨红了。

“如果，我不再是之前的我，你会讨厌我吗？”

“你一直是那个陈梦。”

陈梦鼻子一酸，把脸埋进我胸膛，目光低垂。

“信宏，能给我唱一首歌吗？”她指着台上的麦克风。

“想听什么？”

“我最喜欢的你写的那首《执念》。”

她居然也喜欢这首歌！

一种莫名的悸动令酒意醒了几分。我大步走上舞台，与歌手交谈了几句，接过麦克风。调音师下载了《执念》的伴奏，导入调音台。第一个音符响起时，我从躁动暴烈的气氛中找到一种久违的宁静感，也顾不台下有几个听众，在清冷的钢琴与弦乐过后，唱出了第一句:“寂静夜的流星划过了天际，恍如隔世的执念无声无息——”

此刻，我呆呆地坐在酒店房间的床上。浴室传来的流水声颇有韵律。我已算不出自己神游了多久，只看到手机有六条未读微信，都是夏侯发的。

我回复夏侯:“刚刚出发，一小时内到家。你先吃，不然锅都凉了。”

夏侯回复:“我也不饿，还是等你回来一起吃。”

“信宏，你要不要也冲一下？”陈梦在浴室里扬声问道。

“不用了……”我语调踌躇。

一道暗红的光线透窗投射进来。窗外，酒店牌匾上的霓虹灯一闪一闪的，一阵剧烈的痛感自我的胸口直升起来。

3

五年前的那晚，我和邹梦颜从和平影都出来时，已过午夜十二点。她沉默不语，满脸幽怨。

影片放到后半段，先是我的手机震个不停，接着，她的手机也开始叫嚣不已。我俩同时按下接听键。

“游信宏，你怎么回事？一直不接电话，夏侯都快疯了！”电话那端是小凤凰。

“我在影院，过会儿再说……”我一边敷衍，一边观察身边的邹梦颜。

“知道了，嗯……”邹梦颜回复电话的语速很慢，也很淡定。

人生真的很无奈，往往身不由己。

我拦下一辆出租车。上车坐定后，司机问我目的地，我转头去看邹梦颜。

“延安西路高架十字路口，东沿华东医院那个。”她的语气仍然很平静。

司机似乎很奇怪我们所去之处不像普通情侣该去的地方。我的大脑一片空白，邹梦颜则瞥头看着窗外的明月。沉寂冷峻的氛围中，我演绎着无数个接下来的可能。沉默良久，只见邹梦颜用手整理头发。我按捺不住，把手放在她的额头上。

“不舒服？”我轻抚她的发端，抑制住想吻她的冲动。

“没事。”她淡淡应声，把我的手轻轻挪开。

下了车，我俩并肩而行，沉默无言。走到高架桥十字路口，高挂的酒店灯牌亮过路灯，晃眼得很。继续往前走，来到我订的酒店门前。几对出入酒店的情侣与我俩擦肩而过。他们欣喜的样子仿佛向我俩炫耀着一种命运给予的优越感。

我必须做出选择。

“我送你回去吧！”我眼望星辰，不敢去看邹梦颜。

“不用了。”她还是平淡的语气，“你还有什么要说的吗？”

“没事，我送你。”

“你……这样没有意义。”

我执意相送，邹梦颜拗不过，不再推辞。我们并肩走过十字路口，彼此的手靠得很近，却没有相牵。到了她租住的小区门口，我道声晚安，目送她离去。

邹梦颜走得很慢。路灯下，她的影子拉得很长，灵魂似乎也苍老了许多。我目送她一步步走进黑暗，在她的身影被黑暗完全吞噬时，我的心也掉进了深井里。

那夜，我失眠了。电视上转播着世乒赛决赛，张继科战胜王皓，卫冕了男单冠军。这次，他没有再撕球衣，而是用更为从容的手势向世界宣告，这是属于他的新时代。

同样，我也开启了我的新时代。

浴室里的水声变小了。我匆匆起身，抓起外套，冲出酒店，拦下一辆出租车，对司机说道：“您好！去良乡。请您开快些！”

司机说:“好嘞!现在车少,咱们十二点半能到。”

“谢谢您!”

我盯着渐渐远去的酒店灯牌,默默对陈梦说了声“对不起”。

回家一看,桌上的火锅都烧干了。满桌未煮的蔬菜也委顿了。夏侯裹着睡衣在沙发上睡着了。闻声,她睁开眼睛,起身把筷子递给我,轻轻地说:“回来了,吃吧。”

夏侯跟我在一起十年了,我曾有过两次想娶她的瞬间:第一次是二十二岁生日那天,她幸福的笑容里闪过一丝憔悴;第二次是当年我找邹梦颜回来后,她仍然不吭声地在洗衣服。第三次,就是现在。

相知，宿命的垂青

当我跨过沉沦的一切，向永恒开战的时候，你是我的军旗。

——王小波《爱你就像爱生命》

第十四章　美女，交个朋友

1

上午十一点，我坐在北京南站一层的麦当劳，啃着巨无霸，望着行色匆匆的旅人们发呆。忘了从何时起，我有了这个特别让自己安心的爱好。这些奔走的灵魂必定都有着耐人寻味的故事，加之南站于我的那份特殊归属感——这里随处都是我赶车的身影，总能让我在胡思乱想中，捕捉到一些意想不到的灵感。

对于两日前我的临阵脱逃，陈梦的反应出人意料的平静。她没表示出任何不满，昨天还反问我："回去晚了，她没说什么吧？"此外，她告诉我，与资方会面的时间已经确定，第二天上午十点，建国门，长安大戏院。

"还有，仲仁那事儿你说了没？"我问。

"请示过了。张总说，既然是老朋友了，可以给安排下。不过，群演和后勤的活儿可是组里最脏最累的。仲仁他……没问题吧？”

“不用担心，他干劲十足。况且，他之前做过摄影师助理。我也和黄大伯说了，这或许对他的病情有所帮助。”

“那就好。”

挂了电话，我第一时间通知了黄仲仁。果不其然，听到可以进剧组，他好似打了鸡血。

“哈哈，中国电影的未来就靠我啦！信宏，你等着，我这就去买火车票！”

不及回话，电话中已经响起挂断声。

这小子是个定时炸弹。这一次，他又会干成什么样呢？

黄仲仁第一次来北京闯荡，是我去上海见邹梦颜的两年后。我也是在这儿接的他。那时，北京南站刚运营不久。黄仲仁二十六年来首次离乡，进京北漂，作为兄弟，我自然要尽地主之谊，便把他安排在家中的客卧。

那时，夏侯因邹梦颜之事和我搞冷战，搬到公司附近住，只是偶尔有事回来看看我，以朋友的身份，收拾收拾卫生，下下炉灶。对于黄仲仁的到来，夏侯虽有不满，但见我心意决绝，也不好发作——她一直认为，正是黄仲仁怂恿我去找邹梦颜，才坏了我和她的好姻缘。

起初，黄仲仁还投投简历，跑跑招聘会。十天下来，并不顺利。虽然大学学的是计算机，他却一直眼馋影视传媒行业的薪酬。我劝他实际些，变眼高手低为脚踏实地。他点头应诺，却不以为然，继续谋划自己的成功捷径。

我疲于工作，顾不上每日监督他。有一天，他突然和一些江湖人士搞在一起，还把这些身怀绝技的“高手”领到家中，喝酒狂欢。这些“高手”与黄仲仁有个相同的梦想：成为像王宝强那样的草根艺人。他们认为，要复制王宝强的奇迹，就要先得耐住性子，在片场门口“蹲点儿”。

黄仲仁和这帮江湖志士是在干三十块钱一天包盒饭的综艺节目群演时相识的。这帮人多是浪迹江湖多年的“街头艺术家”，吉他歌手、跑酷小子、武行替身应有尽有，其中，他们的老大哥赵飞，人称“当代丐帮第一帮主”。

黄仲仁去片场门口蹲点的第一天，就被这帮来自天南海北、各有所长的“高手”们震撼了。豪爽外向的黄仲仁很快和他们称兄道弟起来。其中一个发型奇异的武行名叫苏刚，道号“金刚”。他佩服黄仲仁的事迹，尤其是大学三年在校门口靠倒卖火车票赚得第一桶金的光辉历史，便把他引见给了他的师父——一个发型比金刚更拽酷的中年男子。中年男子一身唐装，手握龙头打狗棒，雄鸡发型头红尾绿的，整个人立在角落不怒自威。

金刚道：“黄大哥，这就是当代第一丐帮帮主——赵飞。”

黄仲仁拱手道：“帮主，你好！”

赵飞用龙头打狗棒撑地起身，回礼道：“兄弟，客气了！”

接着，黄仲仁跟着这帮兄弟上了一辆中巴车。车子开到昌平区的一个摄影棚。他们在那里录了一天的《最强脑力》。选手们多是名校的高知分子。导演一直喊“Cut”，每个环节都录了好多遍，他们好几次都坐不住，又饿又想上厕所。可是，四处都有工作人员监督，录制完成前，一只老鼠都不能溜出摄影棚。结果，金刚和几个兄弟实在难忍内急，跟工作人员发生了肢体冲突，把节目现场搞了个天翻地覆。酣战正浓之际，警车鸣着笛到了。黄仲仁拉着金刚等人伺机抽身，好在跑得快，没被抓。

“你是不知道，金刚他们太厉害了！”黄仲仁比画着说，“飞踢、倒挂金钩、海底捞月、天马流星拳……绝了，凑齐了全套！”

那晚，黄仲仁和金刚、赵飞他们在北太平庄附近的路边大排档喝到半夜三点。谈起白天的壮举，哥儿几个眉飞色舞，难掩热血男儿本色。黄仲仁因把风及时，助大家躲过一劫，立下了大功，在帮众心中升华到与金刚平起平坐的地位。

可是，常聚一起喝酒总容易出事。一次，黄仲仁喝醉后，为博得在座的女中豪杰一笑，吹牛吹过了头，与另一个醉酒的暴躁吉他手发生了口角，对方拿起啤酒瓶直接摔在黄仲仁脸上。

我从公司赶到医院时，黄大伯已从老家赶到了。我连连致歉，表示没看好黄仲仁。黄大伯感叹道：“信宏啊，这不怪你。你说仲仁这小子啊，总是给我们老的惹麻烦，弄得我们整天提心吊胆的！”

望着病床上被包成木乃伊的黄仲仁，我知道他的北漂之旅结束了。回到家乡，他是好了伤疤忘了疼，整日酗酒，吵嚷着要再闯京城，与兄弟们成就一番大业。黄大伯不允，黄仲仁便歇斯底里，口出狂言。万般无奈下，黄大伯将儿子送入精神科诊治。经鉴定，黄仲仁患上了双向情感障碍。在医生的建议下，黄大伯把黄仲仁送到市精神病院进行强制戒酒。直到两个月前出院后，黄仲仁开始每日准点电话对我倾诉：“信宏，我完啦！呜呜——”

希望这一次，他能务实一点，别辜负了陈梦的一番好意。

手机铃声响起，是黄仲仁来电。我丢下喝剩的半杯可乐，起身离开。刚出来，人群中便出现了一个显眼的怪家伙：小胡子，劳改头，二十世纪的 POLO 衫，不合脚的大凉鞋，脚趾头上的灰尘已然入了体肤，目测有四十岁上下的样子，左右摇晃的油头脑袋与嘴角神秘的笑容像是在向京城宣告：我黄老三又回来了！

我惊讶了一秒，便沉静下来——哼！这不正是这小子的常态吗？

你就演吧！

2

寒暄过后，我和黄仲仁钻进地铁，辗转几趟才到家。放下行李后，我们坐公交车到良乡城里转了几圈。他感慨上次来的时候四处荒地，此刻已然高楼并起。我俩边走边侃，不知不觉就到了太阳西落之时。我带他来到西门十字路口一家颇有人气的陕西肉夹馍店。

此时没到饭点，只有几个零散的食客。点完餐没过一会儿，服务员便将肉夹馍和羊杂汤端了上来。

“尝尝，很正宗。”我抄起肉夹馍啃了起来。

黄仲仁则把目光投向坐在靠里位置的一位妙龄少女身上，随后大口吃起来，边吃边唱道：“你吃着肉夹馍，我喝着羊杂汤，我们都一样，都一样……”

妙龄女子闻声抬头，刚好撞上黄仲仁猥琐的小眼神儿，瞬即花容失色。

“美女，要不要交个朋友啊！”黄仲仁居然自作多情起来。

邻座一哥们儿乐了，打趣道：“兄弟，你要火！看好你！”

黄仲仁笑着摆手道：“多谢！必须的！”

见有了粉丝，黄仲仁更是得意忘形，冲着那姑娘吹起了口哨，惹得对方厌烦不已，走出店门。

我正色道：“正经点！这次的表演机会是陈梦帮你争取的，黄大伯那儿我也是好说歹说才同意你来，可别再让我难堪了。”

黄仲仁把碗里最后一口汤倒进嘴里，又将碗边上的肉末舔净。

“哎呀，我知道。我在精神病院什么事儿没见过？安心啦！”他的不耐烦中透着一丝狂妄。

“认真点！这和你之前做‘扯电线’的活儿可不一样。这个导演在法国戛纳得过奖。《逆天行》是他转战商业片的第一战。”

“来头不小呀！可得好好让他见识一下我的表演天赋！还有，我说过多少次了，什么‘扯电线’，是摄影师助理好不好！”他纠正我。

“丑话说前头，这大好的机会是过了村儿怕没店儿了，你要是想出人头地，就闭上你那张欠抽的牛皮嘴！”

黄仲仁连连点头。

吃完饭，我带他去隔壁商场买了几套新衣服，又去理发店把胡子刮干净，整个人焕然一新。

“怎么样，信宏？我是百变星君！”黄仲仁在镜子前转来转去，不无得意道。

“后天见资方和导演，你别多说话。否则，你就别去了。”我提醒道。

“你就放心吧！我可是演员！”他说，“对了，夏侯呢，她现在做什么？”

“估计在诅咒你吧！”我没好气道。

黄仲仁苦笑，叹了口气。

邹梦颜的事被翻出来之后，夏侯一直都回避黄仲仁，实在碰上了，那尴尬堪比极地的风。其实，黄仲仁一直很敬重夏侯。除夏侯与李子丹之外，近十年，他没尊重过一位与他谋过面的同龄女性。

李子丹与黄仲仁高中同学三年，彼此情深义重。作为局外人，我对此深信不疑。

我升高二那年，因阑尾炎手术休学一年的黄仲仁考入了第一高中。彼时，我已称霸第一高中乒坛。NO.1 的宝座让我有些飘飘然，更让黄仲仁眼红。我俩从小学三年级起开始打乒乓球，在医院操场的水泥球台上风雨无阻。天黑了，就拧上黄仲仁从家里偷来的 40 瓦灯泡夜战，每次都打到“你妈喊你回家睡觉”。从小学到初中，乒乓球超过篮球、捉昆虫等其他娱乐项目，成为我和黄仲仁的首选运动。我俩在相互竞争中，球技也突飞猛进。

黄仲仁向我发起挑战。可他因疏于训练，一开始被我的弧圈球拉得找不到北。当时，黄仲仁倔强好胜，整日研究打败我的方法——苦练高抛发球。每日放学，他不回家，要在球场练足一百个发球。李子丹就是这时候被这个有毅力的好少年吸引的。黄仲仁不知何时身边多了小跟班，给他捡球，给他带水。起初，他觉得李子丹很烦，后来也接受了这个朋友。

黄仲仁屡战屡败、越挫越勇，终于有天赢了我。笑得最开心的是被黄仲仁称作“跟屁虫”的李子丹。此后，黄仲仁走到哪里，李子丹就跟到哪里。所有人都说他们在搞对象，黄仲仁则一本正经地否认：“别胡说八道！搞对象哪有打乒乓球好玩！”

此外，在李子丹的帮助下，黄仲仁的学习成绩稳步提高。黄大伯得知是李子丹的功劳后，开心地对我说：“这个女同学真好！信宏，你和仲仁说，让他好好学习，考个好大学，争取和这个女同学读同一个学校。”

遗憾的是，那时的黄仲仁情商比我还低。在他眼里，除了乒乓球，什么都没意思。填报高考志愿时，黄仲仁并没有把李子丹的话放在心上。他觉得，两个人在不在一起读大学并不重要，或者说，根本就没想到，此时的别离可能就意味着一辈子再也见不到了。

3

我把被褥扔到客卧的床上，和黄仲仁一起铺好。

“我不明白，那时候你真的不喜欢李子丹？”我问。

“我也不知道。当时，我满脑子只想着怎么赢你，怎么练成新的魔鬼发球，哈哈！”

“你可别忘了，那年你和一帮人打群架被开除后，她天天来班上找我问你的消息。”

“听说还给你添了麻烦。”

当时，在偶园回中就读初中的黄仲仁和一群问题少年为伍，来第一高中后，仍不时与那边的兄弟有联系。这些人大都没读高中，早早成为社会青年。黄仲仁不时与他们混一起，到底出事了。他们将一个高中生的腿打折了。虽然黄仲仁自称只打了一下，可受害者家长不依不饶，坚决要求学校进行处罚。校方无奈，只得将黄仲仁劝退，后来是黄大伯疏通了关系，他得以返回校园。

黄仲仁不在的几个月里，李子丹天天来班上找我，问我黄仲仁的近况。一开始，我如实相告，后来没什么可说的了，她还来，我就讲一些我们儿时的趣事。我俩漫步校园，去食堂共进晚餐。长此以往，旁人还以为我和李子丹是一对儿。我乒乓球有两把刷子，在学校也算风云人物。三人成虎，我和李子丹的事儿自然变得路人皆知。当后桌张晓芳把这事儿告诉闺蜜——邹梦颜，且得到“印证”后，一度令我万分尴尬，好不容易才洗刷了清白。

黄仲仁坐在床上，问道：“记得你说有次你和李子丹在食堂吃饭，还碰见了邹梦颜，好像是谁过生日来着……”

我扔给黄仲仁一罐可乐，自开一罐，猛饮一口，答：“张晓芳的生日。那可真是不堪回首的噩梦。”

第十五章　大萝卜，小传说

1

高三上学期，十一月初的晚秋，期中考试刚过。那日，我从班主任办公室出来，捋着考卷，思虑着如何向父亲交代。除了数学考了 143 分，其他科目都平庸得很，化学、英语更是没及格。等榜单一放，铁定四十名开外。上周课间操喇叭通告，再次批评黄仲仁等人的校园暴力行为，给予勒令退学处分。我回到座位上，轻叹这是一个多事之秋。

“信宏，今天晚饭时你没事吧？”后座张晓芳轻声问我。

张晓芳是我在班上较为要好的女同学。我们高二相识。当时，我刚称霸第一高中乒坛不久，还算生面孔，没几个人认识。一次，我见张晓芳与一个男生打乒乓球，被对方百般捉弄，一时不爽，用连续三个弧圈球打跑了他。围观者喝彩连连，张晓芳向我微笑致意。

当张晓芳告诉我她认识邹梦颜时，我深感这个世界太小了。

张晓芳、邹梦颜、黄仲仁是师范小学的同班同学。张晓芳与邹梦颜更是闺中密友。正因此，对张晓芳，我无事必献殷勤，只盼她在邹梦颜面前给我美言几句。此外，也让她过了把邮差瘾——帮我给邹梦颜传信儿。

“没啥事，能有啥事？”我答。

“中午一起吃饭吧，今天我生日哦！”

“是吗？那必须去。”我话题一转，“梦颜也去吧？”

“哼！就知道梦颜！”她小嘴一努。

我赶紧从书包里取出一罐旺仔牛奶，塞给她，说：“生日快乐！”

张晓芳笑着接过，刚要说话，门口传来篮球队丁长浩的声音：“游信宏，那个美女又来啦！还不赶紧出来！”

我尴尬地央求张晓芳，让她千万别把这事儿告诉邹梦颜。

张晓芳得意地说：“好说，又不是一次两次了。不过，要是你和这女的真有事儿，可别怪我立马向梦颜拆穿你丑恶的嘴脸。”

张晓芳同桌李金婷放下习题，冷笑道：“你早该告诉人家啦！游信宏这个滑头，我可是看得一清二楚！”

浪潮般的嘘声中，我走出教室。

这种批斗很常态。这是赤裸裸的嫉妒。

找我的是李子丹。她上来就问：“没耽误你学习吧？”

我摆摆手说：“没事，走吧！”

和往常一样，我们沿小路向南，曲径通幽，穿过松柏书园，来到孔子石像前坐定。像《曲苑杂坛》里的评书那样，我先回顾了昨日讲的与黄仲仁小学吃方便面、收集《水浒传》卡片的故事，接着开讲下一回：捉昆虫的光辉历史。

我和黄仲仁刚认识那几年，每逢夏秋时节，空闲时最喜欢捉昆虫，蚂蚱、蝈蝈、蛐蛐、螳螂、幼蝉等一应俱全。每种昆虫的捉法、养法都不尽相同。黄仲仁的天赋在捉，我的天赋在养。甭管多大蚂蚱、多恐怖的蝈蝈、多会割人的螳螂，黄仲仁下手就抓，快、准、狠、稳；而我，不管蚂蚱多老、蝈蝈多小、螳螂的腿儿全不全，喂养半年以上，过冬不是问题，绝对死不了。

李子丹听得入了迷，感叹道：“你们怎么可以这么棒呢！”

我嘿嘿一笑，有点沾沾自喜。

“中午还是一起吃饭？”李子丹试问。

“今天不行，同学生日。”我答。

“哦。”她有些失落。

我见她不开心，便说：“不过，你也可以一起来呀！”

李子丹迟疑一下，笑着应声好。

2

最后一节课，我写完习题，正神游，为即将见到邹梦颜而兴奋不已。想到李子丹也去，深觉不妥，可又一想，邹梦颜善解人意，一定不会误会。

下课后，张晓芳、李金婷、冯帅和我等七八个平日与张晓芳要好的同学，信步来到食堂，占据了最适合看电视的一排黄金位置，布置起来。我端菜上桌，四顾寻找邹梦颜。待众人坐定，丁长浩把大家凑份子买的蛋糕端了上来，邹梦颜也翩翩而至。

邹梦颜说：“晓芳，不好意思啦，老师找我谈话，耽误了点时间。”

张晓芳拉起邹梦颜的手，笑着说：“没关系，我们也刚来一会儿。”

“对，我们刚来！”冯帅和丁长浩一齐喊。

李金婷瞪了冯帅一眼，整得冯帅战战兢兢的。冯帅一直对李金婷有好感，班上人尽皆知。

邹梦颜对余者点头致意，大家也都礼貌回敬她，唯有李金婷爱答不理的。她看到我时，眸子亮了些许，笑容中多了一丝欢喜：“嗨，信宏！”

“嗨！好久不见啦！”我心跳加快。

众人一起点燃生日蛋糕上的十七根蜡烛，齐唱生日快乐歌。张晓芳带着百合般的笑容将蜡烛吹灭。此时，不远处一个声音响起：“信宏！”

是李子丹！坏了，忘了她也要来！

我起身，避开邹梦颜的目光，在一片诧异声中把李子丹带过来。

李子丹笑道：“信宏，你怎么不告诉我在哪儿呢！我在你班门口等你半天啦！你不是说我也可以来的嘛！”

“这……”我语无伦次，下意识瞅瞅身旁的邹梦颜。

邹梦颜不悦，张晓芳尴尬，李金婷冷笑，冯帅、丁长浩这对活宝带着其他人露出不怀好意的笑容。

“来，这边坐！游信宏脑子有点问题，别在意，别在意啊！”丁长浩礼貌地让开一个空位。

张晓芳赶紧说：“是啊，信宏的朋友就是我们的朋友，欢迎！”

“谢谢。”李子丹微笑着在我右边坐下。她看到我左边的邹梦颜，随后打招呼：“你好！”

“你好。”邹梦颜的语气不冷不热的。

“邹梦颜同学，常听仲仁和信宏提起你呢！”

720 度的转折听得张晓芳他们像要闪了腰。

李子丹和邹梦颜的性格不同，却是同路人，都有着与众不同的气质、优雅不凡的谈吐、纯真清丽的笑容。李子丹外向幽默，在淑女和女汉子间无缝切换；邹梦颜文静大方，埋藏着一颗率真烂漫的童心。故此，两人特别投机。从《傲慢与偏见》到《致爱丽丝》，从《还珠格格》到《火影忍者》，从曹雪芹到托尔斯泰，无所不聊，除了我和“小文艺”李金婷之外，余人只当是在听天书罢了。

张晓芳松了口气，庆幸生日会场没变疆场。邹梦颜、李子丹越聊越带劲，却令她深感不悦。所幸，我因吹牛不敌冯帅、丁长浩，忙拉张晓芳来圆场，算是解了她的失落之困。

李金婷放下剩下的半口蛋糕，哪壶不开提哪壶道：“今天大家高兴，不如我们来玩真心话大冒险吧？”

众人都在兴头上，表示同意。冯帅又打开一瓶大可乐给大家倒上。丁长浩不知从哪儿掏出一个骰子，说：“一会儿丢出来的数，从晓芳起，顺时针数到谁，谁就是被问方；接着再来一遍，数到谁谁就是发问方。”

冯帅说：“行啊，老丁，平常咋没发现你有这等智商呢？”

丁长浩笑而不语，投掷骰子。骰子兜兜转转停在四个点上。

“刘洋！”

再来一次，骰子停在三个点上。

“王珊！”

“王珊问，刘洋答！”

王珊是我们班的学霸，学习委员，文化课前三。思索片刻，她发问：“你有喜欢的人吗？她是谁？”

如此单刀直入，不愧是学习委员！大家张大嘴巴。李子丹和邹梦颜默契地笑笑，也来了兴致。

“有！就是你！”刘洋不假思索，显然是信口胡诌的。

“有多喜欢？”王珊倒是顺杆爬，继续发问。

“一看到你就双脚发颤，走路不稳，上气不接下气！”刘洋有点要找碴儿的意思。

大伙儿起哄，要看王珊如何接招。

王珊知道刘洋这是将她的军，索性说道：“那你可要倒霉了！我今天就把你的语文段考成绩向你的家长汇报！怎么样，现在一看我是不是腿也不疼了，腰也不酸了，干啥都有劲儿？”

刘洋一听，立马急了，变色告饶道：“喂，王姑奶奶，手下留情啊！我错了！”

大家笑得更厉害了，纷纷冲王珊竖起了大拇指。

李子丹对邹梦颜说了几句悄悄话，两人咯咯直笑。一个笑得俏，一个笑得羞。

丁长浩抛出骰子。这一次，我问，冯帅答。

“如果你喜欢的人不喜欢你，你会放弃吗？”

“不放弃！等她回心转意。”

“这辈子都回不了心、转不了意呢？”

“那就下辈子！”

冯帅的决绝赢得了阵阵掌声。大家都能体会到他这种视死如归的悲壮程度。

骰子再次抛出。这一次，张晓芳问，我答。

“信宏以后想做什么？作家、音乐家，还是其他？”张晓芳终于问了像样点的问题。

大家表情变得郑重，李子丹笑得真诚，邹梦颜充满期待。

“这个嘛……”我环视一圈，酝酿答案。

“我全都做。作家、音乐家，以及其他所有我想做的都做。想成为什么我不在乎，我只在乎自己想做什么。”

大伙儿嘘声一片。冯帅和丁长浩调侃我又开始装了，不说几句大道理就不是我游信宏了。我只是觉得人确实要有一些理想和坚持，仅此而已，特别是在看到邹梦颜那善体人意的笑容后，更坚定这一点了。

丁长浩掷完骰子。这一次，李金婷问，丁长浩答。

“游信宏到底有几个女朋友？他是不是很花心？”

“问得好！而且你问对人啦！”丁长浩不知从哪儿掏出一个小本子，翻阅着说：“目前，可疑人选，12 个。”

“胡说啥呢！”我辩解。

“嘻嘻，我觉得不多呀！”王珊幸灾乐祸。

张晓芳和冯帅闭口不言。李金婷冷笑几声。邹梦颜脸色已然不对。

“只是认识而已，能说明什么？”我莫名其妙。

“是呀。是不是搞错了？”李子丹问。

“你不知道，信宏是我们班的头号红人。唱歌好，文采高，体育全能，除了文化课什么都厉害！他还有个外号，叫‘大王’。”王珊添油加醋，如此文静的女孩子竟然如此八卦。

“是啊！宏哥的名号，在我们体育生这里，都是一等一的响亮！我们宏哥，敢在光天化日下，和女孩子单独来往。你们说，这牛不牛！谁不服我们宏哥，我刘洋第一个饶不了他！”

邹梦颜的脸已经没法看了。之前教几个女生打球时不巧被她看到过。这跳进黄河也洗不清了。

“欸？真的吗？”李子丹问。

“游信宏，男子汉要敢作敢当。这些女孩子都是和你单独在校园里接触过的。”丁长浩把小本子拍到桌上。

“没有就是没有！”我动了真火。

“怎么，单挑？”丁长浩幸灾乐祸。随即他又对李子丹说：“其中，高二 13 班这个，就是妹妹你。”

大家看着李子丹。李子丹愣了一下，捂着嘴巴笑起来。她说：“我想你们有误会。我和信宏哪里是那种关系呀？说不定，你们这情报是真的有问题呢？对不，高三 1 班的邹梦颜同学？”

邹梦颜脸有些红。她说：“确实有可能。我觉得，这种事，还是得要多考证一下，不要轻易下结论得好。”

刘洋说：“既然两位美女发话，长浩，那你就再详细统计一下。但不管怎样，宏哥的江湖地位不能变。”

我松口气。这之后，我写了首诗《当日意》，托张晓芳拿给邹梦颜。从邹梦颜的回信看，她确实没受此事影响。邹梦颜十六岁生日这天，我把第一张原创音乐专辑《极限人生》送给她，并在初中时给她的外号“Angel”的基础上，追加了英文名“Emily”。她回信表示，所增名氏，不胜感激。

第十六章　一无是处，还是天生我材

1

闹钟响前的一分钟，我被生物钟自动唤醒。窗外，旭日微现，晨光柔软；院内绿枝上，鸟儿啼鸣；小路上，晨练的老者打着太极，一股幽谷空灵之感油然而生。然而，此地绝非幽谷，尽管我睡觉不喜欢拉窗帘。

我爬起来，洗漱一番，不忘比平时多一道工序——打发蜡，搓面霜。这两瓶玩意儿是夏侯去年送我的韩国货，保质期还有一年，够用。

我到客卧，对赖床不起的黄仲仁使出“杀人拳”。他一脸衰样，慢慢悠悠地起身，发着牢骚去洗脸。

我俩坐首班公交车到良乡，转 901 快速公交走京港澳高速，过长阳、黄辛庄、杜家坎、卢沟桥，从西四环岳各庄桥进西三环，然后是六里桥、北京西站，到二环朝阳门下车，转地铁 2 号线，在建国门下车，赶到长安大戏院。我看下时间，刚好九点十分。长安大戏院 B 座一层的“太平洋咖啡”里，陈梦已经到了。

黄仲仁、陈梦多年未见，寒暄不已。大家聊起儿时“班车帮”的趣事、枪战游戏、跟卫校的那场足球赛、与相扑本田的争斗等，气氛相当热烈。

“仲仁，你变化真大！”陈梦由衷说道。

“当然。”黄仲仁捋着刘海说，“是不是帅呆了？”

“撒泡尿照照吧！八年不刮的胡子毛，半年洗不了一次的老灰脸。”我拍拍黄仲仁的脑袋。

“还是梦梦的变化大。这身段、这气质，真是女大十八变呀！”黄仲仁发自内心道。

“哈哈，你也算男大三十六变。当初比信宏还老实的小仲仁，也越来越豪放啦！”

“我记得小学五年级，你妈带你走的那天，我和信宏拼了小命赶到老火车站去送你。岁月是把杀猪刀啊，都多少年了——唉！你和信宏都是越来越好，我嘛……”黄仲仁的语气委顿下来。

“信宏都和我说了……我觉得你真没必要想不开，好女孩多得是呀！”

“梦梦，没用的，我都劝他五六年了。”我摇头叹道。

当年高考报志愿时，李子丹希望和黄仲仁报同一个学校。黄仲仁吊儿郎当的，不知道李子丹为啥一直跟在他身边，还抢他的志愿表。后来，他好不容易从李子丹手里抢回志愿表，随手递给一个在某高校招生办工作的学长，让其随便给自己填写了几个学校。黄仲仁不知道，这是李子丹陪他玩的最后一次“捉人游戏”。

之后没多久，李子丹就飞到法国读书去了。我把这个消息告诉了黄仲仁，没等他反应过来，黄大伯倒先叹道：“哎呀，李子丹多好的孩子啊！当初，仲仁惹事被学校退学，她还来家里看过他好几次，还对我说，叔叔，你别担心，让我好好劝劝他……多好的孩子啊！唉！”

对此，陈梦耿耿于怀，叹道：“仲仁，你怎么能这样对一个真心喜欢你的女孩子呢！她该有多伤心呀！”

黄仲仁苦笑，没说话。

后来，黄仲仁到济南医学院读了计算机，专科三年只上过三天课，其余时间都待在学校对面的小巷子里——他开了家奶茶饰品店，主要以代买火车票盈利，三年间赚了大约十万块，为在老家开店奠定了物质基础。

陈梦感慨道：“仲仁还有是很有商业头脑的，那时候的十万块可不得了呢！”

我说：“话是没错，可这钱是那个给他打工的四川姑娘赚的。仲仁确实有头脑，就是懒！冬天下大雪，零下十几度，凌晨四点半就得起来去火车站排队买火车票。他起不来，就让那姑娘去。”

黄仲仁笑道：“难道不应该吗？文玲确实能干，可我也没有亏待她啊！自从她来店里，就以老板娘自居了。我俩在一起后，也没再找过其他女人，挺专一啊！”

我说：“文玲脾气急了些，但性格还不错，可你对人家不厚道。

寒假我去找你，你给她买羽绒服，为了三十块钱还讨价还价的！”

黄仲仁说：“没办法，谁叫我不爱她呢！我们是各取所需。像她这样把生活料理得井井有条，还拼命赚钱的女人，估计再也找不到了。而且，我的报应还不够大吗？”

出来混总是要还的。

黄仲仁利用文玲的勤劳赚得了第一桶金，毕业后却把她甩了，然后回老家商业街开了家规模颇大的台球厅兼酒吧。但经营起来之后，他用人不善，又不注重买卖原则，请人白玩不说，酒水也免费赠送。简而言之，就是我请你打免费球，打累了还有免费酒水。平日来店里玩的多是社会青年，为在小女生面前耍酷摆阔，黄仲仁花钱大手大脚的。酒桌上，当着美女的面，但凡有人借钱，他都应允下来，不愿丢份儿。可欠条越压越多，一个也追不回来。周旋在他身边的那些姑娘们没一个是真心的，整日张口要钱，半年下来，黄仲仁的大半身家都亏了出去。其中，一个叫金意涵的女孩至今都是黄仲仁的心底巨痛。

2

金意涵是标准的五线城市 90 后，身材高挑，外向早熟，和黄仲仁是在酒桌上认识的。当时，黄仲仁发型时尚，衣品有加，出手阔绰，一来二去地两人就走到了一起。黄仲仁觉得金意涵与众不同，确定自己遇到了真爱，更是对她宠爱有加，不到一个月，首饰、手机等物件都给她配齐了。

为了和金意涵花前月下，黄仲仁经常把店面甩给店员，也不指派亲信记账收款，收入统统进了旁人的腰包。那年春节我回家，黄仲仁告诉我，店转了，转店的五万块钱被黄大伯拿走了，不给他一分一厘。他义愤填膺地抱怨道：“哎呀！我爸挡我的财路啊！不然我已经垄断咱们市的台球行业了！”

从此，黄仲仁的梦想帝国开始坍塌。春节后，他寻死觅活地把钱从黄大伯那儿要了出来，在原来台球厅的对面开了一家家常菜馆。黄大伯告诉我，菜馆是一个外地厨子在酒桌上怂恿黄仲仁开的。黄仲仁喝高了，想都不想就答应下来。见黄仲仁“东山再起”，原本抛弃他的那帮狐朋狗友又围绕在他身旁，伺机捞些好处。黄仲仁被奉承得心花怒放，借钱的给钱，白吃的请客，又回到从前的潇洒做派。到了夏天，在初中同学张志鹏、张志伟兄弟的蛊惑下，黄仲仁在店外支起了烤炉，兼做烤串生意。起初，生意还不错，可很快他耳根子软的老毛病又犯了。一次喝醉了，他到街上拉着几个陌生人来店里坐下，提供免费吃喝。好家伙，这事儿一传十十传百，周遭认识不认识的都来吃白食。总之，黄仲仁又把生活重心放到金意涵身上，饭店的营收往来都由张氏兄弟操办，时间一长，钱很快又被掏空了。

那年十一，我再见到黄仲仁，他已躺在医院的病床上，浑身青一块紫一块的，发疯似的咆哮道：“金意涵这个臭娘们儿害老子一无所有！我要杀了她全家！”医生和护士死死按住他，给他注射镇静剂。黄大伯抹着泪说：“唉，这是在饭店里喝醉了被人打的。”黄仲仁见我来了，苍白的脸有了些血色，带着哭腔语无伦次道：“信宏，你终于来了……我完了啊！呜呜！”

黄仲仁被确诊为双向情感障碍躁郁症，五六年过去了，直到现在都还反复发作。他把自己的失败尽数归结到金意涵身上，千错万错都是这个狐狸精的错。曾有好几年，他整日嚷嚷着要杀金意涵全家，甚至策划了几种方案，还去金家踩点，终因没有头绪而作罢。此外，他开始酗酒，整日酩酊大醉，常与人大打出手而挂彩。黄大伯没办法，多次将儿子送去戒酒中心或医院精神科接受强制性的治疗。

有时，黄仲仁会突然哭诉道：“我的人生太惨了！金意涵真的很好啊，我爱她啊！我不能没有她啊！”前几年的一个春节，我和小凤凰跟黄仲仁在医院门口的菜馆吃饭。小凤凰受不了黄仲仁荡气回肠般的京剧式哭诉，在他唱出“金意涵，我爱她”之际，小凤凰附和道：“别唱了，知道了，我们都爱她！”

反复发作的躁郁症让黄仲仁不断在爱与恨、自卑与自大之间切换人格，看得爹妈干着急。每次从戒酒中心或精神病院出来，黄仲仁都会变本加厉地指责二老。黄大伯只好托我致电开导黄仲仁。这对我来说，虽是举手之劳，可五六年下来并无明显改善。在有了黄仲仁第一次北漂的教训后，这次，我坚决要保证这家伙的情绪稳定。

3

我对黄仲仁说：“再次强调，一会儿人来了，管好你的嘴，千万别胡说八道。这关乎咱们的远大前程。你可得珍惜梦梦给咱们创造的机会。”

“好啦，放心吧，我知道！”

“从哪里跌倒不重要，重要的是一定要再从那里爬起来！”陈梦微笑地拍拍黄仲仁的肩膀。这时，她的手机响起。

“曲总，对，我们在里面呢！哦，好的。”

“人到了。”陈梦恢复了干练的职场本色，起身而去。不一会儿，她领着两男一女进来。我和黄仲仁赶紧站起来。

两位男士一个高胖、一个矮瘦。高胖的是个光头，一指粗的大金链子挂在颈间，两个核桃串子一串挂左手，一串在手中把玩，约莫四十多岁的样子；矮瘦的戴墨镜，衣着潮款大褂，与头上的旧帽子不太协调，三十七八岁的样子。女士身着纯色便装，乍看三十多岁，虽化了妆，可姣好的面容还是掩盖不了岁月的痕迹，从眼角鱼尾纹的分布情况看，应该超过四十岁了。

陈梦热心地一一介绍：“这位是出品人曲总，这是于导，这位是监制吴女士。”接着，她又指着我和黄仲仁说，“这两位是我的发小，编剧游信宏和摄影助理黄仲仁。”

大家握手问好，各自入座。

曲总问陈梦：“张总咋没来啊？”

陈梦说：“他去广电那边开会了。”

于导笑着说：“希望一切顺利啊！”

吴女士说：“确实，《逆天行》这个故事很不错，这次肯定要票房大卖！”

于导说：“托吴姐的福，一定大卖！”

说着，他们三人笑起来，我们也附和而笑。

曲总问我：“小游啊，你做编剧多久啦？”

我说：“五年了。之前几个项目阴差阳错的，其实也不是没有机会。去年一部警匪戏，两位影坛一哥都参与进来了，可时运不济，出了点状况……唉！”陈梦告诉我，该吹的时候必须吹，吹完不忘诉点苦。

于导同情道：“干咱们这行太正常了！我第一部作品出来前何尝不是卧薪尝胆了七八年？你放心，咱这次的项目一定出得来！”

吴女士说：“不错。现在是内容为王的时代，管你是不是科班出身，只要你的本子大家认可，就是好本子。当时，我看完《逆天行》的剧本，心里立马就决定——就是它了！”

曲总说：“有道是‘英雄不问出处’！小游兄弟你有才，就不会被埋没！再说，在座的几位谁不是从深坑里一步步爬上来的？”

“对，说得好！”大家异口同声。

想不到曲总一副江湖大哥的派头还蛮有文采的。

“谢谢！”我双手合十，谦虚道，“请各位前辈多多指教提携。”

曲总又问黄仲仁：“兄弟，你呢，之前混哪儿片的？”

黄仲仁说：“我之前做摄影师助理，主要是做综艺节目这块。在最新一期的《最美和声》里和几个流量组合都合作过。还有，上次阿健的演唱会，我是摄影师助理兼灯光助理。”

行啊！论吹牛，黄仲仁绝对是天赋异禀，把一“扯电线”的营生描述得如此出神入化。

吴女士问：“为什么想来拍电影？”

黄仲仁眉飞色舞却不失郑重地说：“电影是我的最高理想。星爷不就是从各种龙套做起的吗？我也不是科班出身，很有必要从基层做起，在这里面能学到很多东西。而且，我自认为还是有点小小的表演天赋的。”

我真想不通，为何一吹起牛皮来黄仲仁的神智就如此清醒？

陈梦说：“仲仁确实有些表演天赋。小学千禧年的晚会上，信宏自编自导自演了一个叫《警察、小孩、强盗》的小品，我和仲仁等七八个同学也都参演了，反响不错，还得了最佳小品奖，获得了市教育局领导的称赞。其中有个领导特别点名仲仁，说他浑身都是戏。”

于导来了兴趣，对黄仲仁说：“兄弟，可否当场露一手？”

曲总打趣道：“就演一个精神病患者如何？”

吴女士眉头轻蹙道：“你们很不友好啊！这难度很高呢！”

黄仲仁倒是痛快得很，拍着胸脯表示：“没问题！”

说完，他的脸像被施了魔法一般，瞬间动起来，犹如网络游戏里的捏脸程序，时而苍老，时而幼小，时而狂喜，时而悲凉，时而幸灾乐祸，时而无端傻笑，手足并用，周身每一个细胞都活络起来，似是在跳一种魔鬼都学不会的舞蹈。一曲终了，大家捧腹大笑，咖啡厅的众食客们也一同喝彩起来，还有不少人起立鼓掌。

曲总边拍手边说：“好好好！兄弟的武艺我算见识了！”

于导说：“我觉得《逆天行》中猪八戒这个角色很适合黄兄弟。要不，演员试镜的时候，黄兄弟也来试试，如果真行，就用你！”

曲总说：“嗯，我看成！”

吴女士说：“实话说，今天来之前，我心里还没底。虽然张总和我说梦梦这边的一个发小也想参与，跑跑龙套，做做后勤，但作为监制，本着对影片品质考量，我还有些担心。可今天一看黄兄弟这么出色，真是意外的惊喜啊！”

曲总说：“我看可以！两位兄弟都这么有才，我这项目投得也放心！梦梦，告诉张总，合同可以签了。”

我和陈梦如释重负地看着黄仲仁，黄仲仁也露出了多年未见的笑容，那是少年才有的一种不服输的神采。

第十七章　此梦非彼梦

1

事情进展得异常顺利。两天后，陈梦告诉我，制片人张总和出品人曲总已经签约了。制作费总计一千五百万，曲总主投，占比七成；张总跟投，占比三成。钱到公款账户后，剧组进入了紧张的筹备期。

随后，我和黄仲仁也签了跟组合同。其实，作为编剧不需要跟组，导演一般都有自己的跟组编剧。可考虑到剧本的细节，于导认为还是由我跟组随时调整剧本的好。我也担心别的编剧把改乱剧本，跟组虽累了些，但为了《逆天行》能够顺利拍摄并上映，吃个把月的苦也不算啥。黄仲仁这次没有再扯电线，签的是导演助理，负责于导的饮食起居。又过了一周，先前拿去备案的拍摄许可证下来了。同时，导演组、制片组、摄影组、灯光组、道具组、动作组、美术组、化妆组等也基本就位了。

剧组筹备地位于怀柔星美影视基地附近的星美大酒店。酒店说不上豪华，好歹也是三星级，住满了北京大大小小的剧组。

一早，剧组百十号人包了三辆大巴过来。两人一个标准间，我与黄仲仁分到一起。对面房间住着两位女演员，一个超模身材，清纯面孔，微整痕迹被那直长如倒挂瀑布般的头发掩盖；另一个是中法混血儿，皮肤雪白，眼睛黑蓝深邃，胸部坚挺，腿长得让人喷血。

晚上，黄仲仁去楼下买了可乐回来，见这两位美女在捣鼓门把手。他索性大方上去搭讪，原来她们的门锁坏了。黄仲仁当机立断，把可乐交给美女喝，去酒店后勤部叫来维修师傅，把锁修好了。两位美女千恩万谢，黄仲仁则恋恋不舍地与她们话别。我从会议室回来后，他把这桩艳遇告诉我，怂恿我和他把两位美女拿下。

黄仲仁说："那个亭亭玉立的高挑可人儿是你喜欢的类型，归你；混血的那个我来攻陷！信宏，我觉得这一切都是老天爷的安排！高个儿的那个天使面孔多像邹梦颜，中法混血的这个好比是身在法国的李子丹……哈哈！"

我觉得黄仲仁又快犯病了，连忙打住道："劝你离她们远一点。她们既不是邹梦颜，也不是李子丹，别自欺欺人了！无聊！"

黄仲仁兴致不减道："不管怎么说，我一定要追到那个混血妞！"

我转移话题："说起来，这两个女的演的什么角色，我并没有在项目案上见过。"

"她们说是曲总朋友公司介绍过来做游戏主播的。"

“女主播啊！《王者荣耀》还是《绝地求生》？”

“你自己去问呀！因为曲总朋友这边能解决发行问题，所以礼尚往来，让她们来咱们戏里串几个角色。”

“奇怪，今天开会时也没提这事儿……”

2

翌日的主创会议上，我从统筹手中接过拍摄计划，曲总才提起给朋友公司女主播加戏的事。此外，选角副导演说已敲定的女二号旧病复发，演不了了。于导干着急，督促选角副导演赶紧找人。张总便提议不如让陈梦试试。陈梦笑着推辞，于导、吴监制、曲总等人倒没有异议，都认为陈梦外形条件极佳。听他们这么一说，我又仔细端详了一下陈梦，深感这些年她的变化远比我预想的还要大，而且大得多。

我把陈梦试戏的事和黄仲仁说了，并鼓励他道：“总之，明天试镜定妆，你和陈梦一起加油吧！”

黄仲仁笑嘻嘻地说：“我和那两个女主播说你就是编剧，你知道她们多兴奋吗？她们说，没想到编剧老师这么帅，有才又有颜，身边肯定很多女孩子追吧！你看，她们对你多仰慕啊！”

“你能正经点吗？”我急于结束这个话题。

黄仲仁收敛了一下笑容，把手臂挂在我的肩膀上，一本正经地说：“信宏，我明白你对邹梦颜和夏侯的感情，可你也不能一辈子做唐僧吧！三年前，那个学音乐的95后小姑娘多好呀，人家对你那么热情，你却拒人于千里之外。再说了，邹梦颜和夏侯也要开始新生活啊，说不定早就觅得良人了呢！”

“你有完没完啊！”我来了气。

“晚上九点，带两位芳邻去K歌，要不要一起？”

“我得改剧本。”

“你和她们接触接触、了解了解，才能把剧本写好呀！”黄仲仁语气戏谑。

“你小子真是神经逻辑！”我哭笑不得。

“哈哈，随你的便啦！”黄仲仁一副志得意满的样子。

下午的剧组会上，曲总、张总、于导几个老江湖一个比一个口才好，不仅承诺大伙儿好好干有钱一起赚，还烙起大饼，什么票房分红、干股红利、集团子公司人才无缝对接入职等等，演绎了一套远胜鸡汤的精神按摩法。

散会后，黄仲仁有些不快，问我：“我怎么觉得陈梦和张总的关系怪怪的？”

我不禁一怔，随后笑着拍拍他的肩膀，说：“你看出什么了吗？”

“没有实锤，就是觉得两个人怪怪的，按说张总不是陈梦的菜啊！”

“也许陈梦是张总的菜呢？”我自嘲地笑道。

听后，黄仲仁哑口无言，闷闷不乐。

我说：“我知道一时半会儿你肯定接受不了。她是咱们‘班车帮’和足球啦啦队的小陈梦啊！可是，咱俩都三十了，成熟点儿，面对现实吧！”

黄仲仁喃喃道：“唉，我觉得……陈梦……她……她不可能是这种女人。她怎么可能和金意涵是一样的人呢！”

我说：“当然不是！我觉得她有苦衷，只是她不说，咱们最好也别问。”

第十八章　永远的李子丹

1

晚上，吃完盒饭的黄仲仁恢复了精神头儿，到底把我游说了出来。

九点刚过，我和黄仲仁溜出酒店，大门东侧马路对面的绿化带旁，两位芳邻已等候多时了。按剧组的规矩，拍摄期间禁止私人娱乐，但毕竟人非圣贤，上有政策下有对策。

我们一行四人打车到附近最近的温莎KTV。长着天使面孔的高挑姑娘叫刘雨欣，二十三岁，老家吉林的，刚从中戏毕业；中法混血的那位叫Emma，中文名叫赵冰冰，二十二岁，传媒大学的留学生。目前，她俩是自家平台的人气小花旦，多的时候能月入十万。

市场经济是真正的造梦机。三年前，我打趣夏侯不如利用业余时间搞直播唱歌赚外快，也许比本职工作收入都高。夏侯对此很是恼怒，表示她不可能去做卖笑卖唱的营生。近年，主播的收入水涨船高，甚至涌现了很多爆红的案例，不少年轻人以此为职业梦想。遗憾的是，这也让一些本有骨气却囊中羞涩的大好青年动摇了意志，甚至放弃了最初的理想。

包间里，黄仲仁明显喝高了，拉着赵冰冰高唱刘德华的《爱你一万年》，泪流满面，表情浮夸。

刘雨欣凑到我身边，悄悄问道："黄老师没事吧？"

我笑着说："没事。这首歌他每次必点，每唱必哭。"

黄仲仁经营台球厅那会儿，放假归国的李子丹多次找过他。彼时，他正忙着与金意涵两情相悦，对李子丹不冷不热的。起初，李子丹并没有放弃，用常人难以想象的勇气充当备胎，等待机会。可抽了风的黄仲仁居然将金意涵、李子丹一起约到 KTV 唱歌。他完全无视李子丹的感受，与金意涵卿卿我我，让李子丹彻底心如死灰。李子丹点了一首《爱你一万年》，边唱边哭，声腔暗哑，唱完了，也埋葬了她与黄仲仁的一切过往。

故此，失去一切的黄仲仁不仅深恨金意涵欺骗了自己，更痛恨自己伤害并失去了李子丹。对此，他连后悔的资格都没有。

一曲终了，黄仲仁老生常谈，哭吼道："金意涵，我杀你全家！呜呜，子丹啊！"

赵冰冰则轻轻拍拍黄仲仁的肩膀，用她那职业化的动作加以安抚。

见状，我无奈笑笑，耳边响起五年前的五月十九日，同样是在 KTV 包间里，邹梦颜幽怨的歌声……不对，是真有人在唱！我回过神来，只见身旁的刘雨欣此时唱的正是那首能要了我命的《哭砂》。莫非，她真的是邹梦颜的翻版？一切难道是巧合吗？

在黄仲仁和两位芳邻的鼓动下，我破例唱了首《爱情转移》。虽疏于练习，唱功明显下降，但三位听众仍听得聚精会神，眼睛里都闪着小星星。

唱完歌，借着余兴，我们来到隔壁大排档吃夜宵。黄仲仁一把羊肉串下肚，撑开了胃，又点了三个大腰子。刘雨欣、赵冰冰的胃口不大，基本就是做做样子，她们肯陪着黄仲仁和我坐到现在，无非如黄仲仁所说，希望我给她们在剧本中加点出彩的戏份，以此转战影视圈，再找更大的跳板迈向成功。如此反复。

黄仲仁喝着啤酒，咬着大腰子，嘴里扯着过去一些愉快或不愉快的往事。我知道酒劲一上来，他又要口不择言了。谁知，他居然提起李子丹，说起当初在酒吧想拉她的手，却因为太紧张，以找钥匙为名逃走了，至今深感遗憾。

黄仲仁醉眼迷离地问身边两位姑娘："如果你们是李子丹，会不会认为我是不喜欢你们才逃的？"

赵冰冰不假思索道："当然了！临阵脱逃，肯定就是不喜欢啦！"

刘雨欣思忖道："也不一定。我记得书上说有的男生在遇到真爱时，第一反应就是胆怯。"

我补充："真爱的第一个征兆，在男孩身上是胆怯，在女孩身上是大胆。雨果的名言。"

刘雨欣惊喜道："游老师，你好厉害！"

黄仲仁笑道：“哈哈！信宏是个懦夫，比我还胆小的！”

赵冰冰和刘雨欣均感到不可思议，问道：“怎么会？”

黄仲仁说：“五年前，这小子去找他的青梅竹马。晚上，两个人街逛了，饭吃了，看完电影出来也深夜十二点半了，接下来，你们猜怎么样？”

刘雨欣说：“花前月下，卿卿我我？”

黄仲仁摇头。

赵冰冰说：“开了房却什么都没做？”

黄仲仁摇头叹气。

“你们猜不到的。咱们游大师说天色已晚，送人家回家啦！”说完，黄仲仁再也忍不住哈哈大笑起来。

刘雨欣说：“也许编剧老师是太爱这个女孩子，却由于种种原因，不能相许余生，才这么做的吧？”

不是吧！翻版的邹梦颜居然也有原版的思想觉悟。我不得不对这个高挑的姑娘刮目相看。

黄仲仁问：“如果你是这女孩子，你会怎么办？”

刘雨欣说：“一开始，我肯定会揣测游老师到底爱不爱我。不过，如果我对游老师的爱很坚定的话，最终还是会相信他是有苦衷的吧！或许会觉得游老师这么做是为我着想呢！”

我心中暗惊：喂，刘主播，你确定今年二十三岁吗？

2

五年前，上海滩，五月十九日。

这天周日，微晨。一宿没睡的我早早起床，迎着第一缕曙光走出酒店，上天桥，过延安高架十字路口，来到邹梦颜租住的小区门口。她的电话一直无人接听，微信也不回。想到昨晚分别之际她的表情语气，想必此刻还在生气吧?

我做错了吗?

我坐在一旁公交站的候车位上，仰望晨空碎云，感到自己像一座孤岛，四周却不见汪洋，而是一片虚无，什么都看不见。我满脑子都是昨夜的细节，每一帧画面都深印我心。忽然之间，我意识到自己可能会为此抱憾终生。

直到中午，邹梦颜才露面，态度不冷不热的，也猜不透她心之所想。她带我去找她的研究生同学，大家一起去城隍庙吃了小笼包，又去徐家汇逛了会儿商场，还顺便陪她们一个在那里与公务员相亲的朋友做了会儿参谋。之后，我们三个又去唱了会儿歌。邹梦颜真情演绎的《哭砂》《魔鬼中的天使》《女儿情》三曲让我万般动容，我则回敬她《再回首》《如果你是我的传说》《给你的歌》，也让她满眼泪花。就在南京路买了一件靓丽的连衣裙，问我好不好看之际，她对我仍抱有一丝期待。可当晚，我再一次送她回家时，她便气得不想理我了，只重复着那句:“你这样是毫无意义的！”

“唉，我到底是来做什么的？”我无奈道。

“我也不知道你是来做什么的！”她的语气幽怨决绝。

被刘雨欣摇醒时，我才发现自己睡了过去。一旁的黄仲仁已经喝趴下了。他的酒量虽大，但地上十几个空瓶子也是他的极限了。

突然，黄仲仁从梦中惊醒，高声喊道：“金意涵，你这个狐狸精、贱女人，我杀你全家啊！你害得我事业没了，李子丹没了，你还想怎样？别以为你有多了不起，不要脸！”

黄仲仁又骂又哭，引起了周围食客的不满。

邻桌一个光膀大汉指着黄仲仁吼道：“这家伙谁啊！精神病吗！还让人吃不吃饭了！有病快送医院啊！”

我连忙圆场道：“不好意思！他精神不太好，今天在单位里被骂了。”

刘雨欣、赵冰冰也向其他食客赔笑致歉。

大汉说：“真是的！看好你这个伙计，要不是看在你和两位妹妹的面子上，早让他脑袋开花了！”

黄仲仁大吼：“李子丹永远不会变！李子丹永远照我心！”喊着，举起一个啤酒瓶就朝自己的脑袋敲了下去，酒瓶碎，血顺着额头流了下来。

众人大惊，两位芳邻更是花容失色。

大汉无奈道：“这家伙果然有病啊！还病得不轻啊！”

回到酒店，我把黄仲仁扔到床上，让他赶紧把血泪洗干净。谁知他突然哭出来：“呜呜……信宏……她还是她啊！李子丹一定还是过去的李子丹，永远的李子丹！她永远不会变的！永远啊！”他越说越激动，略带哭腔的嗓子破了音，让听者心痛不已。

也许，做人如同唱歌，低音低得下去，高音高得上来，中间转音处理的好坏决定了人生的境遇；就像写小说，怎么心痛怎么写，怎么拧巴怎么写，往死里写，往悲里写，是最容易让人感同身受的技巧。一如黄仲仁至今仍相信远在法国的李子丹还是过去的那个李子丹，我也要给自己的信仰增添一份庄严的色彩。

第十九章　初时意

1

天刚放亮，大家被制片主任喊起来干活。剧组多、人多，开工晚了，就抢不到合适的化妆间和试镜间。

我把黄仲仁踢下床，一起去食堂吃早饭。黄仲仁抱怨包子、豆腐脑和老家的没得比。凑合着吃了些豆浆、油条，我俩来到化妆间。备选的演员们基本都到齐了。几个完妆的女演员妆容精致得让人怀疑是不是跑错了剧组。

我把黄仲仁交给一个化妆师，刚走了两步，便看到一个新出炉的大美女。对方看到我，笑着说："信宏，你看怎么样？"

我指着陈梦的脸，腮帮子有些发颤，说道："真不错！绝了！小雀儿一角非你莫属！"

陈梦和她母亲、姐姐都是美人胚子，眼前装扮好的陈梦更是出类拔萃。也难怪，身边美女如云的张总会对陈梦情有独钟。

“游老师！”我闻声回头，见来者是刘雨欣和赵冰冰。她俩妆容也不错，可跟陈梦一比，就黯然失色了。

赵冰冰问：“游老师，剧本改得如何啦？”

刘雨欣说：“急什么，游老师这么忙，一晚上哪儿改得完？”

赵冰冰连忙说：“抱歉，忘了，昨晚游老师也喝了不少。”

刘雨欣轻轻顶了赵冰冰一下，低声道：“你小点声！”

陈梦疑惑地看着我。我赶紧对两位芳邻说：“放心，开始写了。”

赵冰冰面露喜色道：“一定要写好些呀！拜托游老师啦！”说完，拉着刘雨欣给我鞠躬。

摄影师招呼她们去拍照了。

陈梦问我：“说吧，昨晚跟这两位美女去哪享受了？”

这语气像极了夏侯。我倒也想问问她，你为什么要和张总保持暧昧关系？

我说：“事情不是你想的那样。”

我长话短说把昨晚的事和陈梦大致讲了讲。听后，她连连叹气，问我黄仲仁到底是不是真的有病。我说，这你问得好！这也是我多年来一直在求证的问题。每次几乎可以给黄仲仁确诊时，他总能打破既定常规，玩出些新花样，干扰你的判断，继续神秘下去。

陈梦说：“希望他演完这部戏能正常些。”

经主创层层筛选，一直忙到晚上八点，总算敲定了最终的演员人选。于导、吴监制、曲总、张总他们十分满意黄仲仁的定妆，于导更激动地表示：“我就说黄兄弟再合适不过了！”

陈梦成了场中焦点，抢了女一号的风头。女一号是一个三线女演员，虽说心中不爽，但陈梦毕竟身兼制片人助理一职，她还是要以大局为重，尽量保持风度。不是私心重，比起这个三线女演员，我觉得还是夏侯更合适出演孙悟空的转世女儿身——羽墨儿。

吃过晚饭，我和夏侯通了电话，简述了这两天的经历。夏侯说想周末来探班。我说我得改剧本，忙得很，哪有工夫陪她。可她倔劲儿一上来，我也无可奈何。

夏侯说："我就是想过去看看，你是改剧本呢，还是和小演员们打情骂俏呢！"

我很费解，为什么所有人都觉得我是花花公子？

趁演员们对戏的工夫，我终于有时间改剧本了。一杯咖啡、一瓶红牛下肚，我萌生了些许马马虎虎的灵感，拿起笔记本敲了起来。写了不到一小时，听到有人敲门。

开门一看，是刘雨欣。她晃了晃手中的笔记本电脑说："我有些剧本上的问题，想请教一下游老师，一会儿就好，不会耽搁您太长时间。"

我让开身体，刘雨欣进屋，她顺手带上了门。

我说："天热，不用关门。"

她说："我是怕被冰冰看到生我的气。她会说，你怎么自己偷偷来找游老师啦？这不就更麻烦了吗？况且，万一被剧组其他人看到了，不是有理也说不清吗？"

心思倒够缜密的，这一点也很像邹梦颜。

刘雨欣告诉我，她现在做女主播不过是因为收入可观，可她是中戏戏文专业毕业的，从心底上讲，她还是希望能写出一个好剧本，成为一个合格的编剧。

“做编剧？你是认真的？你这是何苦呢！你演好这部戏，老板不就捧你做明星了吗？”我诧异道。

“身兼数职多好呀！”

“全面发展固然不错，还是专精一项的好！”

“其实，我只是单纯想写一个好故事。上小学的时候，老师问我长大后想做什么，我说想做作家。现在，经济方面已经不是问题了，所以，我想是时候去完成儿时的理想了。”

我接过刘雨欣的笔记本，看她写的故事梗概。这是一个关于女主播的故事，想必不少素材是她的亲身经历。里面虽然有不少有意思的桥段，可几个主要人物设置得过于单薄，做事动机与故事逻辑也有诸多不妥之处。于是，我从基本的剧作手法讲起，建议她按照传统三幕式结构重新构架她的故事。刘雨欣一边点头应诺，一边往我身边靠。

刘雨欣问：“游老师为什么要做编剧呢？”

我想了想，说道：“一言难尽。大概是初心吧。”

“游老师蛮文艺的嘛！”

“谈不上文艺，更不是什么励志鸡汤。小时候，我喜欢听我爸讲故事，他给我买连环画和唐诗三百首。故事书、日漫和各种动画片陪我度过了童年。小学毕业前的千禧年晚会，我创作了一个小品，和小伙伴们一起表演。初中，我把打油诗写进作文，被语文老师当作范文念。之后，我以两个好哥们儿与班上四个女生为原型，写了一部小说《四妖传》，讲的是我和好哥们儿降服四个女妖怪的故事。开始只在几个同学间传阅，没想到一发不可收拾，几乎全班人都在看。他们嫌妖怪太少，于是我又加了五个，《四妖传》变成《九妖传》。写完这个，我又写了《名侦探柯南》的同人文，大家看了，逼我每日更新。后来，我爸认为我成绩下降是因为写小说，就请班主任找我谈话，把我的小说没收了。大学毕业后，我换过不少工作，直到三年前，我出版了第一本小说，才发现，我要完成小时候未尽的理想。于是，我一边写书一边写剧本，写着写着就成了现在这样。虽然一路曲折，没赚啥钱，也不知明天路在何方，就是想试试做个纯粹讲故事的人……"

刘雨欣听得入了神，我也不知道为何同她侃这么多。只是，从她的瞳孔里，我好似看到了初中时的自己。

2

到书院中学读书前，父亲鼓励我："书院中学历史悠久，是很不错的学校。偶园回中虽是回族中学，但教风严谨，这几年他们学生的成绩越来越好，却管得太死，也不见得是好事。你看全市最严的夏庄初中，每年中考上榜的人数很多，但真正拔尖的却少。以你的成绩，只要用心学，没什么大问题。三年后，一定要考上百年名校——第一高中，那咱爷俩就是校友啦！"

虽说粽子、耗子、马大哈、张振、海鹏他们都在书院初中，可少了黄仲仁和陈梦，终究缺点什么。对我影响巨大的班主任王老师正是之前陈梦带我吃鸡肉串的那个小卖部老板，也是相扑本田陈向前的舅舅。

王老师在黑板上写下三个狂草大字：王耀光。他摘下帽子，正色道："我叫王耀光，是初一五班的班主任兼语文老师。希望大家能够尽快适应初中的学习节奏，在新学期里拿出最好的精神面貌，刻苦学习，努力拼搏，争做一个新世纪的四有新人，为以后的学习打下坚实基础。你们是千禧年的新一届，跨世纪的新一届，你们独一无二！"

我那时身高有162公分，坐第二排。同桌马传海，鼻子不高，小眼睛，嘴上常挂着大叔般的笑容。他告诉我，这座位是按照入学成绩排的："比方说，你学号是五号，说明你入学成绩在班上排第五。教室座位共十排，全班一共七十八人。一排八人，前三排坐着二十四人，就是前二十四名。所以才分了三个小组，前三排是优等生，中三排是普通生，后四排是差生。"

我点头道："有道理，厉害！"

"优等生基本上都能考上重点高中，普通生里面有一半能考上重点高中，另一半也差不多能考上普通高中。至于差生——嘿，那就惨了！"

"惨了？"

"升初三，后四排会被赶走！"他加重了语气。

"赶走？去哪儿？"

"职业高中或者技校。总之，上不了正规高中。所以，不好好学习，成了差生，那就完了！"

“差生”这个概念源自师范小学教导主任黑老陈。凡是考试两科以上不及格者，都称之为差生。后来，段老师取缔了“差生”的说法，认为这样打击面太大，不利于学生的身心健康。

马传海还告诉我，为提高差生的学习成绩，学校最有名的语文老师之一、学校唯一一个省优秀语文教师奖获得者——王老师最大的能耐就是在短时间内让所谓的差生在成绩上有一个质的飞跃。对其他老师视为瘟神的差生，王老师有一套独有的办法，那就是“差生转化作业”。

“那是什么东西？”

“等一个月段考后，你就明白了。”

“你怎么知道这么多？”

“王老师以前教过我哥，我哥的那个‘差生转化作业本’我看过，有这么厚！”马传海比画出三倍于暑假作业的厚度。

后四排的“差生”满头是汗，将一摞摞新课本搬进来，一本本发到我们手上。马传海笑着用眼神指指讲台上严肃的“监工”王老师。奇妙的氛围中，我发现我对“差生”这个概念的理解远不够深。

日子一天天溜走，在我和唐子晋、藏玉航组成“无敌三人组”后不久的第一次段考成绩分析会上，我接过马传海手中的成绩单，瞥了眼榜首的名字，风过留痕——邹梦颜！

好熟的名字！邹——梦颜、张——梦华、陈——梦……对了，师范小学千禧年的元旦晚会……我们四班和六班共演一个小品《警察、小孩、强盗》。若不是粽子提醒，我几乎忘了她就是黄仲仁、粽子他们班的文艺大队委。

邹梦颜话不多，是数学课代表，除了收发作业互念一声彼此的名字，我很少和她说话。几日前，身为语文课代表的我与其他课代表为少写作业，想出一个妙法子——我们组团，我不收你们几个的语文作业，英语课代表不收我们的英语作业，以此类推，大家都不用写了。几乎所有课代表都加入了“免写作业俱乐部”，只有邹梦颜断然拒绝。

“你倒总能想出一些古怪的点子。”她说，“我不加入，被老师发现，怪麻烦的。”

“你怕了？”我揶揄她。

她笑了笑，没有回答，神色古怪又神秘。

如邹梦颜所预言，没过十天，“免写作业俱乐部”就被老师一锅端了。包括我在内，所有当事课代表被就地免职，大换血了一番。由于我成绩出色，王老师没有让我去写那可怕的“差生转化作业”，已然谢天谢地。

之后的某天一早，我急匆匆地跑进教室。昨晚和表弟徐越玩到很晚，数学作业都没来得及做，本想早来一步临阵磨枪，可翻开记作业本时发现，我压根儿就忘了记录昨天的数学作业题目。焦急之下，我四处张望。教室里，除了我和坐在第一排的邹梦颜，就五六排有两人，正在聊《天龙八部》。

我厚着脸皮来到邹梦颜桌前，问道：“昨天孙老师布置的作业是哪些题目来着？”

邹梦颜正在做英语课外阅读题，没理会我。

我尴尬地回到座位，打算听天由命，干脆不交了。正待要加入有关《天龙八部》的讨论中去，忽抬头看见邹梦颜站在我桌前。

她打开我桌上的数学课本，用铅笔在习题前面画着圈圈。不一会儿，她把书递给我，说："就是这些。"

我连忙称谢。她那双面无表情的丹凤眼与似笑非笑的嘴角，让我想到《聊斋志异》中美丽脱俗的白狐。她轻轻点头，回到座位，步履轻盈。

过了一段时间，我又因上课与马传海、藏玉航交头接耳，被王老师"发配"，与某君调换了座位，成为邹梦颜的后桌。谁能想到，这次换座，照亮了我孤寂暗淡的人生，点亮了我伟大光荣的梦想。

缘，妙不可言。

王老师正可谓是我命运游轮的首任舵手。

第二十章　组　带

1

每次上课抬头看黑板前，我总是先看到邹梦颜的后背。开始没什么，看得多了，这反而成了我打发无聊时光的乐趣。看看她有没有扎头发、发卡什么颜色、衣服什么花纹，抑或是她起立回答老师提问时，穿的是裤子还是裙子。直到有一天，我忽觉得这白狐般的女生和其他女生的气质截然不同。于是，我主动和邹梦颜搭话，可除了讨论学习方面的问题，别的无从谈起，实在尴尬。好在我颇有数学天赋，能做一些她不会的难题。每次讲解完题目，她会礼貌地对我说："谢谢。"

某日，我心血来潮，想到之前课桌上前辈留下的那首名为《天涯何处无芳草》的打油诗。看着课本上新学的诗词，结合小学时跟王证学来的顺口溜，写了几首抒发壮志豪情的打油诗。更突发奇想，把打油诗写到了作文里，不想竟被王老师当作范文读了出来。

课上，王老师念完邹梦颜的作文，又说："还有一位同学的作文写得不错，尤其最后的那首诗，颇有文采。"接着，他念完了我的大作，进一步解释道，"这篇作文好就好在最后两句诗上，'文心猛勇龙一世，腾飞九天镇四海'。不只是点明文章主旨，更表达了一种舍我其谁的壮志豪情。"

同学们纷纷窃窃私语，猜测作文的主人是谁。有人高喊："王老师，这是谁写的？太厉害了！听着和古人写得差不多啊！"

王老师看着我，严肃的脸上第一次挂起微笑，揭晓答案："游信宏。"

赞叹声与注目礼中，我仿佛回到上小学的第一天，和黄仲仁背诵黑老陈讲话的那个"光荣"起点。除了收到唐子晋、马传海的大拇指，张梦华标志性的笑容，藏玉航四处炫耀"无敌三人组"威名的得意神色，我还有了一个意外的惊喜。我第一次发觉，邹梦颜笑起来，嘴角会浮现一对小酒窝，甚是好看。

竟然，有这样的人！

打油诗让我成了班上的红人，我也多了一个"大诗人"的绰号。虚名只能爽一时，更爽的是，邹梦颜和我说话时的笑容明显比以前多了，双眼也比以前亮了，从"白狐"变成"仙子"了。

打油诗写多了，难免也有空虚的时候。为此，我在"无敌三人组"的例会上发了几句牢骚。唐子晋建议我写小说。我觉得这主意不错，当时刚读完叔叔送我的《三国演义》《射雕英雄传》，一些灵感蠢蠢欲动。想到语文课上学过的《桃花源记》《聊斋志异·狼》，小时候看了无数遍的电视剧《西游记》《新白娘子传奇》，我有了一个宏大的计划。

我说："你们觉得写个降妖的故事怎么样？"

藏玉航说："可以啊，说说看。"

"主人公就是咱们'无敌三人组'；妖怪呢，就写班上的几个女生，如何？"

唐子晋说："哈哈，这个好！咱兄弟三人降服她们这几个女妖，救百姓于水火，成为名闻天下的大英雄。"

我笑道："对，光是想想就很爽！"

藏玉航问："那写哪几个女生呢？"

唐子晋说："嘿嘿，咱们得好好想想。"

经过我们仔细探讨、甄选排除，敲定了女妖怪的人选。藏玉航一直坚持把邹梦颜写进来，被我断然拒绝。仙子怎么能做妖怪呢！

我把作业本一页一页撕成两半，竖起来写，一边写一边标记页数，等写完一回，便用订书器钉起来。回数多了，纸也厚起来，就用更大的订书器，钉成一部，外观看起来好似武功秘籍的残卷。《四妖传》就在这种小作坊模式下出炉了。

唐子晋、藏玉航看后，笑得合不拢嘴。同学们得知"大诗人"有小说连载，争相传阅。不管是"优等生""普通生"，还是"差生"，都成了"催生"，催我加紧赶工，因为根本不够看的！由于小说用的真人原名，一开始，包括张梦华在内的那几个被写成妖怪的女生找我兴师问罪，后来她们自己也陷了进去，还不住央求我把她们的法力写得更厉害些、容貌更可人些。

邹梦颜看了《四妖传》，笑着对我说："想不到，你还真厉害。你写故事的能耐比命题作文强太多啦！我都对你刮目相看了。"

我说："嘿嘿，藏玉航让我把你也写进去，被我拒绝了。"

"是吗？为什么呢？"

"你可不是妖怪，以后写仙子的时候，再写你吧！"

"哈哈！谢谢啦！"

《四妖传》的最大价值在于拉近了我与邹梦颜的距离。所以，在《四妖传》升级为《九妖传》，"女演员"紧缺之际，我依然遵守诺言，没有把邹梦颜写进去。很多人对此表示不满，九个妖怪对应九个女生，而且多是优等生，可优等生里怎么能少了邹梦颜呢！我和邹梦颜则对视一眼，笑而不语。

《九妖传》连载完结。暑假前的最后一节课，王老师让我们搞联欢。我和唐子晋合唱了一首伍佰的《挪威的森林》，掌声雷动，一种不同于写诗、写小说的感动越过一张张青春洋溢的笑脸，最终融化在邹梦颜诚挚的眼眸中。那一刻，我终于体会到早先陈梦所说的，何谓"喜欢"。

2

升初二后，每天放学，我常往书店或音像店跑，用零用钱买新出的柯南漫画、蔡骏的悬疑小说，以及羽泉、阿杜、蔡依林、任贤齐、周杰伦等歌手的专辑磁带。我进入了另一个世界，收获了从书本中无法得来的灵感，进而再转换成打油诗或小说。

此外，我养成了体育锻炼的习惯。课间，我和体育委员张雨生一起去操场摸高。篮球架三米左右，跳了没半个月，我便能抓到篮筐了。体育课上，我和张雨生喜欢在女生面前耍帅，像樱木花道那样纵身一跳，飞起来，用力掰篮筐，发出“咚咚”的响声。张雨生是掰给谁看的我不知道，反正我是掰给邹梦颜看的。那年的运动会，我不负众望，夺得跳高第一、百米第三。我把奖品中那个最好看的大笔记本送给邹梦颜。起初她不肯收，我硬塞给她，说：“之前说好的，得了奖品分你一半！”她接过本子，笑道：“谢谢啦！”

邹梦颜喜欢任贤齐。我把家里任贤齐的磁带全部拿给她。她听完了，悄悄塞进我桌洞的书包里。一来二往，我俩更有默契了。学业忙了，我很长一段时间没写小说了。我也一直在构思，想写点完全不同于《九妖传》的东西，最起码应该是邹梦颜爱看的。

“你喜欢看什么课外书啊？”我问邹梦颜。

“悬疑小说吧！”她答。

“《荒村公寓》之类的？”那时我的笔力还写不了此类故事。

“还好。《名侦探柯南》也不错呢！虽然是漫画。”

我灵光一闪，开始写《名侦探柯南》的同人小说《名侦探源明》。

初三的学业更繁忙了，课堂气氛也压抑起来。第一次全市统考后，应了两年前马传海所言，后四排“差生”即将离开校园，改读职业初中或技校。这些“差生”里有不少合得来的朋友，因而效仿李白的《赠汪伦》《黄鹤楼送孟浩然之广陵》，我一一给他们赠了离别诗。他们感动地对我说：“谢谢你，信宏！我们不会忘记你。可惜看不到《名侦探源明》的完结篇了。祝你有个好前程，有天成为真正的大诗人、大作家！”

离别那天，从他们胆怯的目光中，我隐约明白，“差生”这个标签，某种意义上对他们来说，就像是命运 ID，永远存在。即便他们日后还能凭借读书之外的努力取得较大的成就，可这一刻的伤痛足以贯穿他们的余生。

不是说，大家都是跨世纪的新一代吗？

3

小学三年级那年，父亲放弃编制，承包了医院中药制剂的活计，与母亲日夜奋斗在制剂室。那时设备简陋，从药材采购、配方整合、称重煎煮，到灌装封口、消毒装箱，所有程序大都是人工操作的。除父母之外，一起做活的有父亲的初中同学杨叔叔、药材商吴大伯、老家的远方亲戚刘大哥。此外，姨妈和舅舅空闲时也来帮忙打下手。随后，父亲越来越忙，和母亲下班越来越晚。逢年过节，一家三口在家一起吃顿饭都成了奢侈，午饭和晚饭一般在制剂室与大伙儿一并解决。欣慰的是，每日饭菜鱼肉俱全，一次比一次丰盛，每天都不重样。

寄住我家两年的叔叔考上公务员搬走后，我每晚独自在家睡觉。父母常加班到半夜，为安全起见，他们就把我锁在家中。可周末一觉醒来，发现被锁在“笼子”里，难免让我心烦意乱。在隔壁王证的怂恿下，我从厨房窗户跳到外面，和他去打 PS1 消遣时间；有时也翻出去和黄仲仁、陈梦等“班车帮”的小伙伴玩耍。晚上回到家，父母还未归，只能再从窗户爬进去，看会儿电视，然后就洗洗睡了。

日复一日，年复一年，我习惯了独自在家，也品尝到了孤独和寂寞。对我来说，五年级时搬到楼房的新家只是换了个空间，生活的况味并未改变。读初中后，少了黄仲仁和陈梦，我的空虚感更甚。我一人在家，没有朋友，没有伙伴，没有兄弟姐妹，享受着独生子女的“光荣”待遇。我开始厌倦枯燥的生活、枯燥的书本，渴望进入一个完美的新世界，那里有快乐，有龙珠，有奥特曼，有柯南，有打油诗，有小说，还有邹梦颜。

父亲工作虽忙，对我的学习成绩却要求极为苛刻。初二时，讨厌死记硬背的我副科一塌糊涂。在他的要求下，我把历史书、政治书背了下来，考试四十分满分基本只丢三分以内了。初三时，我再次偏科，英语、化学与其他科目的成绩悬殊。他盯了我一段时间，见效果不大，便找到班主任王老师沟通。王老师经过一番调查，很快找到问题的症结——我沉迷于创作《名侦探源明》。

那日，在王老师办公室，当着父亲的面，王老师语重心长地说：“信宏这孩子很聪明，文采好，有天赋，这是好事。他在班上的成绩较为出色，虽不是特别拔尖，但基本也在十名左右。这个成绩考上第一高中问题不大。如果再多用用功，应该会更加理想，进第一高中的实验班也是不成问题的。”

父亲厉声说：“听见王老师说的了吧？你还是应该多下功夫才行！”

我点头应诺。

王老师又说：“听说你最近一直写小说？热爱写作是好事，擅长写作更是一份宝贵的才能。只是现在离中考只有不到两个月的时间，希望你能分清主次，把兴趣先放放，好好抓抓文化课，考上第一高中的实验班，以后考上重点大学——你说对吗，信宏？”

我连忙说：“对，对！”

父亲突然加强了语气，道：“你怎么还写小说？不是和你说过这会影响学习吗？你怎么就不听呢！以后再写，你试试看，不知好歹！”

王老师连忙劝道：“信宏，你喜欢并擅长写作是好事。但当务之急是把精力全部放在文化课上，争取中考考出好成绩，是吧？别怪你爸对你凶，这都是为你好，他也是希望你考上好高中，再考上好大学，找份好工作，不是吗？多为自己的前程想想，回去把小说交给爸爸，让他替你暂时保管，等你考出好成绩再写，不晚。”

回到座位，我心似狂潮。

邹梦颜见我闷闷不乐，小心地问：“你没事吧？”

我淡淡地说：“没事。”

“王老师是不是说了什么难听的话？你听听就好，别太往心里去。自己把握好分寸就行，以你的成绩，中考一点问题也没有的。”

“谢谢……唉，我爸来了。”

“这……你爸是不是说你什么了？”

“意思就是不让我写小说了，说影响学习。唉，小说本子还要交给我爸，这次凶多吉少，小说怕是写不了了！”

“别想太多了，总会有办法的，现在写不了，以后有的是机会。

你要相信自己，没有什么过不去的坎儿，大丈夫能屈能伸，是吧？”

我感激地对她说：“谢谢你的鼓励，真的！”

邹梦颜有点脸红地说：“没什么，坏情绪就让它像风一样，一吹就去远方。”

“嗯，不再回来。”

“对，永远不回来。”

当时，我觉得在同事口中变成“游厂长”的父亲，虽说赚了钱，让一家人住进了新房，生活条件改善了，吃的好了，穿的好了，可我却尤为怀念小时候那个带我看火车、夜里给我讲《三国演义》的父亲，那个在我学自行车时磕破膝盖冒血还鼓励我站起来的父亲。这个“游厂长”不再关心我的感受，不再有耐心同我说话，总是趾高气扬地把自己的想法强加于我，一切只向分数看。只要考试名次降了，我就不想回家，找人倾诉却没有对象。和黄仲仁、陈梦分开这几年，邹梦颜是我唯一的精神支柱。小学时，我对张梦华似乎有一些别样的情愫，但因为邹梦颜的出现，让我确定那只是一种单纯的好感，是会对很多异性都有的一种普遍感觉。而邹梦颜于我，却如天使般独一无二。写小说是我排解孤独的最佳途径，它是连接我与邹梦颜的纽带，也是我能想到的与她维持“亲密关系”的最佳方式。我害怕小说本子没收了，我和邹梦颜的纽带也要就此割断。它才只是生了细根，发了嫩芽……

后来，我曾一度偏激地认为，是父亲限制了我的理想，剪断了我的翅膀，让我在本该有建树的年纪一筹莫展，还失去了心灵的知己。我与父亲这场近二十年的争斗，早在青春叛逆期前，就埋下了种子。

第二十一章　最美的风景

1

刘雨欣听得很认真，坐姿始终未变，放在腿上的笔记本仍保持着半小时前的样子。我见她抿了抿嘴唇，才发觉自己也口干舌燥了。我递给她一瓶矿泉水，她谢着接过，这才把笔记本从腿上拿下，放置一旁。

我一口饮下半瓶矿泉水，对她说："以前我不懂，现在明白了。一个男人的膨胀程度取决于他权力的大小。我爸也不例外。"

刘雨欣点头，说："父子间的争斗自古便有。帝皇与诸皇子关于皇权之争，资本家与富二代关于资本所有权之争，普通家庭父子间关于话语权之争等等，本质上看，没有什么不一样。这也算是雄性本能吧！"

"你懂得倒是蛮多的！"我很是惊讶。

“当初为了能考上中戏，我也算下过大功夫的。”

“真是不能小觑了你。”

“游老师后来和这个天使般的女孩如何了？”刘雨欣微笑着问。

我从刘雨欣的笑容中捕捉到一串神秘的编码，经潜意识破译，我看到了记忆深处邹梦颜那最具标志性的梨涡浅笑。

小说本子被没收后，患得患失的我总怕与邹梦颜的关系就此疏远，也没放弃对新纽带的探索。某日做习题，我从陶渊明的诗词中获得启发，化繁为简，决定回归打油诗的创作。虽然这两年也一直在写，可这次，我决定不再以励志为主题，而是要尝试一下情诗。

此后几天，面对空空如也的笔记本，我懊恼不已。电视剧、小说、动漫里看了那么多情书桥段，却迟迟落不下笔。百思不得其解之际，我看到桌上的日记本，灵光一闪，有了一个大胆新奇的想法。写不出情诗的原因，或许是因为我对邹梦颜的了解只停留在主观层面，无法捕捉到她内心真正的想法。如果诗没有眼睛，就没有灵魂，华丽的辞藻堆砌得再好，也只能算散文。

必须采取行动！

那日放学前，我对正在收拾书包的邹梦颜说：“你的日记本能借我看一下吗？”

“啊？”她很吃惊。

“我想看看女孩子写文章的风格，做下参考。你作文这么棒，正好向你学习一下。”写作文从不打草稿的我，熟练地说出这句打过草稿的话。

“这样啊！”她说，“可以是可以，就是写得不好，怕你笑话，有些怪难为情的。”

“怎么会呢！相互学习才能进步的，是吧？”

“也对！明天拿给你。”邹梦颜说着，小酒窝又鼓了起来。

从邹梦颜手中接过日记本的时候，我手都在颤抖，似乎这是打开新世界的密钥、开辟新天地的圣剑。夜里，我拿着她的日记在灯下读了好几遍，逐字逐句分析，希望从中管窥到她的内心。这是我做过的最专注的阅读理解。之后，我从飞速旋转的灵感世界看到了一片光亮，接着便文思泉涌，草稿都不用打，一气呵成，在日记本后的空白页上写下了一段足以改变一生的文字：

天神独威，地生相随。人中之人，化土成灰。

记忆百通，时光如影。一丝微笑，天地生灵。

石破天惊。

游信宏

2003.5.20

翌日，在唐子晋、臧玉航、张梦华、马传海等人的坏笑声中，我把日记本还给一脸绯红的邹梦颜。我和她当时都想不到，从这一刻起，我们两人的宿命被捆在了一起，任凭此后岁月流年，沧海桑田，你捅我一刀，我还你一剑，都无法改变。无论结局是悲是喜，命运的潘多拉魔盒一旦开启，便无法关闭。

有生之年，狭路相逢，终不能幸免。

2

刘雨欣说："不可思议，她居然给你看日记！"

我问："奇怪吗？"

"女孩子的日记写的都是自己的心事。十四五岁的女孩子，日记是她闺中最大的秘密，谁都不能看的，父母不行，闺蜜也不行。"

"真的？"

"反正我是这样啦！我现在明白游老师为什么一直坚持写作了。你在这个女孩子日记本上写下的这首情诗就是你们的定情之物呢！这么多年过去，游老师初心不改，真的让人佩服。"

"或许吧！仲仁也这么说。"

刘雨欣瞪大眼睛盯着我，正色道："天哪！游老师，你是装无知，还是真木头？"

我无辜地说："没办法，男孩子晚熟嘛！"

刘雨欣说："你这样可是会错过这个女孩子的！再后来呢，你们如何啦？"

我感叹一声，道："也罢，都讲这份儿上了。初中毕业，我们都考入了第一高中，她在一班，我在五班，见面机会少得可怜。记得开学军训时，我在操场的队伍里一眼就看到了她。几个月不见，她出落得更加亭亭玉立了。当时，我脸上长满了青春痘，看上去特别显老，和现在没什么差别。"

"确实，青春痘特别毁颜值。"

“可是她也长啊！有次放学碰见她发现的。当时我们闲聊了几句，气氛有些尴尬。想想也是，一个一脸麻子，一个满脸痘痘。可即便如此，我还是觉得她最好看。”

“果然是真爱。”

“可能她认为我介意她的痘痘，以后在校园碰到我，总是站得远远的，向我招手，露出一对小酒窝。而我，也是不好意思，只好尴尬地回应她。”

“两个人都开始自卑了呢！”

“我很烦恼，必须改变这种局面。于是又写了十几首打油诗，主题全是她的微笑。”

“微笑？”

“虽然隔着十米远，虽然她满脸痘痘，可她的眼神依然灵动，她的微笑一如初中时那般美丽啊！”

“游老师真是个情种啊！”

“可就在这时，我发现写打油诗已不足以改变局面。我必须得给她一点更好、更独一无二的东西。”

“是什么呢？”

“这个极具命运性的时刻发生在那年国庆的某天。当时，我坐在我爸制剂室的办公桌上，看着窗外的人来人往发呆。一切来得那么突然，毫无征兆。患者、医生、护士、车流，来去匆匆，红尘不息……突然间脑海里响起了一段旋律，同时胸中的辞藻像是涌到了火山口一般，会随时喷发出来。我连忙抄起桌上的一支笔，在一个中药瓶商标纸的背面空白处写下了人生第一首歌《让我们一起走》。”

“好厉害！只有歌词，还是和旋律一起？”

“词和旋律同时直接唱出来，记了下来。”

“不可思议，这是爱的力量。这首歌的主题是什么？”

“我想带她离开这个无趣的地方，去过童话里的生活。我把她比作‘女王’，因为她很白，外号叫‘伊丽莎白’。”

“好浪漫呀！游老师，能哼唱两句吗？”

“让我们一起走，都不要再停留，这里留下的只是几分愁。寻找新的家，寻找新的梦，一直冲向女王的宫……”我随意哼唱了几句。

“真棒！”

“之后，我突发奇想，把之前写在她日记本上的诗改成了歌词，谱上了旋律；再后来，灵感一发不可收拾。我写下了十几首歌，把它们用空磁带录成专辑，在她生日那天送给了她。”

“真羡慕！她是世界上最幸福的人。我想，她一定最喜欢用你们定情诗改编的那首。”

“还真没错！”

“你加了些什么呢？”

“那首诗全部用于副歌部分，只在‘石破天惊’的后面加上了‘没有回声，你的微笑，是最美的风景’。”

“哎呀，让人嫉妒死啦！”刘雨欣抓狂起来。

“有那么夸张吗？”

“极致的浪漫不过如此啊！这是多少钱也买不到的啊！试问，别人给你钱，你会给写吗？”

“这得看给多少钱了，我的稿费可不便宜哦！”我打趣道。

“可即便你写了，也再写不出给她的那种了。”

“可能吧！我从没给除她之外的女孩子写过情歌。”

“一首都没有？”

“一首都没有。”

“你一共写过多少首？”

“一百多首吧。”

“好吧，游老师，你赢了。”

“哈哈，这点专一的自信还是要有的。”

快十二点了，黄仲仁还没回来，刘雨欣也没有要走的意思，她的笔记本也没再打开。显然，她不是来研究剧本的，这在给她讲完我与邹梦颜的故事后，已初露端倪。我最后对刘雨欣说：“总之，现在我和她的关系简单又复杂。我俩都不够坦诚，可成年人的世界规则就是如此，要打破，需要的不只是非同寻常的胆量。”

刘雨欣满脸是泪，握紧抓在我手臂上的双手，指甲几乎扎到我肉里，我却完全无感。我多么希望此刻的刘雨欣就是邹梦颜，哪怕一秒钟也好。

刘雨欣感叹道：“你们比牛郎织女还惨，牛郎织女一年还能见一次呢！”

我苦笑，不知说什么好。

刘雨欣问：“难道游老师真的不想和她再续前缘？”

我说：“每天都想得要死。”

“好凄惨！”

“那时候，一想到她会和别人建立家庭，养育孩子，而我也会如法炮制，就感觉整片天要塌下来。这些年，为了好受点，我就用精神胜利法安慰自己：或许不在一起，才能永远在一起；说不定她现在的男友很宠爱她，不但比我优秀，还能给她我所给不了的优质生活。这么阿Q地一想，她不跟我在一起，说不定对她反倒是件好事。”

“‘想得不可得，你奈人生何’，得不到的永远是最好的。可是，这不是在逃避命运吗？”

“不完全算逃避，也有积极的一面啊！退一步想，只要我俩没死，指不定老天哪日开眼，还能再续前缘，不一定非得等到下辈子。不论十年二十年、三十年五十年，迟早会有重逢的那天。就算再没缘分，至少，这辈子最后的时刻，总能再见她一面吧。当务之急还是要实现理想。”

“好伤感，又好感动。羡慕游老师有一份如此纯粹的爱情。这世上，爱情是顶级的奢侈品。好多人一辈子都没品尝过真爱的滋味呢！不过讲真的，游老师现在有女朋友吗？”说完，她又补充了一句：“正式的。”

想到夏侯，我犹如泰山压顶。记得小凤凰初见夏侯是五年前，也就是我去上海找邹梦颜前不久。

小凤凰本名叫文一帆，是我的高中同学，皮肤黝黑，宅男一个，喜欢网络小说和游戏，暗恋对象是班上的张晓芳。他大学学的金融，现在转行做了软件工程师——这本该是我的专业做的活儿。学金融的搞计算机，学计算机的搞艺术创作，讽刺得很。

当时，得知我要去上海见梦中情人，夏侯刚用完女人的三大法宝“一哭二闹三上吊”中的两种，火气正盛。小凤凰慑于夏侯的强势，唯她马首是瞻，尊称其为“老佛爷”。这家伙了不得，当时若不是他从中斡旋，我和夏侯怕已彻底分道扬镳了。五月十八日那晚，若不是小凤凰一直打我手机，告诉我夏侯马上要拿出第三法宝，让我回归理性，估计在看电影的时候，我很可能已把邹梦颜紧拥在怀，吻到她窒息，将这些年来的思愁全部填满，然后成婚生两个娃，过着平凡的生活。如此看，小凤凰是改变历史的关键人物。因此，夏侯对小凤凰既信任，又感激。

说来也巧，刚想到小凤凰，他就发起了微信视频通话。我点开手机，问道:“什么事？”

小凤凰黝黑的脸颊出现在屏幕上。他问:“游信宏，做啥呢？”

“在酒店弄剧本呢！”

“咦，怎么有个美女坐在床上？”他看到了刘雨欣。

“她是演员，我们在对剧本。”

刘雨欣对小凤凰挥手致意:“嗨，帅哥，你好！我叫刘雨欣，承蒙游老师关照呢！”

“看来老佛爷的担心不是没缘由的！”

我并不想多做解释:“你别误会，我们只是在研究剧本。别和夏侯乱说。”

关掉通话，我无奈地对刘雨欣说:“说什么来什么！这家伙还真当自己是内监总管了。”

“哈哈，查你查得这么严，好可怕的姐姐！”刘雨欣微笑起身道，“不好意思，打扰了游老师这么久，我得告辞了。不过真的不虚此行，听到了一个这么感人的爱情故事，希望游老师也能在剧本里把我写得像你心目中的那个天使般的女孩。”

说着，刘雨欣收拾好笔记本，含笑地离开了房间。我也深深地吁出一口气来。

难得这翻版邹梦颜有耐心听我讲故事。于是我把剧本里刘雨欣的角色调整为失去记忆的小白龙——龙菲菲，赵冰冰的角色改为沙僧的女儿身转世——沙鱼儿。

此后几天，全组逐渐进入高强度工作状态，最终开机时间也确定了。我整日和于导闭关改剧本，一边改一边让演员试戏，很多精彩的细节都是在边改边试中打磨出来的，从主创们的反应看，效果颇佳。这样没日没夜地辛苦了四五日，剧本日臻完善，内容和实操基本达到了开机前的要求。

3

这天中午，我在睡梦中听到有人敲门。我揉着睡眼，开门一看，夏侯和小凤凰赫然站在门外！不巧的是，对面房门一开，刘雨欣和赵冰冰也出来了。见状，两位芳邻连忙微笑着跟我打招呼：“嗨，游老师，朋友来探班啦？”

我应声。在夏侯和小凤凰锐利的眼神中，两位美女似笑非笑，猫步离去。

酒店一层的咖啡厅内，我如同被调查的疑犯，正待盘查。

我问："你俩怎么一块儿过来了？不上班的吗？"

夏侯说："大哥，你糊涂啦，今天周六。"

小凤凰说："老佛爷说今天来看你，我正好也没事，就一起过来了。"

夏侯问："那两个女孩子是干吗的？和你很熟？"

我坦言："是资方那边的女主播。这部戏要是演得不错，她们老板会推她们做演员。"

夏侯哼了一声，说："她们没勾引你？"

"勾引我什么？"

"看她们这架势，年纪虽轻，却是老江湖！"

小凤凰补充说："老佛爷说得没错。游信宏你神经大条，别着了她们的道。"

我笑着说："她们图我什么？图我有钱，还是帅过古天乐？"

小凤凰说："没有最好，也是怕你吃亏。"

夏侯问："黄仲仁呢？"

我说："和演员们去对戏了。"

小凤凰惊讶："他这个精神病还能演戏？"

我把咖啡喝光，说："你们来得也是时候，剧本刚定稿，我正好有些闲工夫，一会儿带你们去剧组转转。"

我知道，万不可小看夏侯的侦查能力。当年，她发挥三大法宝从我上了密码锁的手机中，获取了邹梦颜的两个手机号码。问她有没有去过电话，她摇头否认。我也不便问邹梦颜，夏侯是否骚扰过她。此事，至今是个谜。四年前，小凤凰同我一起去上海见过邹梦颜，不过以我对他的了解，他并没有对夏侯提及此事。

这些年，旁人说长道短，指责我与夏侯相处多年不婚，渣到极点。诚然，邹梦颜的爱与恩、夏侯的情与义于我过于厚重，我无以为报，可其中的恩怨伤痛又如何能用言语尽诉？我从未想过为自己所做的错事开脱一二。我再不知羞耻，也没忘记儿时父亲教诲我的那句："大丈夫当顶天立地，无愧于心。"

第二十二章　伤　根

1

初到北京读大学，我未满十八周岁。从小到大，我没独自坐火车出过远门，只是初中时，和黄仲仁坐半小时火车去邻市买最新的动画碟片与音乐磁带。

父母不放心，陪我到学校报到，办手续、分宿舍、整理床铺衣物，不在话下。我没怎么做过家务活，却从不怀疑自己的自理能力——儿时的卫生大队委可不是吃干饭混出来的。

安顿好一切后，父母又多住了几天，为的是去人民大会堂看九月八日的“纪念长征胜利七十周年”晚会。这也算实现了小学时对我许诺的带我去人民大会堂看晚会的约定。讲军旅故事与看火车，都是我与父亲的专属记忆。

演出结束后，我与父母在地铁口作别。

父母茫然地站在马路边。我用力看了他们一眼，挥挥手，走进地铁。我忍住泪花，咽下去，耳边全是他们叮嘱过的话语。十七岁零十一个月的我开始了孤寂的北漂之旅。

六人间的寝室住着五个人，加上我有三个山东的、两个四川的。年轻人好说话，聚几次餐，打几天 CS，也就称兄道弟了。这里面，最为年长的鹏大哥大我三岁，四川人，身高却超过一米八。他性格儒雅，风度翩翩，嘴上总挂着亲切的笑容。每日寝室固话来电，十个有八个是找他的，而且都是女孩子。鹏大哥是大家的偶像，大家都想跟他学个一招半式，交个女朋友。

晚上，寝室熄灯后，哥儿几个缠着鹏大哥传授经验。我在学习的同时，还得回复李金婷的短消息。

高考后，李金婷向我表白。我没再像对陈梦那样，逃避不答。虽然我记挂着邹梦颜，本想考试后找机会和她谈谈，可一看到自己寒酸的成绩又感到无比自卑。另一方面，李金婷小有文采，擅写现代诗歌。我很欣赏她写的一首《彩色世界彩色心》，于是谱了曲子，一首轻快的青春歌曲应运而生。

之后，我发现李金婷对我的态度明显变了，不再像以前那般冷嘲热讽。我把这事和对李金婷一往情深的冯帅说了，他反而建议我接受李金婷。

冯帅说："信宏，好哥们儿不说虚的。金婷是个好女孩，但她心里没我，强扭的瓜不甜。我宁愿是你来照顾她。"

总之，莫名其妙，李金婷成了我名义上的初恋女友。暑假，我请她吃 KFC，陪她逛饰品店，带她和黄仲仁去飙摩托车，做了一个男友该做的事。可比起两人相处，我更喜欢带上冯帅一起。李金婷十八岁生日那天，我们三人骑着摩托去爬天门山，冯帅虽是灯泡，却比我还要开心一百倍。我觉得他对李金婷才是真爱。

我越发觉得有必要去见一见邹梦颜。可作为一个失败者，我有资格吗？

李金婷去了青岛上大学，我则带着复杂的心情来到了北京的一所三流大学，与李金婷短信聊天是每日的课后作业。可就在十八岁生日这天，我收到了李金婷的分手短信，理由很简单，她说她找到了真爱，还品尝了禁果，感觉挺不错……

真是不可多得的生日礼物。

当夜，我们寝室和隔壁寝室的同学在校外的湘菜馆为我庆生。我拿起啤酒瓶与大家畅饮，一个接一个地敬，从没喝过酒的我居然喝光了八瓶燕京，喝到每个人都瘫倒在桌上。

我倒在椅子上，望着明月星空，心中的一块巨石落了地。

邹梦颜才是我唯一的信仰。十一回家，我必须去找她。

2

繁星环绕着半弯清月，光束聚众射入瞳孔。迎着秋夜飒风，我把烟灰从公厕纱窗的破洞里抖了抖，吐出一缕青烟，把回忆的碟片收到记忆收纳盒中，放在记忆橱柜的最底层，妥善安置。

我扭头，对着一脸倦容的小凤凰说：“所以说，这种事太正常了。我却在十八岁就赶上了。虽然和你没得比，但至少我能理解你现在的心情。”

小凤凰说：“当时，她和我说这事，我都懵了……唉！”

“这年头，别说没扯证，就算扯了也白搭，扯了证、有了孩子就算亲生的也不好使，该飞还得飞。有新闻说，有在民政局领完证吵了一架当场离婚的。人生在世，老天爷饶过了谁？”

“就是想不到这才一个月的工夫……”

上个月，小凤凰频频加班，劳累过度，痛风发作。他回老家养了一个月，回来后发现跟自己谈了一年半即将订婚的女友和别人扯证了。对方的理由非常戏剧性，也是找到真爱了！生活远比故事狗血。

我不知该如何安慰小凤凰，反让我想起自己这件压箱底的旧事。为了让他能好受一点，我便把和李金婷的遭遇向他和盘托出。这事我只在大学时和夏侯提过一嘴。高中时，小凤凰和李金婷是邻桌，得知此事，颇为诧异。

他又拿出一根烟点上，说：“总觉得李金婷不致如此，说不定是有人搞的鬼！”

“有区别吗？”

“后来呢，你和李金婷又联系了吗？”

“五年前的春节，最后一次同学会，是张晓芳和我组织的，你和李金婷不都来了吗？咱们K歌的时候，她私下找我谈过这事儿，说很抱歉。我说，那时年纪小，不懂怎么谈感情。这么多年过去了，这事儿也就翻篇了。”

“你原谅她了吗？说实话。”

“那时候分不清什么是真感情。当初，之所以接受她的表白，一是冯帅的坦诚，二是欣赏她的诗歌。现在想想，这只是小毛孩子过家家，所以也没那么严重吧。”

“后来呢，她和那人结婚了吗？”

“照五年前李金婷的说法，他们确实到了谈婚论嫁的地步，只是后来李金婷父母不愿意她嫁到农村，所以两人没成。过了不到一年，那男的就结婚生子了。”

“唉！”

我把烟掐了，拍拍小凤凰的肩膀，说：“所以，你这事儿也别放心上。幸亏你俩没结婚，结了婚再出这事儿，那就得不偿失了。再说，好姑娘有的是，要放眼整片森林啊！”

小凤凰无奈地笑笑，猛吸了两口烟。他和前女友恋爱期间，手机、首饰、包包，一个也没少买，节日礼物一次不落下，除去衣食起居必需，一个月也剩不下几个钱，连洗衣做饭这样的家务事他也一并承包。结果只换来西北风。

抽完烟，我俩正要回餐桌，电话响了，是母亲打来的。

“信宏啊，你和夏侯商量得怎么样了？十一能不能订？”

“再看看吧！”

“你爸以前的供药商李叔叔来咱家了，问起你的事。还有，医院的孙国庆，比你小一岁的那个，他十一结婚。他妈不是在药剂科吗，就说你要是能赶上的话就一起办了。”

“有空再说吧！组里还得开会。”我草草挂了电话。

近三年，每逢五一、十一前一两个月，母亲都要问我结婚的事。

她说父亲不好意思问，憋在心里干着急。和我同级的粽子、耗子、马大哈、张振、海鹏他们全都结了，除了粽子没要孩子，其余哥儿几个二胎最大的都会打酱油了。昔日足球队队长李凯的大儿子上一年级了，大姐头刘欣的女儿也上幼儿园了。当年小伙伴里头没结婚的只剩下我和黄仲仁了。

三十多年前，与父亲同一批入院的同事，如今有三五个是医院高层领导，十几个身居要职，其余大多像父亲一样在各自的岗位小有成绩，在全院职工面前小有威望。父亲是药剂科的“游大哥”“游教授”，认识他的人着实不少。平日上班，逢人问起我何时结婚，他都是笑着应承一句：“快了，快了！”

新晋的马院长住我家楼下，儿子长我两岁，两个孙子都四五岁了。马院长对父亲说，若不嫌弃，我的婚事由他亲自操办，按医院的传统来办。医院提供大巴，载职工们去五星级酒店，弄个风风火火、喜气洋洋。照他那标准，五十桌只是起步，通常是八十桌。司仪表演脱口秀，新人要猴般走过场，众人奉上红包，带几口家眷把饭一吃，吃不了的还打包带走。好多人吃饱喝足直至离开酒店都不知道是谁结婚，然后改天再走下一场——这便是当地流行的现代婚俗。母亲思想前卫，不想打肿脸充胖子，可她也认为医院是个大家庭，少不了人情世故要顾全，父亲若是搞特殊，岂不是不给马院长面子？

小凤凰问：“我不明白老佛爷跟你这么多年，你们一直不结婚，到底为什么？你还没放下那个女医生？”

我答：“事情要有这么简单就好办了。”

“就算之前老佛爷做错事，那也是因为你去找了那个女医生啊！你不知道，当时她……唉，多多体谅吧！”

我苦笑。这不是体谅不体谅的问题，支撑“情义”二字的，绝不是那句可笑的“当然是选择原谅她”。

我对小凤凰说：“张晓芳婚后的生活似乎不太顺心。五年前的同学会上，你咋不和人家告白呢？那时，她还没结婚。”

小凤凰笑着说：“她又不一定喜欢我。再说，就算她没意见，她父母也够呛。我是农村户口，就别自找没趣了。”

我和小凤凰回到酒桌包间，见陈梦和夏侯早已喝红了脸，抱着彼此手臂，格外亲昵。

今天这场酒局是黄仲仁张罗的。他见夏侯与小凤凰远道而来，索性攒了个局，又把陈梦叫来，一起寒暄一番。谁知陈梦和夏侯一见如故，格外投缘。这倒让我意外惊奇。

黄仲仁笑嘻嘻地给她两人调酒，一半干红，一半雪碧。我和小凤凰进来，她俩全当没看见，继续窃窃私语。我问黄仲仁怎么回事，黄仲仁一脸坏笑，刚要说话，忽然内急，撒腿就往厕所跑。

我问：“你们聊啥呢？”

陈梦说：“夏侯姐姐让我多讲些咱们小时候的趣事。我就把你带我和仲仁去女厕所探险，你教我和仲仁按完别人家门铃就跑这些黑历史都说啦！”

夏侯冷笑道：“要不是梦梦，我都不知道你小时候就这么不老实！”

奇怪，喝多了吧！两人不知何时姐妹相称了。

陈梦扒在夏侯的胳膊上，笑说："姐姐，我真佩服你。信宏的心就是一阵风，你竟然抓得住。小时候我也喜欢他，可他只把我当妹妹。"

夏侯阴阳怪气道："没想到信宏这么受欢迎呢！"

小凤凰捶了我一下，不无艳羡道："你小子到底有啥魅力！"

我伸手去夺她俩手里的酒，大喝一声："别喝了，都醉成啥样了！"

夏侯不理会我，饮干一杯葡萄酒，笑着对陈梦说："其实，能抓住他心的人并非你我。"

陈梦好奇地问："什么意思？"

夏侯脸色通红，含混不清地说："如果活在……旧社会，咱姐妹连……大姨太都做不上。我知道谁……才是他心中的……不是你，也不是我。"

陈梦惊讶地问："难道信宏还有更喜欢的人？"

夏侯没有应答，已然趴到桌上睡着了。

陈梦抚着夏侯的背，醉醺醺地说："姐姐你放心，我会好好看着信宏，他要是和哪个女演员有事，我第一个告诉你。"

我也顾不上黄仲仁，和小凤凰架着夏侯和陈梦回去休息。

安顿妥当后，我收到制片主任在群里发布的紧急通告。剧组临时把开机日期提前到明日中午十二点，全组人员今晚务必全力以赴，提前就位。

第二十三章　ROUND1 READY GO

1

上午十点，我和黄仲仁、陈梦陪同曲总、张总、于导、吴监制等主创来到影视城内的古城墙外景处。准备工作已完成百分之七八十。主演们坐在临时休息区，化妆组给他们补妆；城墙下，道具组把“开机大吉”的横幅挂起来；后勤人员把收拾好的供奉长桌盖上红布，搬上香炉，将烤炉猪和水果端上，摆放整齐；摄影组把摄影机推放到长桌左侧，盖上红布；媒体特邀记者和摄像师们调试着相机与录音设备。

外联制片跑过来说，客人们到了。我们跟着曲总上前接应。受邀的大腕，一个是中影的领导郑总、一个是华策的高层徐总，看曲总与之寒暄的意思，都是曲总的老朋友。众人到临时贵宾区就座。

曲总笑着说：“郑大哥和老徐能赏脸来我这小项目的开机仪式，

我放心啊！”

郑总点点头，环视四周，检阅排场。

徐总则说：“老曲，剧本我看了，没问题，不过你这一千五百万预算说多不多，说少不少，拍起来有难度。”

张总说：“徐总不用担心，于导新作《走马》成绩不俗，以小博大不说，还获了莫斯科国际电影节银奖。”

于导微笑，颇为得意。

郑总说：“《走马》我看了，拍得不错。听说成本才六百万？”

于导说：“其实更少，五百万就搞定了。”

徐总说：“能省钱的导演才是好导演。老曲，这生意靠谱啊！”

曲总说：“老徐，这下知道兄弟我没给你虚的吧？”

徐总点头，说：“这倒是。对了，咱主演们呢？”

主演们过来站成一列。从左到右依次是饰演悟空转世——羽墨儿的三线女演员夏秋叶，饰演伏魔师断念的当红鲜肉王胜年，饰演女游侠小雀儿的陈梦，饰演失忆小白龙——龙菲菲的刘雨欣，饰演沙悟净转世——沙鱼儿的赵冰冰，饰演天蓬的黄仲仁，饰演黑化铁扇公主的知名女演员冯倩，饰演黑化二郎神的著名男演员肖天章，以及饰演大反派混元天尊的老戏骨张家岩。

按名气辈分，当以张家岩、肖天章、冯倩为尊；按片酬，人气鲜肉王胜年当仁不让，其次是张家岩、肖天章、冯倩，最后是夏秋叶，再往后就不值一提了。不过，鉴于经费大头给王胜年拿了去，三个大牌的戏份不多，只算友情出演。夏秋叶虽是三线，容貌和演技都属一流，就是欠缺那么点运气，出道十年之久也没有拿得出手的作品。

众人同郑总、徐总一一打过招呼。通过两位大咖的态度就可以看出江湖地位的差异。对流量为王的小鲜肉、三位大牌演员，两位老板的语气极为客气；面对以夏秋叶为首的一众女演员，他们也是风度尽显；唯独到了黄仲仁这里，两位也就蜻蜓点水般地点了个头，一笔带过。

吉时一到，鞭炮齐响。红条幅上“电影《逆天行》摄制组开机大吉”几个大字赫然醒目。在曲总、郑总、徐总的带领下，主创们与各组负责人依次上香。

上香结束，曲总主持媒体见面会，郑总、徐总、于导、吴监制先后致辞。接着，集体留影，随后是开机大宴。

2

开机宴设在影视城附近的一家三星级酒店，可见曲总的大手笔。考虑到夏侯和小凤凰过来，我和黄仲仁、陈梦没去主创桌凑热闹。想来我酒量为负，也算躲过一劫。吃到一半，我查阅了拍摄计划表，今日下午到夜间有五场戏要拍。其中，最有意思的一场是羽墨儿与天蓬的对手戏，说的是天蓬认定羽墨儿是悟空转世，可羽墨儿不信，反认定天蓬就是村民口中的采花大盗。这场戏文武兼备，颇有难度，虽然黄仲仁之前和夏秋叶对过几次戏，可拍摄现场那么多人围观，初涉银幕的黄仲仁难免有些怯场。

陈梦问我：“听夏侯姐说，羽墨儿这个形象是你为她设计的？”

我点头，说：“你不觉得她和孙悟空很像吗？尤其那双招风耳。”

夏侯说：“骂人不吐脏字，直接说我像猴子呗！”

小凤凰说：“老佛爷，把你耳朵露出来给大家看看。”

夏侯瞪了小凤凰一眼，说：“招风耳怎么了，林志玲还是招风耳呢！”

黄仲仁说：“梦梦，你不知道，夏侯以前很漂亮的，尤其刚认识信宏那会儿……当然，现在依然很漂亮啦！”

夏侯知道黄仲仁在恭维自己，面露喜色。

陈梦说：“夏侯姐，你应该做演员的，做记者太浪费啦！”

夏侯说：“高中时家里经济状况不好，哥哥又刚读大学，实在没有学艺术的条件。现在经济条件允许了，却成老阿姨了。”

大家刚要说话，侧面响起一个女声：“妹妹，你这话我不爱听了。你是老阿姨，那我们这样的岂不是成老奶奶了？”

只见夏秋叶款款走过来。

夏侯忙说：“姐姐多心了。你人白又漂亮，还是冻龄体质，怎么能按我和梦梦的标准来算呢！”

陈梦也赶紧圆场：“是啊，秋叶姐是咱组里公认的第一美人！”

比起学生时代那个脾气火爆、脑袋一根筋的女汉子夏侯，现在的夏记者，在人情世故方面圆滑多了。陈梦的顺水推舟也是场面上混久了的本能反应。不过，陈梦并不算夸大，三十三岁的夏秋叶肤白俏丽，即便素颜，看着也就二十四五岁的样子。

夏秋叶听后很受用，说道：“陈妹子嘴巴真甜，难怪深受张总器重。”

陈梦说："哪里，我说的都是实话，不信问问在座的绅士们。"

黄仲仁也是人精，赶紧说："夏姐漂亮，人好，没架子！"

我说："还得拜托夏姐多带带梦梦和仲仁，他俩都是第一次拍戏。"

夏秋叶笑着点点头，说："弟弟尽管放心。"接着，她把目光对准小凤凰。小凤凰被她瞅得有些不好意思，说不出话来。

陈梦起身，打破尴尬道："信宏，张总让咱们去主创桌敬酒。"

于是，我和陈梦、黄仲仁举杯来到主创桌，先后敬了郑总、徐总、曲总、于导、吴监制，又敬了主摄影师、副导演等几个颇有来头的人物。得知我是此片编剧，徐总不吝夸赞，一脸严肃的郑总勉励我继续努力，前路漫漫仍需上下求索。其他老师也极为客气，这让我着实欣慰。当下影视圈，小编剧地位低，可为了理想，暂时的忍耐是必要的。

于导问起与我同桌的夏侯和小凤凰，我说是来探我班的。曲总表示既如此，不如大家认识认识。得知夏侯是先锋网的记者，郑总和徐总也加入了交谈。先锋网的几个领导也是他们的朋友。曲总说，近期他的软件公司有产品需要与先锋网的科技频道合作，便和夏侯交换了名片。于导笑着说，夏侯很适合他下一部戏的某个角色，问她有没有兴趣做演员。夏秋叶也说夏侯有做演员的气质。对此，夏侯委婉地推辞了。

张总笑着举起酒杯，说："夏记者漂亮干练，必定前途无量！来，大家走一个！"众人推杯换盏。

酒酣之时，黄仲仁、刘雨欣、赵冰冰三人即兴来了段劲舞。黄仲仁学过街舞，要得一出拿手的“大风车”。刘雨欣和赵冰冰早已千锤百炼。录音师放出舞曲《We Be The One》。众人跟着跳起来。一时间，现场气氛高涨到极点。

开机宴的“浮世绘”，为之后的“罗生门”埋下伏笔。众人的欲望写在脸上，刻在不知真情假意的笑容里，伴随杯中歃血为盟的酒，劲爆动感的舞，将对名利的渴望一口口饮下去，跳出来。如梦幻泡影，如露亦如电。

场面越来越热烈，我却双眼发空，一片虚无，只看得到自己。

第二十四章　沧海一缕巫山云

1

拍摄现场，我拿着笔，在被三种带颜色的笔批示过的剧本上做着新记号。于导在一旁盯着监视器，握着对讲机，指挥执行导演和演员们入戏。开机一周以来，还算顺利，虽未严格遵照预定的进度，也没耽误太多，统筹的计划表三天改一次也跟得上。拍摄基本按照剧本走，有时也会根据现场的情况做细节上的调整，比如演员临场发挥的台词、桥段，或是于导新想到的表现手法等。黄仲仁就有几句脱口而出的台词很出彩，得到了于导和吴监制的高度赞许。

开机第二天，曲总和张总他们离组，回去处理公司事务。老板走了没几天，组里就有人摊事儿了。

那晚收工后，演员副导演喝得大醉，对刘雨欣和赵冰冰举止不检点，被制片主任抓了，没一个小时就被曲总开了。

第二个是一个摄影师助理。当晚下戏，摄影指导让这个倒霉的家伙把当天拍的几个镜头拿给于导取舍时，这哥们儿走错了门，进了于导隔壁吴监制的房间。也怪他进屋不敲门，对吴监制造成了骚扰，无奈下，二十分钟就从财务结款走人了。

最后是两日前的晚上，三个饰演反派将军的特演去洗浴中心享受过了头，没赶上次日一早的拍摄，被制片主任以延误工作为由当场炒了鱿鱼。

好在昨日起，一切渐入正轨，再没出什么幺蛾子。连熬了好几个大夜，拍了最重要的几场夜戏。动作指导对黄仲仁自创的动作很头疼，可黄仲仁自觉发挥得超长，很符合角色的定位。于导和吴监制为此也争辩过几次，于导觉得黄仲仁的自创很别致，吴监制则认为太俗气。尽管每次争论的时间不算短，好在总能达成一个明确的共识。

在夏秋叶指点下，黄仲仁和陈梦的演技大涨，超乎了所有人的想象。

于导发自内心道："小梦，你真是天生的演员！"

夏秋叶也说："等戏杀青了，我可得好好和张总说说，要重点培养你才行。"

陈梦谦虚地说："谢谢，是于导和夏姐教得好！"

2

这天收工后，我对陈梦说："看不出，当年的小梦梦是天生的演员啊！”

陈梦笑着说：“信宏，你也来取笑我？”

“还真不是，那两个女主播和你都是初次演戏，看看你，再看看她们，人与人之间，为何总有点差距呢！”

陈梦捂住我的嘴，说：“嘘，小点声。”

“我只是实话实说而已。”

“信宏，你还是死脑筋，爱较真。”陈梦的大眼睛很是狡黠。

我见陈梦今日情绪极好，便问：“梦梦，我想问你，你和张总到底是什么关系？”

陈梦的眼睛瞬间黯淡下来，又强打精神，说道：“也是，不可能一直瞒着你。你肯定认为我是那种女人吧！”

“不……不是的。”

她继续说：“说来话长。小学毕业那天，跟你和仲仁在老火车站作别后，妈妈带我和姐姐去了青岛，用爸爸留下来的钱在那儿买了套房子，一住就是十一年。我初二那年，妈妈和当地一个公务员结了婚。后爸对妈妈还好，所以姐姐和我也就渐渐接受了他。他有一个儿子，比姐姐大两岁，算是我们的哥哥。可是，我读高一那年夏天的一个晚上，他突然走进我的卧室，对我……幸亏，暑假在家的姐姐发现并制止了他，还把这事告诉了妈妈和后爸。谁想到，后爸不以为然，就说哥哥是同学聚会喝了酒的缘故。妈妈态度也很冷淡，当时我……我想到了自杀，可终究不敢，我想到了远在家乡的你……和仲仁他们，便忍气吞声了。姐姐让我考上大学后就别再回来，反正她毕业死也不回来了。又过了一年，姐姐考上托福，去美国读研究生了。家里留下我，一边备战高考，一边在这个地狱般的家里苟延残喘。高考前两个月的一天我放学回家，发现门口围满了人，停了一辆警车和一辆救护车。我当时就慌了，进去一看，妈妈躺在地上，随后被担架抬走了。我当时差点晕过去。警察说，妈妈烧炭自杀被邻居发现，报了警。万幸的是，妈妈被抢救过来，却因一氧化碳中毒脑部受损，成了植物人。”

“阿姨为什么要自杀？”我很费解，记忆中的陈母，何等要强。

“医生说妈妈身上有多处伤疤，推断是后爸对她长期施暴。”

我不禁唏嘘：陈父走得早，陈母带着两个女儿改嫁，不慎遇见这样一个人渣。她究竟是受了多少折磨，才甘愿放下两个女儿，离开这个世界？

陈梦继续说：“妈妈的医疗费花销惊人，后爸守了没一个月就离婚了。”

“这个混蛋！”我攥紧了拳头。

“姐姐回国后，我们商量了一下，就把房子卖了，所有的钱都给妈妈看病。过了几年，钱花得差不多了，就靠姐姐在美国的收入勉强维持。我拼命打工赚钱，大学毕业后放弃了保研的机会，我不能让姐姐一个人扛。姐姐结婚后，把妈妈接到美国调养。美国医疗费用比国内更甚，我也尽全力为姐姐减轻负担，毕竟她和姐夫在美国的生活也很拮据。直到六年前，我认识了张总……一开始，我确实跟着他学了不少东西，他也给了我很多工作上的机会，我的收入也大大有了起色。从这一点看，他确实是我的贵人。我不是不明白他的心意，可他有老婆、有小孩，家庭美满，我不能做一个千夫所指的第三者。但是又怕和他彻底划清界限，失去现在的工作机会，就只能这样若即若离的……我现在手里的资源全是张总这边的……信宏，你能明白吗？你会不会看不起我？至少，你一定要相信，我和张总之间是清白的！”

我不说话，只是轻拍陈梦的肩膀。她眼中的两行清泪花了妆容。我欲再问陈梦一些更为隐私的问题，却觉不妥，也便作罢。

陈梦破涕为笑，对我说：“按咱们小时候的规矩，我和你说了一个我的大秘密，你也得和我说一个你的大秘密。”

我说：“什么？”

陈梦正色问道：“夏侯姐说的那个女人究竟是谁？我很难相信，这世上会有比夏侯姐更值得你爱的人。”

我叹道：“一言难尽。”

我和陈梦压马路到对面篮球场，边走边聊。虽近午夜，却还有三五个跳交谊舞的大爷大妈沉浸在幸福时光中。

我把邹梦颜的事简单与陈梦说了。她先是苦笑，随后连连感叹：“信宏啊信宏，你可真是一个顶天立地的负心汉。”随即又说，“唉，其实我懂，人生几十年关键的岔路就那么两三条，她是你的指路人、你的知己、你的精神支柱、灵魂爱人。可是，既然五年前你选择了道义，还何苦纠缠不休呢？”

我苦笑，说：“不疯癫成魔，便体会不到爱情的真谛。这世上若没有爱，未免太过苍凉，多活一秒，也是浪费。”

星夜云涌，皓月风清，我和陈梦望着无尽夜空，在回忆的沧海中，各载一叶云舟，驶向未知的太虚边界。一双上帝之眼看到的，似是二十多年前，两个小孩在老家南阳河下避震时，沿着时而干涸时而流水的小河旁，一左一右，一前一后，慢慢地走，不知有没有尽头。

岁月催得人老，情动便是一生。童话中，女王若爱上骑士，那么唯一不那么童话的理由是，她相信骑士有本领开疆扩土，他日成就君王霸业。

第二十五章　天命浮世绘

1

这天戏上，赵冰冰和夏秋叶吵了起来。这是一段沙鱼儿、羽墨儿联手大战黑化二郎神的武戏，外景内拍，后期上特效，可拍了一天都没过。于导嘴里不停地喊“Cut”，吴监制的脸绿了，动作指导的嗓子哑了，摄影师的手酸了，灯光师连举四个小时的灯，脸白得能反光了。

夏秋叶认为赵冰冰毫无演技，全程武替不说，若是文替也得全程跟，那不如干脆紧一天时间拍拍正脸镜头，领盒饭回家直播得好。赵冰冰一听火了，口不择言起来。众人劝不住，局面越发失控，差不多就要上手了。关键时刻，王胜年和冯倩将夏秋叶拉开，刘雨欣和黄仲仁将赵冰冰拉开，场面勉强得以控制。

吃瓜群众正期待一场比电影更精彩的好戏，制片主任匆匆赶来，凑到于导耳边说了两句，于导的墨镜“刷”地一下掉在地上，露出一双浑圆的小眼睛。

随后，主创召开紧急会议。于导告诉大家，接到张总通知，要求摄制组暂停拍摄，具体开工时间待定。道具组长问原因，制片主任表示资方这边有所调整。吴监制给于导使了个眼色，于导微微摇头。余人嘀咕起来，各怀心事。我也生出一丝不好的预感。最后，于导吩咐各组负责人安抚好下面的人员，准备随时开工。

我和陈梦、黄仲仁去食堂吃过盒饭，来到酒店对面的小公园散步。我把停工的事和他俩说了，二人也不知所以。

我说：“昨天开始，我右眼皮一直跳个不停。”

黄仲仁说：“难道是张总和曲总那边出事了？”

陈梦说：“曲总是张总的老朋友，应该不会有什么大事。”

当晚，于导找我密谈，告诉我他要离组几天去张总、曲总那边开会。暂停拍摄的原因是张总、曲总那边有几个新朋友觉得这个项目好，体量可以再做大一些。

“有几个土豪想追投两千万。”于导比画着说。

“原来如此。”我应和。

“我走的这几天，你务必配合制片主任把大家的情绪稳住，知道吗？”

我点头。

于导伸过头来，低声道：“如果追投款下来，咱们这戏的体量一大，剧本得改，班底得重搭，演员也得小咖换大咖。所以，这事先别跟别人说。”

2

于导走了三天也没动静，全组上下整日无所事事，要么在屋里打牌看电视，要么出去吃喝玩乐。白天，我若不看片写作，便和黄仲仁、陈梦四处游玩，爬个山，吃个农家乐；晚上，就去商业中心看个电影、打游戏、抓玩偶。昨日，刘雨欣、赵冰冰拉我们仨去酒吧玩到半夜，一直睡到次日中午，现在头还隐隐发沉。

电话响起，是快递。我没打扰黄仲仁的美梦，去酒店门口取了包裹，然后来到夏秋叶房门前，轻轻敲门。一分钟后，房门打开，她笑着让我进去。只见床上堆满了衣物，杂乱无章。她似乎毫不在意，拿出一瓶柠檬水递给我。

"谢谢。"我接过水，把包裹递给她，"这就是我之前出的那本书。"

"谢谢，多少钱？"夏秋叶笑着接过书。

"不用，送你的。"

"谢谢啦！"她打开包装，取出书仔细端详了一番。

"你看完再说吧！我觉得里面那个双面女间谍很适合你。"

"是吗？那我得好好拜读一下。"她随手翻起来。

前段时间，夏秋叶得知我三年前出过一本小说，便说想读读看。我觉得她的气质与我书中写的一个女反派非常契合，就想买一本送她，看今后还有没有合作的可能。

夏秋叶由此拉开了话匣子。

她也是山东人，老家在聊城农村，有一个妹妹、一个弟弟。虽出身普通，但她骨子傲，清高，自小勤奋懂事，有主见，大学后便没再问家里要过一分钱，凭借顽强的斗志，一边拍戏赚钱，一边完成了学业。在中戏读研时，本想投身话剧界的她为情所困，毅然放弃诸多良机，只为与男友共浴爱河。对方是个土豪，比她大了近二十岁，无妻无子，为人低调。夏秋叶跟了他五年，才知道他有私人飞机。土豪给她在京买车购房，就是不给名分，夏秋叶好强传统，对此一直耿耿于怀。此外，她严守底线，不屑于走潜规则一类的捷径，所以事业上亦是不温不火，一直没有大的起色。就在这时，她遇到了大麻烦。

“若不是父母生病急等用钱，我肯定要见到结婚证才会真正和他在一起。但你知道，现实面前，理想啦、尊严啦、信仰啦统统微不足道……”夏秋叶淡淡说道。

两个月后，土豪突然车祸离世，留给夏秋叶的只有那套位于东四环的房子和一辆本田雅阁，以及反复发作的抑郁症。此后，她不断接戏，用繁忙的工作麻痹自己。但由于耿直的个性，她在圈内的人缘并不好，出头何其难也。这几年，她拍戏之余去做话剧老师，参加话剧学术研讨会，积极投身她自认为更有价值的事情。得益于此，她的抑郁症也渐渐好转，对感情和理想也有了新的打算。

3

又过了两天，于导还是不见踪影。组里的兄弟们坐不住了。第二副导演率先找我打探消息："不会是不拍了吧？"我和他说，"我和你一样着急，这可是我的银幕处女作。"统筹小妹第二个来问我，"哥，我的尾款是要飞了吗？"我和她说，"淡定，我比你更担心自己的尾款。"后来问我的人越来越多，大家都知道停拍是大忌，无不担心自己的尾款。无奈之下，我只好告诉众人于导走之前留过话，即便有事也是好事，大家安心等待就好。

刘雨欣、赵冰冰也来找我，问我这戏是不是要黄。

刘雨欣说："我俩倒不担心钱，就怕可惜了这个好机会！"

赵冰冰点头，一脸焦急地望着我。我心道，你们这两大主播月入十万八万，自然是不缺钱的。之所以心急如焚，想必是怕错过这次进军演艺圈的良机，就你俩这尴尬的演技，放哪儿都是死路一条。

我安抚道："再等等！要相信于导，也要相信你们老板和曲总的交情。"

除了男主角王胜年与三位大牌演员，组里上下几乎每人每天都在问我是否停拍了。又过三四天，于导终于回来了。众人兴奋不已，都等着听好消息，谁知却看到微信群里制片主任发布的停机通告。

军心不是一日涣散殆尽的。就算于导所言不虚，追加的两千万下来了，也得小咖换大咖，不管拿没拿到尾款，组里百分之九十的人浪费掉的时间与感情是偿还不了的。大家为钱忙生计，上有父母，下有孩童，谁不是负重前行？就算狡兔没死走狗未烹，都不想再玩下去了。玩不起。再者，理想很昂贵，也很廉价。有人认为它比生命更宝贵，也有人认为它不如一顿饱饭。剧组里，有多少人是真正为了拍出好电影的？纯粹的理想是什么？

撤离酒店之前，组里每人分得一个红包。听于导、吴监制与制片主任、财务的意思，组里剩下的钱有三分之二都给了王胜年和三位大牌演员。我苦笑，原以为《逆天行》是逆天可行，谁料到却是逆天不行——讽刺得紧。我和陈梦、黄仲仁走出酒店门口，回首凝望，风起处，一头雄鹰于晴空盘旋。我登上大巴坐定，车子开动的一刻，那雄鹰也直入云霄。

相恋，轮回的绮梦

诗人艺术家演员音乐家等等的穷，还穷得轻松，因为艺术家天生爱寻快乐，也有得过且过，满不在乎的脾气，就是使天才们慢慢地变成孤独的那种脾气。

——巴尔扎克

第二十六章　忙里沉浮居异客

1

许久不赶早高峰的我，于万马千军中搏杀了一番，到公司时已筋疲力尽。

与许总多日未见，他很关注《逆天行》的进展。近期，公司新项目的融资不顺，孙副总的头发也是掉了一地。身为许总助理、文创部的光杆司令，我理应为公司分忧。得知《逆天行》一时半会儿“行”不了了，一向不露声色的许总竟有了落空之感，好似这部戏的编剧是他一般。不过，他旋即又泛起自信的笑容，用招牌式的语气说道：“没关系，再找机会。只要你保持良好的创作状态，屡创佳作不是问题。”

许总一向对我信任有加。毕业八年来，他是我的首位伯乐，从一百个面试者中选中了我，其中不乏985、211的研究生和博士生。

为此，我很感激他。讲真，这三十年来，我只遇到过两位伯乐。

《逆天行》的骤然搁浅并未使我太过在意。我这人古怪得很，连自己都搞不清楚：不想发大财，小财可喜；不想做大官，小官可试；不想活成个笑话，冷笑话除外。近两年，我反倒更害怕自己的灵感稍纵即逝。于我而言，当属人间疾苦前三——无爱、无梦、无感。

我忙着查资料，为新故事做准备，无意中看到头条新闻：网络当红作家三土豆的发妻因乳腺癌病逝。翻看三土豆的微博，阅其对发妻的追怀，令我心头一颤。

吃过午饭，我向许总告假，说想出去调整几日换换心情。许总只当我对《逆天行》停拍一事耿耿于怀，便爽快地批了假，叮嘱我玩得开心点。

离开公司，我直奔北京南站，买了一张即刻启程赴上海的高铁票。一系列行动不假思索，一气呵成。半小时后，我已坐上列车，啃着双层汉堡，盯着窗外飞驰而过的田野发呆。

我到底在做什么？又搭错神经了吗？我鄙视自己。

可是，我怕没时间了，趁一切都还来得及，我安慰自己。

我怕没时间了——这句苍白的话语摘自五年前。去找邹梦颜之前的三个月里，这句话是我常发给她的金句。有点廉价，有点卖惨，有点冷笑话，也确实是真心话。

这一次没有剧本。不写剧本，也就不必紧张，全仗临场发挥。算起来，邹梦颜已经工作三年了，我却是第一次去她所在的医院。地址是三年前给她寄书时问她要的。这个套路早在五年前就用过了。

旁人眼中，我是天生多情的浪子，是他们眼拙，还是我演技绝佳?

也许，我真的是“天才”。

“天才”的事业运大都不佳。细数起来，上次遭遇滑铁卢是三年前的原创音乐大赛。那年五月，我无心插柳，在一个原创音乐比赛的海选页面上传了两首歌，谁想到了七月居然柳成了荫。主办方电话告知，我的拙作从三万余首曲目中杀出重围，入围全国六十强，择日可赴深圳参加复赛。

彼时，我刚入职公司不久，许总闻知，倍加期待，还慷慨地给了我一周的带薪假。那几日很梦幻，心情时而平静如水，时而汹涌似浪——十几年的坚持终于有了回报。更欣慰的是，这次契机助我在与父亲长期的“斗争”中首次赢得优势。自中学起，我搞音乐的愿想在父亲眼中轻如鸿毛，他对此不屑一顾、冷嘲热讽。故而，这次入围颇让我扬眉吐气。

那次去深圳参赛，是小时候随父母乘机出游后，恐高的我第二次坐飞机。机窗外，碧海白云间，我回看微信上夏侯、黄仲仁和几位亲友的鼓励话语，邹梦颜的笑脸浮现在眼前。我告诉她：机会终于来了！如我预料，她固然欢喜，却告诫我万不可得意忘形。

在深圳，我结识了一群音乐圈的朋友，有活跃在一二线的音乐大咖，知名的乐队、歌者，也有像我这样的半吊子音乐人。想来，这时的我才算真正向音乐圈踏了一小步。评委多是我的偶像。赛前创作训练营让我收获颇丰。其中一名评委老师更勉励我说，现在的我犹似当年的他。

遗憾的是，从中学至今最喜爱的羽泉组合因故没有坐到评委席上。而比赛时的填词曲目我用的正是羽泉新专辑中的作品。比赛很顺利，我以一首《灵魂拼凑》入围全国三十强。

我按捺兴奋，不去想奖金，竭力让自己冷静下来，准备接下来的恶战——参与竞争的选手们百分之八十都是专业人士，不乏几位颇有名气的新生代音乐人。赛前之夜，我躺在酒店房间的床上回顾十年前写下的第一首歌、完成的第一张专辑、送专辑给邹梦颜时她娇羞的脸……一夜无眠。我觉得，过去那个纯真至极的我，回来了。

Oh！ My dream angel，带我飞到梦想尽头，将灵魂拼凑……

可惜，天命难违。止步十二强的那天晚上，我把自己关在浴室间，木着脸，坐在地上，冲了两个小时澡。我想不通，本已得到晋级通知，却又莫名其妙被淘汰，究竟何故。

听一个同病相怜的仁兄说，比赛有黑幕。据他分析，十二强以后便是决赛。决赛两人一组，一个一等奖、两个二等奖、三个三等奖，所以，进了十二强保底也是第三名了。一等奖奖金二十万、二等奖十二万、三等奖六万，数额可观。试想，当两位水平相当的选手难以取舍时，一些人情上的因素就成为主导了。总之，我的深圳之旅就此结束了。我整理心情，与选手们互留信息，看着邹梦颜发来的具有抚慰性质的文字，怀揣着复杂的心情回到北京，用一个月的时间平复了心情。

我可不是机会主义者。

虽然与职业音乐人的身份擦肩而过，却没有影响我玩音乐的热情。工作这些年来，我那点可怜的存款全部用来搞音乐了。编曲、录音、混音、后期，全套下来，制作一首质量过硬的歌曲差不多需要五千元，这还是友情价。和我搭档编曲的汪老师不仅专业技能扎实，音乐素养高，关键还能参透我在音乐中想要表达的东西。同理，剧本若不想被外行资方滥改，也不想被所谓的知名大编剧“润色”，就只能自掏腰包投拍。音乐也好，剧本也罢，只有自己掌握话语权，出来的东西才有灵魂，才经得起岁月打磨。

2

到了医院，我在邹梦颜所在办公室这层来回踱步，化身从异次元世界偷渡至此的怪异盗贼，面对进进出出的白衣天使，内心不住忐忑，生怕被邹梦颜撞个正着。左思右想后，我还是乘电梯下到一层。

坐在医院大厅的咖啡店内，落地玻璃窗外如织的人潮川流不息，但见他们脸上写着焦虑、不安、绝望、悲伤、烦恼、忧郁、不满……我忽然想到，若干年之后，邹梦颜会是什么样子？

我摇头一笑，放下咖啡，拿起笔，在笔记本上飞速写下一段文字：

若干年之后，你会是什么样子？

是像那抱小孩的妇女与丈夫笑语嫣然？是像这位心事重重的中

年女医生强挤笑脸，与患者家属沟通病情？是因生活琐事与丈夫争吵，因孩子疏于学业而愁眉紧锁？又或是因医术精湛被广为传颂，却因日渐隐现的鱼尾纹与走形的身段而无端烦恼……

其实人生就是如此，甚至可能滋生出上一秒让你意想不到的事情。它或坏或好，都不重要。重要的是，不论你十八、二十八，还是五十八、六十八，不论你青春貌美，还是年老色衰，不论你信与不信，在我游信宏心中，你永远是最美的存在，即便你不完美；你知道什么是至善至诚、什么是至真至纯、什么是最值得珍贵之物。哪怕只是一粒微小如尘埃般的花火，却可以将理想原野上的荒草尽数引燃。无限可能中，照亮了一个充满希望的新时代，亦是空前绝后的爱情传说。

而我，却是傻瓜一个、懦夫一枚。我对得起天地，对得起所有人和事，除却你和我。

写完，我把那页纸撕下，背面写上邹梦颜的名字与科室，塞进墙角的患者意见箱。正待离开，一个熟悉的身影自人群中显现。

马尾，白褂，眉头稍锁，双眸淡忧——确然是她！

我的心跳加快，双耳轰鸣，双腿像灌了铅般一动不动。

邹梦颜看到我，错愕不已，手里的病历夹差点落到地上。她瞀头，以人流为墙，疾步走向电梯间。

我又点了杯咖啡，让自己冷静下来。

老天爷，你是想说，我俩缘分未尽，是吗？

此时是五点十分，我给邹梦颜发微信："刚才看到你了，等你下班。要是有空，一起吃个饭吧？”想了想，又补充了一句：“没空就算了。”

焦灼等待了两分钟，邹梦颜回信：“有事吗？”

我不知怎么回复，编辑了几句话又删掉了。为难之际，旁边的椅子被人拉开，只见邹梦颜坐了下来，直截了当地问道：“说吧，什么事？”

我说：“也……没啥，我来上海谈点项目上的事儿，顺便来你这边看看。也是……巧了，碰见你了。”

“从哪边过来的？”

“徐汇区。”

“坐地铁？”

“对，2 号线。”

“徐汇没有 2 号线。”

“就是静安寺那片儿。”

“那边是静安区。”

“对，静安区，我口误了。”

“你来谈什么项目？”

“一个电影，刑侦题材的。”之前确实和一个上海影视公司合作过，只是没成。我没有说谎。

邹梦颜暂停拷问，估量我话中的可信性。

我问：“一会儿你没事儿吧？”

邹梦颜摇头。

“走吧，去吃个饭，聊聊，我就撤啦！明天一早的火车。”

我何必说谎?

医院附近有一座购物中心，顶层是一家火锅店。

片刻后，我和邹梦颜在店内对面而坐。她胃口不错，我去医院前吃了碗大馄饨，眼下只得硬往嘴里塞。她和我调侃时下娱乐圈几对情侣的八卦，尽量不让场面尴尬。

我距而立之年还有一个多月，邹梦颜还有近五个月。按老算法，我三十，她也三十。

“原来你家在中心医院啊，我还以为是中医院。”她说。

“怎么会？当年同学录上我写错了？”

“记不得了。”

“对了，你听说没，医院要搬新院了，两年内全搬完。一百多年的历史啊，一个时代就要过去了。”

“哦！”

“我妈非要用我的公积金买新院家属院的房子，我也压力山大了。”

“挺好的，给你点压力，免得你太安逸。”

“问题是我这些年也不安逸啊，就是差了些运气。不然，现在我……”

“你有没有想过，万一你四十岁前没达到你的目标，怎么办？”

“这个……”

“虽然，你有条件继续做你想做的事，但你也得为以后多考虑考虑，万一……你或你的亲人……他们有谁突然来场大病的话……”

“我明白你的意思，谋事在人成事在天，混不出来我也认，不走极端。”

邹梦颜微信音连响五下。

“你除了工作，有没有培养什么爱好？”

“画画吧。”她边看手机边答。

“挺好。”我见她微信不断，想必晚上还得加班。

邹梦颜说她吃饱了，把锅里剩余的虾夹到我碗里。我用尽最后的力气，全吃了下去。她准备买单，被我回绝了。

“下次我去北京的时候，你再……”

“少来这套！说好算我的。”我心想，你的上一个“下一次”让我等了十一年，都没等到。

下行的电梯上，邹梦颜淡淡地说：“你知道吗，晓芳……打算离婚了。”

“啊？为什么？”

“过不下去了，不离，留着过年吗？”她语气忽转，“这事你别问晓芳。”

“我问这做啥！”

出了商业中心，我和邹梦颜并肩而行。

“晓芳这事儿不会影响到你吧？”我问。

“当然不会。”她说，“我最近感觉……有个魔咒。”

“魔咒？”

“我觉得有些东北人不好交往……”

“怎么说？”

“太会说了。”

“花言巧语，言行不一？”我试问。

邹梦颜点点头。

瞧她这意思，难道说的是一直交往的男友？

两年前，就是这位仁兄砍断了我与邹梦颜的绝佳姻缘。我孤注一掷的“迪士尼城堡”被他的“套路推土机”无情摧毁。眼下，邹梦颜跟他过得并不幸福，我对他本来渐已消逝的恨意再度燃烧起来。

十字路口等红灯时，邹梦颜指着对面道：“地铁站在那边。”

我的左臂与邹梦颜的右臂近在咫尺，忍不住脉搏急升，屏住呼吸。

红灯转绿的瞬间，我拉起邹梦颜的右手，抬腿就跑。

“快点，只有十五秒！”

“喂，不用跑啦！”邹梦颜并没有挣脱。

五年前，你用左手牵着我的右手；现在，我回牵你。至此，你的双手我都牵过了，是不是也算一种圆满？

抵达对面，邹梦颜缓缓抽出右手。

“我只在你面前这样，平常我比我爸都成熟。”我赶紧缓解尴尬道。

“你就吹吧！”她的心情似乎好些了，“那就这样，我得回办公室了。”

我心中一动，下意识拉住邹梦颜，想拥抱她，被她一把推开。

“你做什么！我一直当你是朋友的！”她大怒道。

“我……”

“你再这样，朋友也没得做了！”

邹梦颜盛怒而去，我愣愣地站在原地。

游信宏，你疯了吗？几百双眼睛啊！

为什么，是这样的结果？

3

开往南京的高铁上，我给邹梦颜发微信，说抱歉，让她别往心里去。看着渐渐远去的上海虹桥站，我吞下万般无奈，胸口如灌下千杯烈酒，燥热得很。

到南京后，我严格按照邹梦颜朋友圈里晒过的旅游路线，先去了中山陵，再爬紫金山，又去夫子庙小歇片刻，辗转到老门东、狮子桥，一路上嘴也没闲着：鸭血粉丝汤、煮干丝、小笼包、盐水鸭、桂花糕等，吃了个遍。

两天后，我接到一个影视策划朋友的约稿，却对题材不太满意，婉拒了。第三天在去博物馆的路上，出租车经过长江大桥时，我又接到编剧好友李佳慧的电话。她说她那边有个电视剧的项目，需要一个男编剧做搭档，她首先就想到了我。沟通之后，我觉得这活儿靠谱，稿酬可观，当天下午便乘高铁回到北京，结束了这次莫名之旅。

第二十七章　沉郁的小公主

1

周三下午四点，我从南锣鼓巷的胡同中穿梭出来，站在一家网红咖啡店前。这家店极不好找，没有任何标牌，所谓的大门比乡间的茅屋门还小，也算保留了老北京的建筑特色。

推门而入，跨过两只加菲猫，我摸了摸俯卧在桌上的波斯猫，进了屋才发现这里别有洞天。欧式的田园风让人顿感心旷神怡，中央小假山上的小瀑布顺流而下，落入大鱼池中。几条巨型锦鲤领着数不清的小锦鲤在水中嬉戏。假山上，几只不知名的小花猫直溜溜地盯着鱼儿流口水，一副求而不得的无奈神情。

一直往里走，钻过一个拱形小石洞，在西北角的小桌旁，李佳慧向我招招手，喊道："宏哥，这里！"

我点了杯美式咖啡，李佳慧点了杯榛果拿铁，又叫了些小食，我俩边吃边聊。寒暄过后，互道近况，她现在签了一家工作室做“码字螺丝钉”，主要以电视剧为主。我坦言电视剧来钱快，她自嘲再快也是枪手，不知何时出头。得知我的《逆天行》流产，感叹之余，她倒不觉意外。

“这两年行业不景气，好多戏都黄了，你这戏又是独立编剧的项目，黄的概率也高。所以，别放心上，再找机会。反正本子是自己的，好本子还怕出不了手吗！”她鼓励道。

“是啊！咱俩上次那戏也是不了了之，浪费了不少感情，心累！”

“那可不！那戏是爆款，谁知片方没实力。以后找东家可得把眼睛擦亮了。”

“说说这次的重头戏吧。”

“好。我的一个师姐和邓菲菲关系很好。你知道邓菲菲吧？她找师姐推荐编剧，师姐找到我，因为需要个男编剧搭档，所以第一个就想到宏哥你啦！”

“原来如此，承蒙抬爱。”

“哪有，宏哥擅长故事架构，脾气好，咱俩上次合作多顺利啊！让我找别人，指不定这活儿就黄了。”

和李佳慧首次合作的是一部喜剧电影，性格与创作理念相投的我俩仅用五天便完成了分场大纲，进度之快匪夷所思。我俩甚至异想天开，等这戏火了便合开一家工作室，慢慢走上人生巅峰。

“这几天应该就能定下来，这事儿需要和邓菲菲面谈。”李佳慧看了下时间，说，“走吧，天舒快到了。”

我和李佳慧出门，又在胡同里迂回了一番，来到一家农院小饭馆，与周天舒碰面。

2

周天舒是李佳慧国戏学院的同学兼舍友。一年前，我和她都是同一家公司的签约编剧。我做的是美食喜剧电影，她做的是刑侦悬疑电影。我和李佳慧也是通过她认识的。当时，制片人希望有女编剧把控我剧本里的台词，周天舒第一时间便想起了擅长台词的李佳慧。

虽然与李佳慧在创作理念上较为契合，但我和周天舒更聊得来。或许是因为三观一致，或许是因为她与黄仲仁一样，也患有双向情感障碍。和我聊得来的大多都有病。

和李佳慧这个东北大妞不同，周天舒是土生土长的江苏人。两人一般高，周天舒的身板明显比李佳慧小了一号。此外，性格豪放的李佳慧内心保守，外表柔弱的周天舒实则内心狂放。周天舒家境殷实，是父母宠大的小公主。去年某日开完剧本会，赶上她腰痛发作，她拒绝坐制片人的车，点名道姓请我陪她去团结湖中医医院看病。此后，她觉得我够义气，便同我推心置腹起来。她总是张口弗洛伊德，闭口苏格拉底，再用柏拉图收个尾，让你不得不对她这个温柔的小绵羊肃然起敬。那时，她急于脱单，我曾把小凤凰介绍给她。过了没半个月，她觉得小凤凰太过木讷，不够主动，不是她心仪的类型，也就没了下文。

周天舒自小数学成绩奇差，常常考不到三十分，老师还以为她智商有问题。对此，周母极为恼火，但还是带女儿去测了智商，并无异常。周母便认为是女儿不用功，从此严格要求，请教师进行一对一辅导，报名各类补习班，将周天舒的日程全部排满。这一安排就是十年。带着对母亲的复杂情愫，周天舒奋发苦读，从初中起就没在晚上十二点前睡过觉，直到她以本市专业课第二的成绩考入中国戏曲学院。高考数学 147 分的她，总是向我炫耀自己高达 130 的智商。我笑侃，虽然我智商一般，但若肯下她一半的工夫，现在已经 985 博士毕业了。

或许是周母对周天舒的严格要求让我想起父亲与我多年的缠斗，深觉我们背负着一种相似的孤独，也就当她是个无话不谈的朋友。可真正让我对她萌生恻隐之心的是她告诉我，中学时她与白血病抗争三年得胜的事迹。为了治疗白血病，家里花了三百多万，掏空了全部积蓄，还让她患上了双向情感障碍。此外，周天舒还讲述了她爸和她妈的感情纠葛，确如她所言，够拍一部琼瑶剧了。去年一次饭局上，周天舒问我为何要搞文艺创作这种没有钱途的行当。我便把和邹梦颜捉迷藏般的情感故事讲了出来。听完，她意犹未尽地说了句："嗯，原来如此。这个女孩子打开了你的神格，让你升华成了超我。"

不多时，牛排、辣子鸡、烤串、脑花、意面、沙拉、酸辣土豆丝、慕尼黑腊肠陆续上齐。这小餐馆倒是中西合璧，五脏俱全。

周天舒笑问："信宏哥，多日不见，可曾想念呀？"

我说："当然。你的病好了吗？"

“哼，没良心！”

李佳慧边吃边说：“好吃得快要哭啦！最近像头驴一样干活，没日没夜地，眼睛都要瞎啦！不过，这儿挺贵的吧？”

周天舒笑着说：“好好吃，说好今天我做东。上次在他家办的卡一直没机会用。”

李佳慧问：“就是去年你和电视台那个编导相亲那次？”

周天舒说：“唉，别提了。人家现在小孩都有了。”

我吞下一只烤串，插嘴问：“哥们儿人咋样，你没相中？”

周天舒说：“开始我们对彼此都挺满意的。他个子挺高，长相也过得去，性格有点意思，在电视台做法制节目。他是北京人，父母都是老干部，我爸妈也相中他了，而且他对我也蛮殷勤的，三天一大餐，五天一束花；半夜赶稿时，还开车给我带夜宵。最让我欣慰的是，他特别包容我的公主脾气。”

李佳慧忍不住打断道：“这种小哥哥哪里还有，给我来一个呗？”

我点头，说：“确实，这哥们儿蛮适合你的。后来呢？”

周天舒来了精神，俏皮地说：“是他先对我失望的，进而对我绝望，最后就被吓跑啦！”见李佳慧和我莫名其妙地盯着她看，她继续说，“谈了一个月，他总是拐弯抹角地示意我要进一步深入交往。我当然明白他的意思，却不太愿意过于亲密。不久，他邀我去北戴河玩，订酒店的时候故意只订了一间房。我仍是不同意。哈，你们不知道那天他委屈的样子！信宏哥，你们男人脑子里整天就想着那事儿吗？”

我故作严肃地说:“因人而异吧！没有绝对的。不必一竿子把男人都拍死了。我想，他也是因为喜欢你才有这样的愿望的吧？试想，比他更粗鲁的不大有人在吗？更有甚者得不到女方同意，还来硬的。这一比较，这哥们儿很君子啊！”

李佳慧鼓掌，说:“宏哥高论！佩服，佩服！”

周天舒说:“你这洗白的功夫，也是了得啊！”

我微笑道:“承让，承让！那他又是怎么被你吓跑的呢？”

周天舒嘻嘻一笑，说:“去年我生日那天，他先是烛光晚餐，又是戒指项链，最后下跪求婚。当时喝多了，有点飘，加上酒店超有情调，我不知不觉就答应了……可是，第二天醒来以后看到他，却感觉自己做了一件不可挽回的错事，越想越委屈，忍不住在浴室里拿剪刀在手腕上划了几下。他看到我的血顺着手腕滴下来，把浴缸的水染红了，脸吓得铁青，连忙说他不会再纠缠我了，让我别这样。随后，他叫了120，陪我去医院处理完伤口，又送我回家。之后，他就人间蒸发啦！”

李佳慧愣得说不出话来。我寻思着周天舒当时一定是发病了，难以自控。

3

吃过晚饭，我们又去唱了会儿歌，结束时已经十一点半了。分别时，我与李佳慧约好等她的消息，再一起去见邓菲菲。之后，我目送李佳慧和周天舒上车，自行往家赶去。

快到家时，周天舒发来一张照片，手腕上新添的伤口比牙签还粗，鲜血已然溢出。她说她又忍不住割了，向我道别，说我是她为数不多的朋友。

这个疯子！

人命当头，我不加思索，又连忙打车，从西六环直奔东五环，哪里还顾得上车费，我这是奔走在胜造七级浮屠的路上。

第二十八章　凌晨三点的天安门

1

周天舒左腕上有七八道割痕，每次病发到一定程度，便会拿刀来一下。儿时得病的经历、常年与母亲的矛盾、感情的挫折、热衷编剧事业却总被不良资方坑到怀疑人生，种种挫折都将这个本性柔弱的巨蟹座女孩一步步推向深渊。近一两年，她病发的频率越来越高，周母更是搁下化肥厂的生意，专门在北京照顾她。以此为契机，母女关系有所缓和。后来，周天舒有多好转，周母便回江苏打理公司事务。临走前，她对女儿提出的要求很简单，只要感到不舒服，工作要全部搁下，立马去医院。起初，周天舒还算配合。但有一次被资方一而再再而三地毙稿后，她受到了刺激，状态变得极不稳定，一顿药不吃，就有病发的可能。

出租车上，我拿着手机和周天舒一路鬼扯，试图稳定她的情绪，让她先去医院，我随后就到。

四十分钟后，我来到积水潭医院的急诊室门口，见周天舒捂着包扎过的手腕正从里面走出来。她一脸疲惫，一对熊猫眼毫无之前晚餐时的神采，走路摇晃得厉害，像果冻一样，像是耗尽了全部的力量拉住我的手臂，哭起来。周围投来了或疑惑、或鄙夷的目光，我一语不发，带她匆匆离去。

我打算将周天舒送回住处，她却不住摇头，弄得滴滴司机还以为我是绑架犯。平复了一会儿，她对司机说："去什刹海吧！"我建议她回去休息，却只听她嘤嘤说道："陪我聊会儿，好吗？"

从积水潭到什刹海很近，步行不到一公里，司机绕了个圈圈回来，下车时白了我俩一眼，说："给个好评啊！"

此时临近中秋，夜深微凉。已近凌晨两点，什刹海依旧有灯火阑珊，酒吧街传来此起彼伏的歌声，近前缥缈的水面上却未见半点涟漪。驻唱歌手们多是在讨生活，唱得久了，嗓音中的疲惫感化作不安的音符。普天下，有多少人能纯粹地为音乐而音乐呢？

由于长期服药，周天舒不能饮酒。我带她到附近的星巴克，给她点了杯不带咖啡因的抹茶拿铁，自己点了杯美式。坐在高脚凳上，望着窗外，忽想到五年前在和平影都邹梦颜买给我的第一杯星巴克。相似的场景一下子令我愁绪万千。

周天舒淡淡说道："信宏哥，你说，我这个精神病还有人要吗？"

我说："有的。别急，你只是还没遇到。"

"能不急吗？我都二十七了。对女孩子来说，年轻就是本钱，过了二十五，年年贬值。二十四岁和二十九岁的境遇已是天壤之别。”

“你怎么这样想？你也算小半个女权了。女权不都认为女性不是男性私有的‘物品’，拥有独立的人格，在物质、精神方面与男性平等吗？你若想既坚持精神上的独立，又要享受男人提供的物质便利，那终归还是臣服于男权社会，无形之中仍是将自己物化了。这不是女权，这是双标的伪女权。”

“你说的我懂。可是，我越来越孤独，想找个知冷知热的人陪伴。就算找不到完美的伴侣，有个差不多的人过日子也可以。至少，不至于像现在这样痛苦。”

“成年人大都孤独，咱们这代独生子女更是‘独孤求败’。面对孤独，人们的做法有所不同，有的人岁月静好，有的人轰轰烈烈，有的人安于内心。可事实上，你怎么选都不完美，选择岁月静好的会羡慕那些轰轰烈烈的，选择轰轰烈烈的会羡慕内心了无牵挂的。所以，孤独不可能完全消失，关键在于你的心态。”

“不久前，我妈告诉我，我爸现在整天沉迷小区街头的广场交谊舞。自从跳舞后，他整个人变得容光焕发，一门心思都在跳舞上。”

“这不是很好吗？也算是乐得其所，还锻炼了身体。”

“我妈意思是，我爸也是奔六的人了，可那些舞伴鱼龙混杂的，万一跳上瘾，惹了麻烦就不好了！”

“你妈的意思是，你爸醉翁之意不在酒？”

“你倒是总会一语中的！当年，我爸是个凤凰男，心里喜欢的是我妈的闺蜜，和我妈结合也是出于仕途发展的考虑，这其中感情的成分是多是少还真不好说。”

“就是说，你爸为了前程放弃了感情？”

“不算是，他连放弃的资格都没有。那个阿姨的眼光比我妈还高，根本看不上他，哈哈！”

“那你爸也够惨的了，如今都奔六了，还没看透吗？”

“天知道！反正我妈也懒得管他，搭伙过日子这么多年，可能他们也都觉得无所谓了吧，过一天算一天呗！‘所谓白头到老，就是两个人相互迁就到老’，这我爸的原话。”

“一语道破理想和现实的差距！话说回来，又有几对白头到老的夫妻是基于真爱呢？”我把喝完的空杯丢入垃圾桶。

“有句话不是说，‘一见钟情，分明是见色起意；日久生情，不过是权衡利弊；连白头到老，都只是习惯使然’。”

“纯粹的爱情与完美的婚姻，都是听得多见得少。不过，这句话得有个前提，这两个人本就不是真爱。”

周天舒缓缓点头，说：“有道理。”

见周天舒气色好转，又看时间已是深夜两点二十五分，我望着湛黑星烁的夜空，忽然生出一个念头。

我起身，对她说：“走吧！”

周天舒跟过来，问：“去哪儿？”

“天安门。”

2

出门往南，我俩在北海公园和景山公园之间一路长行，绕过故宫博物院、中山公园，来到西长安街。路上行人稀少，路灯下，我俩的身影一前一后，形状不断变化。月色中，沉睡的京城别有一番风韵，好比卸了妆的半老徐娘，黯淡寥夜却遮挡不住内心的荣光。

我故意走得快些，让周天舒在能跟上的情况下多生出些热气，驱散凉意。其间，她又碎碎念了一些家长里短。礼尚往来，我也讲述了儿时与黄仲仁的几件趣事。她讲她凄惨的感情史，我讲我悲催的事业线；她讲她迷茫的未来，我讲我无力的当下；她的烦恼很多，我的烦恼很乱，但我还是尽量用自己的烦恼去冲淡她的烦恼，试图用我的惨盖过她的惨。

我诧异，以己渡人明明不是我的作风。

长安街上，行人寥寥。

听了黄仲仁的故事，周天舒对这位“病友”颇感兴趣。孤独者都向往与同病相怜者靠近。只有在这样的同盟中，他们才能确信自己并不是一个人，进而获取相对的安全感。

“找时间你可得给我引荐一下这位仁兄。”说着，周天舒信步跨到我前面，说，“你别动！”

我愣了一下，问：“干什么？”

周天舒在地上踏将一番，说：“信宏哥，你知道踩人的影子有什么寓意吗？”

“啥寓意？”

“好像是说踩过一个人的影子，这辈子就不会和这个人分开了。除了信宏哥，我觉得好像再也找不到能说心里话的人了。”

“言重了。其实，我还得谢谢你，有耐心听我啰唆一堆无聊的事。你的人生还长，总会有更知你冷热的人出现。说不定，仲仁和你更聊得来呢！只要你试着敞开心扉，交一些真正的良师益友，你的病也一定能根除。”

周天舒用力点点头，露出笑容，像小女孩一样一蹦一跳地甩着手臂，跑向前方。

我和周天舒在天安门西过了安检，来到天安门城楼前。此时，升旗仪式尚未开始。几十个排好队的游客已等候多时。四点半以后，排队的人数会直线上升，若赶在五一、国庆等旅游旺季，人数还能番几十倍。

中国的中心是北京，北京的中心是天安门，天安门的中心是什么？

我和周天舒站在天安门正前方，远眺广场中央，明月星辰与路灯合成的晕光把广场辉映得很是亮堂，整个广场仿佛披上了一层淡色的雾霜。游者们与站岗的军人默契地守望着，虔诚坚定的目光源自内心坚定不移的信仰。

周天舒问：“信宏哥，你说我的病能治好，是真的吗？”

我望着远方，说：“肯定能！”

周天舒露出如释重负的微笑，闭眼祷告。

凌晨三点的天安门，看升国旗早了些，回家睡觉晚了些，就像人生，进亦忧、退亦忧，何时可乐呢？我远不及范老前辈万一的才情，更达不到他先忧而忧、后乐而乐的境界，就连眼下该忧的是周天舒，还是我自己，都理不清了。

第二十九章　缘是清流份是山

1

这天上午，我在公司喝光了许总磨的拿铁，正在揣摩下一个故事的标题，夏侯微信问我十一有何安排。她和她哥在老家买的新房已经装修了半个多月，我若没事，到时可以一起去看看。

这两年，夏侯工作勤奋，一路升职加薪，去年夏天拒绝我和她哥的资助，自己贷款买了一辆红色小福特。经济上，她虽不和我明讲，但赚得应该比我多。对于《逆天行》的搁浅，她只是轻描淡写地来了句："影视圈不都这样嘛！"看来开机前，她那比我还高涨的兴奋劲儿只是惊鸿一瞥。

两个半月前，夏侯过了三十岁生日。我俩同岁，她农历六月，我农历九月。那天周二，日常加班的她暂停工作狂模式，来到天街一家"玉林串串香"与我碰面。晚上七点，我姗姗来迟，把"Q 版农场夫妇”的生日蛋糕放在桌上，拿出生日礼物递给她。她拆开一看，是个轻奢包包。她蛾眉轻蹙，似有期待落空之意。

难道，她以为我要求婚?

今年情人节，她似也有过诸此举意。虽说邹梦颜成了我俩闭口不言的禁语，但多年来沉淀的类似于亲情的感情，似也令我们具备了走入婚姻所必需的准备。只不过，她知道我心中一直有一个叫作“邹梦颜”的隐秘地带，而我也将主要精力投放在了事业方面——当时,《逆天行》的三稿创作已到最后关头。诚然，这有借口之嫌。

六年前，夏侯的结婚意愿极高，有段时间特爱逛童装店与玩具店。她指着摇篮车问我:“哪个好看? ”又抱着我的胳膊提议，“我们生个孩子吧! ”

五年前，我去找邹梦颜，夏侯哭过闹过也尝试挽留，但见郎心如铁，便再没提过此事。我俩也一度濒临分手。此后经年，分分合合，矛盾不断。

一年前，我们再次复合，夏侯好似换了个人般一心扑到工作上，每日在公司加班三小时，只是周末到我这里，做饭、打扫，履行一个女友的义务。

直到今年七夕前，得知我的本子《逆天行》被人相中，她高涨的热情又让我看到多年前初见她时那个一根筋的女汉子。

2

十一年前，大二开学的第一天，我刚在宿舍放下行李，褚文明和孙辰就来找我准备社团招新的事。褚文明和孙辰与我同班，都是计算机高手，早在中学时编程水平就已傲视群雄，并在市级机器人大赛上斩获过奖项。褚文明曾是顽皮少年，被编程改造成圆滑世故的精明男，一张嘴皮子溜得很；孙辰是个游戏发烧友，比较宅，平时不是玩游戏，就是敲代码。大一下学期，我们仨一起筹备成立了计算机编程社团——C++ 社团。编程水平最高的褚文明任社长，孙辰任副社长，我是办公室主任。

一照面儿，褚文明就急不可待道："游哥，等你半天啦！再不下手，漂亮的学妹都被别的社团抢走啦！"

孙辰说："先下手为强，后下手遭殃。漂亮的被抢完，剩下的恐龙咱怎么能要？"

我把书包扔到床上，说："那还等什么？把小弟们叫来，赶紧抢人啊！"

社团纳新不仅是为了壮大社团，若能借此交个女朋友，更是锦上添花。不止褚文明和孙辰他们，所有社团的资深成员都深谙此道。我和他们不同。早已走出李金婷阴影的我，暑假前刚谢绝了校外照相馆老板的女儿——一个二十二岁女孩的吃饭邀约。舍友们恨铁不成钢，说我不懂得把握机会。只有鹏大哥了解我这样做的原因。

鹏大哥对大家说："咱们宏宏呀，一定有了更好的对象啦！"

哥儿几个一听，拍脑袋一想，准是我得到鹏大哥的真传，出徒了。

其实他们都不知道，我如此潇洒的原因只有一个——过不了多久，邹梦颜会来北京读大学，会买手机，会联系我；我呢，会履行承诺，请她吃饭，开启一段新的人生。

遗憾的是，纳新不顺利。三天下来，没见几个外貌出众的学妹。除了我，社团上下，个个无精打采。

小弟张振华说："好看的都跑学生会、美术社、音乐协会去了！"

孙辰问褚文明："褚哥，这咋整？"

褚文明说："只能再筛选筛选。不行，我和游哥去学生会挖几个墙角。你说怎么样啊，游哥？"

我说："美术社和音乐协会也别落下，不能放过一个漏网之鱼。振华和弟兄们也多去传媒艺术学院转转，物色物色，采集下人名、信息、QQ、电话。"

孙辰说："游哥，你行啊！这次，你第一个选！"

褚文明说："嘿嘿，我早就说，游哥无敌！老孙你信了吧？振华，就按游哥说的办，你和兄弟们去准备吧！"

张振华点头："没问题！"

我补充说："抓点紧，前十天黄金时间一过，大浪也淘不出好沙了。"

褚文明坏笑道："嘿！游哥无敌，厉害啊！"

大一刚入学时，我和褚文明曾是学生会组织部干事，因不满组织部主席郭建办事不周，才自立门户创办了C++编程社团。期间，我还曾在体育社担任过两个多月的乒乓球协会主席，在筹办校乒乓球赛时无法接受郭建要求内定前三名，请辞卸任。如今，郭建坐到了学生会主席的位子上，若不是为了"捉"几个漂亮学妹安抚社团小弟，褚文明和我绝不愿再次走进郭建的办公室。

见了我俩，郭建盘起二郎腿，说："呦呵，稀客呀！什么风把你二位吹来了？"

褚文明笑着说："郭主席，我俩是来向您借人的。"

我说："郭主席知道，现在社团不好做。我们想请你委派几位美女干事，去我社团指导工作。"

郭建起身，笑道："哈哈，指导工作！今年没招到好看的？"

褚文明说："您真会开玩笑。好看的学妹们不都来您郭主席这棵参天树下乘凉了嘛！"

我说："是啊，您郭主席往那一坐，哪还有我和褚哥的位子？"

郭建说："哈哈，你们还是老样子。其实，我也不想难为你们。可是，如果答应你们，又怕其他各部主席对我有意见。夺人所爱，搁谁身上都不高兴吧？"

褚文明说："那是那是。不过，我们只是请美女干事指导工作，并非转社。"

我说："如果可以，再兼任一个职位也行。当然，主职还是学生会这边。"

郭建说："也罢。大家都是兄弟，我也尽力而为。不过，中秋晚会我想借你们的张振华一用。这家伙个儿不高，歌唱得倒不错。"

我和褚文明松口气。张振华嗓音空亮清澈，高音音色佳，年年晚会歌唱比赛都稳定前三。郭建借他，无非是多个成绩，巩固地位。

搞定了郭建，美术社和音乐协会反而顺风顺水，一来两社的社长想巴结郭建，向学校申请扩充办公室，购置相关耗材；二来擅长绘画的褚文明与会写歌的我本身也和两社往来密切。好说歹说吹嘘一番，总算带回五个还过得去的学妹，给了社员们一个交代。

这些学妹外貌中上，在原社团人气一般，来此却享受到了女神级的待遇。众社员相互竞争，有钱的买礼物，有才的写情诗，不到一星期，都已名花有主了。褚文明和孙辰相中了两个最好看的，一个学生会的，一个音乐协会的，却很遗憾，都被小弟们挖走了。最好看的那个被张振华以一首《大海》所折服。

竹篮打水一场空。可是，领导不能和小弟们一般见识，褚文明和孙辰笑在脸上，痛在心里。我拿过张振华他们采集到的传媒艺术学院的应届女生名单，对褚文明和孙辰说："别灰心，还有这个。"

名单中有三十多人，电话能打通的只有一半。这十几人中，拒绝入社的又有一半。终于，在我们打完所有电话之后，还是淘到了三个有意向的女生。

3

与这三名女生会面前夕，C++ 社团顾问、教网络技术的白老师告诉我，今年他作为班主任，带的是传媒学院新闻学一班的应届生，他们班上有个女生是我老乡。他想借"联谊动员会"之机请社团的骨干们吃个饭，大家相互认识一下。

白老师人如其姓，一副白面书生的尊容，与胡适同款的大眼镜藏不住那双更胜胡适的俊眸。二十七岁的他，性情温和，平易近人，过去一年来与褚文明和我称兄道弟。当初，我们成立社团也得益于白老师助力，院系领导一路绿灯不说，还给在科技楼给我们专设了一间一百五十平方米的办公室。

这次，初任班主任的白老师为缓解班上大一新生的思乡之情，希望同我们班合办一场联谊会，让我们作为学长给学弟学妹传授一些校园学习和生活的经验。鉴于褚文明和我的组织能力较强，他希望此事由我俩筹办。他或许不知道，我们的班主任霍老师在知道这事儿后，高兴得三宿没睡好。

霍老师芳龄三八，小有姿色，仰慕白老师已久，趁这次机会刚好可以和白老师熟络一番。她向白老师保证，会全力配合褚文明和我的筹备工作。

当晚，我和褚文明、孙辰来到校外的川湘菜馆赴约。白老师指着坐他身旁的一个长发女生对我说："她就是你老乡，来，相互认识下吧！"

长发女生起身，瓜子小脸上一双眼睛大得惊人，只见她似笑非笑地用家乡话说："老乡，你好啊！我叫夏侯梓真。"

我礼貌地回应："幸会，幸会，鄙人游信宏。"

翌日，我和褚文明正在社团办公室谋划联谊会事宜，小弟们呼声突起，放眼望去，原来是夏侯领着两个女生进来了。只见夏侯一身运动装，英姿飒爽；另外两个女生，一个微胖，身着淑女短裙，面容清丽；另一个身材娇小，温柔婉约，公主范儿十足。在号称"恐龙集中营"的计算机社团，此三人犹如鹤立鸡群。

夏侯笑着说："游主任、褚社长、孙副社长，我们来报到啦！这两位是我的室友吕可盈、李胜霞。"

褚文明反应快，热情道：“居然是夏侯妹子！欢迎，欢迎啊！”

我对夏侯她们说：“这……都是缘分！孙哥，麻烦你带几个弟兄去买点下午茶，给三位女同学入社洗尘！”

孙辰应声，带着周本禹和赵正宗出去了。

夏侯向我致意，笑意盈盈。

褚文明竖起拇指，悄声对我说：“嘿嘿，游哥无敌，无敌啊！”

第三十章　力量风大王

1

联谊会的策划案由褚文明负责，我得搞定所有文艺节目。论唱歌，张振华有包场的实力；论跳舞，有我们社团的街舞组合“南波万”，我只需解决压轴的小品。

自五年级千禧年元旦晚会后，时隔七年半，我第二次自编自导小品。这次，我学星爷，不参演，专心幕后。构思、权衡许久后，我决定把《力量风大王》搬上舞台。

《力量风大王》取材于小时候与表弟徐越常玩的游戏。小学毕业前，每逢寒暑假，我都会在外婆家住上一段时日，带小我五岁的徐越玩耍。一来，父母忙于经营中药厂，无暇管我；二来，彼时舅舅与舅妈刚离婚，徐越年幼寂寞，更需要亲人的呵护。

徐越从小跟着我长大。我看着他从齐胸般高一直长到超出我半头。那时，我俩的娱乐方式很多。除了奥特曼 VCD、奥迪迷你四驱车、BB 弹连发枪等，还有用沙发垫搭房子、把沙发拼起来假装宇宙飞船、悟空和八戒的 Cosplay 等自创玩法。其中大部分自创游戏都是我想出来的，唯独这个“力量风大王”是表弟原创的大英雄、大 IP。

二十多年前的某个三伏天，我和徐越玩完悟空、八戒 Cosplay 归来，出了一身臭汗。我还好些，扔掉用来撑冰柜的铁棍金箍棒，解下颈肩与腰上用作虎皮腰裙的枕巾，把用画眉笔画在脸上的猴脸谱洗净，往空调屋里的沙发上一躺，顿感爽快多了。徐越就不轻松了。他摘下雷锋帽，把“披风”“袍子”一扔，迫不及待地往沐浴间跑去。

外公问我：“信宏，大热天的，你怎么给你弟弟戴棉帽子？”

外婆“扑哧”一声笑出来：“哈哈！还戴着围巾呐！你这个当哥哥的想热死他不成？”

我舔着伊利“苦咖啡”，答：“猪八戒得有猪耳朵，棉帽子的帽檐半放下来，很像！”

外婆笑得说话都磕磕绊绊的：“哈……你这孩子……你俩玩也得找时候啊！大中午头儿最热的时候，戴着棉帽子在外面晃悠不是有病吗？”

外公不高兴了，对外婆说：“你怎么这么说话！咱信宏多聪明！笑什么？有什么好笑的！”

外婆的笑声更大了，忙说：“你先别急！一会儿越越过来，就得给信宏磕个头，拜见大王了。”说罢，也不管外公的白眼，忍不住又笑起来。

不一会儿，表弟洗完澡进来，见我在吃雪糕，就说："哥哥，我也想吃苦咖啡！"

我从沙发上坐起，居高临下，说："老样子，磕二十个头，说'拜见大王'。"

徐越拿个沙发垫子铺在地上，跪在上面，磕起头来，磕一个说一句："拜见大王！"

外公也忍俊不禁起来，外婆更是捧腹大笑。

外婆说："徐越啊，你哥叫你磕头，你就磕啊？"

表弟说："奶奶你别插嘴，我都忘了磕了多少个啦！"

外公再也忍不住了，笑出声来。

电视剧《西游记》的情节常常被我们兄弟拿来复刻。《智激美猴王》一节中，猪八戒来花果山请孙悟空出山降妖那段是我们最常演的。我迷恋被尊拜的快感，但凡表弟有求于我时，皆以"磕几个头"作为交换。

磕完头，表弟从冰箱也拿出一根苦咖啡，满意地吃起来。他哪知道，这雪糕是舅舅买的。

外婆对外公说："你看，你这孙子也不知道反抗信宏。"

外公对表弟说："徐越，你为啥这么听你哥的话？"

表弟只顾吃冰糕，不语。

我笑着说："他是猪八戒！猪八戒天生胆小，什么都得听孙悟空的！"

外婆开玩笑地说："越越啊，咱得有点志气！你哥让你吃土，你也吃去？”

外公说：“你真会说话！”

我笑道：“哈哈！小越，如果叫你去，你敢不去吗？”

徐越再也忍不住了，把没吃完的苦咖啡一扔，大叫道：“我才不听你的！你自己去吃！我……我是‘力量风大王’，不怕你！”说着，他把包在身上的浴巾系在脖子上，浑身赤条条的，随即扬眉吐气地大声喊道，“我是力量风大王！”

此后，磕头游戏因力量风大王的出现，彻底作废。

哪里有压迫，哪里就有真理。

根据徐越的最初设定，力量风大王的武器是身上的大披风，一披风下去，风力是芭蕉扇的十万八千倍，可将任何实物吹成空气，毁天灭地。在此基础上，我又构建了力量风大王的前世今生：很久以前，风神被魔界佛祖施法，化为一件披风，并穿越时空飘到一个高中生家中。这个高中生是个不堪一击的“软脚虾”。当他无意中获得风神披风后，变得所向披靡，不禁打败了欺负他的同学、捉住了打劫金店的小偷，还拯救了被劫匪绑架的人质，一步步成为这个城市的英雄。有一天，魔界的妖魔追到现在的时空，地球危在旦夕。高中生舍生取义，英勇奋战，在关键时刻化身为无敌的“力量风大王”，打败了敌人，拯救了世界。这次的小品讲述的就是力量风大王与魔头的终极决战。

写剧本的时候，我灵光一闪，把这个主角高中生写成魔头的情人转世，由我们专业的周本禹出演。魔头则采用反串手法，由赵正宗饰演这个因失去爱郎而坠入魔道的可怜姑娘。

我带周本禹、赵正宗排练了一周，不断加入新的灵感，改进细节，力求做到星爷那样的无厘头。褚文明和夏侯等人见状，纷纷赞不绝口。

褚文明说："用'游哥无敌'已经不够形容这逆天的才华了，游哥威武！"

夏侯说："游主任厉害呀！啥时候写个本子，我也演演？"

我心想，夏侯这张俊俏的猴脸儿如果演孙悟空的妹妹，倒不用化妆。

我说："会有机会的，敬请期待吧！这次，你先演好你们班的小品，我好好观摩观摩。"

联谊会搞得很成功。张振华发挥稳定，又圈了一大批女粉丝；"南波万"街舞组合魅力四射，出尽了风头；《力量风大王》不服众望，将全场的气氛推向高潮，联谊会圆满落幕。

《力量风大王》的成功纯属意料之中。虽说故事仍有很大的提升空间，但大言不惭地讲，这个点子比起钢铁侠、美国队长来得毫不逊色，是货真价实的大 IP。其实民间这种原创 IP 多如野草，隐匿在早已被我们思想禁锢的荒原中，伴随水分流失，日光消逝，缚于桎梏，囚于牢笼，日渐枯竭。"野火烧不尽"的劲儿没了，春风万里也"吹不生"了，一场沙尘暴过来，也就掩埋沙漠中了。小时候能想到的东西，现在愈发难想到了。我们抱怨近代中国没有爱因斯坦，没有霍金，没有比尔・盖茨，没有乔布斯，没有马尔克斯，却不想许多本可成为他们甚至超越他们的苗子，因我们一时的私欲，要么揠苗助长伤仲永，要么扼杀摇篮死腹中了。

联谊会后没几天，霍老师和白老师也开始约会了。此外，通过此会交到朋友的同学都来社团找我们，写感谢信的、送礼物的络绎不绝。其中，一个出手阔气的高个儿胖子成功引起了我们的注意。

胖子叫吴正治，上海人，父母经商，妥妥的富二代。平日班上，他总是沉默寡言。通过联谊会，他认识了夏侯她们班的班长荀玉萍，吃了几次饭，荀玉萍便接受了他火热的追求。

褚文明和我都不会想到，三年后，吴正治、荀玉萍一毕业就登记结婚了，是大学同学里的第一对。

筹备联谊会时，荀玉萍曾私下委婉告诉我，不要和夏侯走得太近。

我问："为什么？"

荀玉萍说："大家都在传她和白老师关系不一般，你还是小心点。"

"传言而已，不能信。再说，这和我有啥关系？"

"嗯，我也是好意提醒一下。以免……你们……太尴尬了。"

荀玉萍的意思很明显。可她不知道，我对夏侯并没有那方面的想法。

我不需要对学妹们下手。

2

凌晨一点的海底捞，仍食客满座。

我把剩下的一盘羊肉和丸子倒进锅里，又把电磁炉的开关调大两档，对表弟说：“越，你还记得当时你是怎么想出‘力量风大王’的吗？”

徐越拿过服务员递来的可乐，猛饮几口，说：“辣死啦！哥，咱先别追忆似水年华了！快说，你和姐啥时候结婚？这么多年了，该有个结果了吧？”

表弟从仪仗队退伍后，拒绝了去机场的工作机会，跑到奥体附近的五星级高尔夫球场干了三年。在他母亲的建议下，他后来又回乡发展，如今已经快两年了。外公外婆虽想念孙子，却也开明，让徐越在北京多历练了几年，想不到这么快就回家了，也不知该高兴还是惋惜。舅舅和现任舅母都希望表弟凭借其傲人的外形条件找个当地的姑娘，落户北京。可表弟既然决定回去，他们也不再多说什么。

徐越回老家后，在当地的工商联工作，主要是给李主席开车。李主席是该市著名的企业家。两年来，表弟载着李主席驶过了大半个中国，踏遍千里山河，也算涨了些见识，工作平稳。其间，他也谈过几个对象，最后也都不了了之。这次来北京，他有两个目的：其一，现在的女友大他六岁，家人极为反对，尤其是我母亲和姨母（他的大姑、小姑）。两人扯着脖子红着脸，要给徐越开“祖训讲座”。故此，他想趁这次休假来京找我解解闷。其二，他是母亲钦点的“一品巡抚”，奉命来试探我的口风，想了解一下我和夏侯近期成婚的可能性。

我笑着对徐越说：“还是先说说你的事儿吧！你觉得你俩到底有没有戏？”

徐越放下筷子，说：“她人挺好，为他人着想，善于照顾人。平日过节，也没要过很贵的礼物，是过日子的人。就是……就是让她来家里见家长吧，她总是推脱。我说，你也过三十了，如果觉得咱俩合适，也该往下发展试试吧！她就找各种理由，模棱两可的。”

我说：“很明显，她现在极有可能还没和之前的对象断干净，又觉得你是个好人，心里很挣扎，左右为难呢！”

“啊？那我怎么办？”

我往嘴里填了口羔羊肉，说：“傻老弟，还能怎么办？摊牌啊！”

第三十一章　整片森林放眼量

1

第二天与徐越分别前，我告诉他，摊牌可不是摊煎饼，还能加几个蛋，抹点酱，放些香葱佐料，其实就一句话的事，切莫犹豫，不必烦恼，兵来将挡水来土掩。只是，缘分可遇不可强求，必要时要知进退，整片森林放眼量。

送走徐越，我在回公司的路上给夏侯挂了个电话，说徐越因为单位有事离京了，等十一回家再聚餐。一小时后，我到公司楼下便利店买咖啡时，接到李佳慧的电话。与邓菲菲会面的时间定了，下午三点在望京大厦的 ZOO 咖啡见面。

一如三年前参加音乐复赛那般，得知我要去见明星，许总愉快地准了假。到了地方，我跟李佳慧闲聊了十几分钟，只见编剧经纪蕾蕾带着邓菲菲走了过来。

邓菲菲戴着白色休闲帽，衣着随意，一米六五的身高，十分纤瘦。方才李佳慧还说，明星都比荧幕上瘦得多，像她这种放弃治疗戒不了猪扒饭的，见了邓菲菲绝不羡慕。可从两人握手打招呼时李佳慧的表情看，显然并非如此，况且邓菲菲才刚生产不到三个月。

邓菲菲与我轻握了下手，用颇为考究的语气说："你好！邓菲菲。"

我礼貌地回应道："你好！我是游信宏。"

邓菲菲做东，点了几杯咖啡，步入正题。她先调侃了全民皆知的有关甘晓东与徐晨的那场公关乱战："先声明，我不是在贬低徐晨，只是阐述事实。网民们都知道，当初徐晨靠《江湖奇侠传》成名，到《卧虎》时达到巅峰。可是，很多八卦上都说她这个人喜欢借人上位，和搭档过的很多男演员都有点瓜葛。"

蕾蕾翻着手机，帮腔道："真的呢，随便一搜全都是这些花边儿。"

李佳慧说："人设反差太大，太尴尬，怎么洗也洗不白了呢！"

邓菲菲话锋一转道："言归正传吧！这次呢，我想给东哥找部好戏，让他干干活儿，这几年他肚子上都有肥肉啦，以前可是六块腹肌呢！"

李佳慧奉承道："这说明是菲姐照顾得好！东哥真幸福！"

邓菲菲说："亲爱的，嘴真甜！东哥之前的角色太深入人心，我觉得需要突破了。看了不下五十个本子，没一个合适的。所以，咱就量身定制呗！陈丽是我中戏的师妹，她推荐了妹妹你。"说着，她意味深长地看了看李佳慧。

李佳慧说："陈丽姐是我国戏的研究生师姐，我们之前合写过一部话剧。宏哥呢——”她指着我说，“上次刚合作过一个喜剧电影，很有默契。”

邓菲菲点头，继续说：“咱这次的戏呢，男一就是东哥。我想了很久，想让他演个特种兵或特工出身的保镖，患有先天性失语症，沉默寡言，不解风情。女一就找个二线女演员，怎么捧也红不了的那种。男一在给女一当保镖的过程中，两人从彼此看不顺眼到相爱，简单说，就是特工保镖与女演员的爱情故事。风格上呢，我不想做得太水，不能和国产小鲜肉剧那样。我希望咱们能借鉴一下韩剧的感觉，比如《来自星星的你》《太阳的后裔》之类的。”

会面持续了两个小时，敲定了故事大纲和几个关键性角色的设定，最后约定十天内我和李佳慧出一版故事梗概和人物小传，蕾蕾则跟进项目合同的拟定。

当晚，我请李佳慧吃了韩国料理，算是对她的引荐表示感谢。其间，她与我商议分工问题，确定由我来写故事梗概，她出人物小传。

李佳慧吞下一块年糕，说：“宏哥，你写故事梗概有把刷子，万事开头难，这个重任就拜托你啦！”

我咬了口炸鸡，说：“太客气了，这叫各展所长。”

2

两日后就是十一。中午十一点左右，我和夏侯从高铁上下来，刚出站门，就见母亲和停在不远处那辆开了近二十年的别克老爷车。记得首次和夏侯同行归乡，是大二春节前，也是母亲开着这辆老爷车来接的。不同的是，当时火车站还未搬迁，天儿冷，坐的是绿皮火车，到得很晚。出于客套，母亲载夏侯一同来到医院家属院，让她在我房间凑合了一晚。后来夏侯告诉我，那晚她根本就没睡着，暖气片烫得令人胸闷，她又不便当着母亲的面儿脱掉秋衣，加之母亲鼾声如雷，真的是睁眼到天明。那时，我的房间成为“友情服务旅社”已经长达一年。夏侯也不是第一个住客。仅大一一年间，就有三四个同乡同学在这里借宿过，有男有女。那时的我想法单纯，无性别概念。男同学还好说，几个女同学的到来让父母一惊一乍的。可他们不傻，相信我这个“外貌协会”的儿子懂得“整片森林放眼量”的道理，直到夏侯出现。翌日，夏侯离开后，母亲试探我：“这女孩子家哪里的？父母做什么的？眼睛还挺大。”父亲也坐不住了，问了几句。最后，母亲叮嘱道：“别忘了之前和你说的那些！自己可得注意！”

把夏侯送回家，母亲对着后视镜里的我说：“徐越这小兔崽子还说你俩已经计划好日子了呢，看我回头不啐他！”母亲的怨气是有源头的。方才送夏侯回家时，母亲追问她有关婚事的事，夏侯只是浅笑，把麻烦推给我：“大姨，这个问题，你得问信宏呀！”

我对母亲说：“还是先多挂念你侄儿吧！徐家这代就他自己，不像游家，除了我，还有叔叔家的志维呢！”

“你抓紧先给我生俩胖孙子，之后你爱哪儿凉快哪儿凉快去！”说着，母亲语气一松，“你是不是还惦记着那个姓邹的女同学？”

“我挂念的多着呢！怎么也得有七八个吧！可惜，咱家没这些彩礼钱！”我笑着转移话题，对母亲的嗔骂声全然无感，思绪又飞回到往昔。

那个夏天，邹梦颜终究没来北京。

联谊会结束一周后的校乒乓球锦标赛上，我杀入了决赛。从球馆出来，我终于等到邹梦颜的第一条短信。她说她去老家邻市的医学院读临床专业了。我心情复杂，想问她原因，可一想到去年黄仲仁的话，还是将回复的内容改成“好的”。

上一年，我托黄仲仁去第一高中传信，告知邹梦颜我的手机号码。邹梦颜也托黄仲仁给我捎了些话。心不在焉的黄仲仁办事不靠谱，邹梦颜对他讲了很多，他却遗落了不少，只记得几个要点：第一，让我好好学习天天向上，别再像高中时那样如同一只无头苍蝇；第二，她会尽全力考到北京，她也想来首都发展；第三，她会尽量选一个离我近一些的学校，方便两人见面，就算我不去找她，她也会来找我；第四，如果她没能来北京，也让我别难过、别等她，开心过好每一天。

之后的几日，我极为消沉。乒乓球锦标赛决赛失利后，我无暇打理社团事务，寝室通宵 CS 的传统也顾不上了。少了我这个“突击手”，我们寝室被隔壁褚文明的寝室虐得体无完肤。舍友们抱怨我不讲义气，只有鹏大哥看出些许端倪。

鹏大哥对他们说：“挺严重。上次是外伤，好得快；这次是内伤，有点麻烦。”

不自信带来的不安感让我把事态想得过于严重，偏离了正常轨道。我觉得邹梦颜之所以不来北京，是不想跟我在一起，或许她的心已另有所属，在三流大学混日子的我纯属自作多情，小丑一个。

第三十二章　可恶的自作多情

1

我厌恶自作多情，比厌恶粪池中的苍蝇甚之。即使与许久不见的老同学赵俊峰追忆高中的乒乓风云时，依然被昨日无故唤起的自作多情魔咒所困扰。不过，命运是最幽默的导演，时间是最出色的编剧，在我看到画廊中的一幅国画《梅》的时候，更印证了这一点。我总是不明白，却不得不惊叹命运的卓越才华。它是宇宙大帝的使徒。它在芸芸众生的故事线中，庞杂交织的宇宙关系网里，总能精确无一地反转再反转，直捣要害骨髓，让你那早已蜕化的记忆躯壳再度裹成虫蛹，变出只蝉来。

见我快把脸贴到画上了，赵俊峰忍不住笑着对我说："信宏，你眼光不错啊！这可是获奖作品。作者也是咱第一高中的风云人物，叫李天娜，你知道吧？当年，咱们学校只有两个美术生考上了中央美院，她是一个。”

赵俊峰是我的高中同学，现在的俊朗外表与他过去的外形可是大相径庭。学生时代，他因反应慢一拍，被人说傻，我听了，与那人大吵一架，说赵俊峰这叫老实！之后，赵俊峰与我交好，跟我一起迷上了乒乓球，成了我的大徒弟。高三时，听说他对美术产生了兴趣，苦画了一年，专业艺考成功过关，可惜同年文化课没达到录取线。他又复读了两年，顺利考入了浙江美院。大二开始，他与几个同学一起办起了艺考辅导班，结果越做越大，毕业三年后就娶妻生子、车房兼备了。近年，他和朋友在家乡古城福地租了三层楼，开画廊，办学校，事业越做越大，较早地成了同学圈中的成功人士。今天，他邀我来自家的“顽石画廊”一坐，叙旧喝茶，看看国庆节的画展。

“我认识李天娜，是我初中同学。”我指着落款处的签名和铃印对赵俊峰说，“这个签名和高中时的一模一样，当然，比那时笔力强太多了。”

赵俊峰说：“世界真小。她主修国画，今年刚刚博士毕业。近几年，在市美术协会的画展和绘画学术研讨会上，常能见到她。大家都是第一高中的校友也聊得来，我就请她空闲之余来我这儿映衬一下，给我拉拉人气。”

我点头道：“原来如此。她初中时就画画了，一直很刻苦。”

“是啊，她爸好像也是中央美院毕业的。”

“对，他爸对她影响很大。她妈还是第一高中分校的英语老师。”

赵俊峰一脸惊讶，显然觉得我知道得太多。

我把手搭在赵俊峰肩上，说：“一会儿赏完画，咱去撮一顿，我做东。哥俩儿好好叙叙。”

赵俊峰笑着说：“好！不过，下午得陪我打球啊！我特意弄了张球台放到三楼啦！”

好家伙！这么多年过去，他居然还在打球！当年那一群乒乓球狂热分子如今只剩我俩了吧——与我从小打到大的黄仲仁都不打了。

就是喜欢和我一样专一的人。

2

初中那会儿，在邹梦颜对我来说，还是一只遥不可及的“白狐”的时候，李天娜和邢蕾同桌，坐我前排，我的同桌还是马传海。在我的打油诗第一次被王老师当众朗诵的那堂课后，邢蕾、李天娜找到我，提议成立“诗歌三人组”。此前，我和唐子晋、臧玉航已经凑成了“无敌三人组”。想来，我对“三人组”有种特别的情怀。邢蕾和李天娜写现代诗，我写古体打油诗，我们一起创作、传阅、互赠。

后来，邢蕾中考要考篮球，时常不在教室，三人组渐渐有往二人组发展的趋势。一次，李天娜新写了一首诗拿给我看。诗中提到最令她倾慕的异性是《灌篮高手》里的三井寿。彼时，我正迷恋《龙珠》中撒旦先生的女儿比迪丽。感同身受之余，我对这个同道中人顿生好感，于是写下了一首《懂路汤》，送给李天娜。她十分喜欢“楚楚动人静流质，栩栩如生三井狂”“坚持到底同生路，心有灵犀一点汤”四句。

“‘静流’是什么意思？”李天娜问我。

“《幽游白书》中桑原和真的姐姐。你俩性格很像。”我答。

“‘一点汤’呢？”

“就是志气、理想，比喻追求理想的力量。”这是我最早的“鸡汤”。

后来，在我初写《四妖传》时，把李天娜以“兔子精”的形象写了进去。

那年冬天，一日下课后，李天娜对我说：“明天我要去学美术了，得一个月才能回来。你能写一首关于梅花的诗送我吗？就像王安石的《咏梅》那样的。”

我点头：“当然可以。”

当天放学前，我把写好的五言诗《梅花》拿给李天娜。她笑着接过去，与我告别。没一会儿又折回来，对着正在收拾书包的我说：“对了，这个给你，我新写的诗。”

李天娜的这首诗辞藻华丽，修辞极佳，尤其“星空是银河的泪光”“对他深深的依恋，是一堵光墙”所表达的意象和感染力俱佳。

李天娜走后，我看着她的空位，读着她的这首《银河光墙》，百感交集。一天，我重读《龙珠》中的《魔人布欧篇》，看到孙悟饭教比迪丽舞空术的时候，突然想到了什么，又拿出《银河光墙》读了一遍，心底浮起一丝奇妙的悸动。

借着这份悸动，我写下了一首文体与《银河光墙》相仿的现代诗《天娜不在的日子》，在李天娜回来上课的第一天拿给了她。想不到第二天，她一脸阴沉地塞给我一封信。我兴奋地展信一看，如遭晴天霹雳，幼小的心灵第一次受到重创。我恼羞成怒，把信撕了，丢进厕所，顺便把少年的挚诚一并扔了。

我恨自作多情！

随后，我在作文中写下四言诗《铭记》，王老师又将之当作范文念出："芳梦已醒，抬头天明。苦伤交加，忧愁几曾？事不顺心，逆天而行。狂风海浪，甚吃一惊。当纵起身，运通神鸣。惊天动地，九死一生。"

在同学们的赞扬声中，李天娜把头埋得很低，我也没有任何被吹捧的快感，只觉得唐子晋说得没错——动什么都别动感情。

此后不久，王老师将我调换了座位，坐到了邹梦颜的后面。我和李天娜的距离越来越远。

大学时，说起当年第一高中考入中央美院的风云人物，夏侯告诉我，李天娜的母亲正是她的英语老师兼班主任！当年，李母曾在夏侯班上说："两年前，我女儿告诉我，一个男孩子给她写情诗，问我该怎么办？我问，你喜欢他吗？女儿说，有点吧！我说，你们现在的年纪，即便喜欢，也不会有任何结果的。况且，你考上好大学后，会有更好的男孩等着你。现在应该把精力放在读书上……我女儿就是听了我的话，考上了中央美院。你们呢，也应引以为戒，把心思放在学习上，以考上好大学为目标！"

命运啊，你这才华真令人嫉恨啊！

3

古城青云桥下，有家不起眼的清真饭馆，三百六十五天全是人。我和赵俊峰点了三个特色菜，熘肉片、红烧鲤鱼、清炒豆苗，就着啤酒花、生米，畅谈旧事。

赵俊峰感叹：“想不到！你们还有这段插曲！”

我笑道：“陈芝麻烂谷子啦！若不是对你，我才不愿提呢！”

“这么说，我突然想起一件事！”赵俊峰放下啤酒，红着脸说，“高三时，美术班有个男生和我说过，李天娜很难追。没人追上过，高三校草都不行。有次校草问李天娜拒绝他的原因，李天娜拿出几首诗，对在场所有人说，谁想追她，先写首比这更好的诗！难道说……那些诗就是你写给她的？”

我也有些醉意，含混道：“是不是不重要，这就是人生啊！来，再走一个。”

命运啊命运，你这才华……实在是让人嫉恨啊！

第三十三章　户主不好当才比翼单飞

1

早上八点半，我还在流连梦中的琼楼玉宇，就被母亲叫醒，盯着我吃完下了三个荷包蛋的西红柿打卤面，又扔给我两个水桶，发配我去小区售水机处打水。一桶水没装满的当儿，我看到耗子和张振抱着篮球迎面而来。

八年前，医院新家属院就设在这个名为“福禄新城”的小区。这些年来，父母和爷爷两地居住，春夏住这边，秋冬回医院老家。粽子、耗子、马大哈、张振、海鹏，这些各奔东西的“班车帮”小伙伴多年难逢一面。两三年前，听父亲说，学医的耗子研究生毕业后，留在济南一家三甲医院做大夫，没多久就结婚生子了，有了一个女儿；去年夏天，我和张振见过面，他现在做的是股票分析，女儿两岁。耗子小时候在少年宫学过乒乓球，看了《灌篮高手》后就迷上了篮球，从高中那会儿基本就只玩篮球了；中学时代的张振很胖，打篮球是为了减肥，瘦下来之后也球不离手。

张振说：“信宏，回来啦！耗子，你知道吗，信宏现在是艺术家！”

耗子说：“嘿，看不出信宏居然成了文艺青年。”

我把水桶潇洒一扔，跟张振打过招呼，对耗子说：“耗子，我有多少年没见到你了？至少五六年了吧？”

耗子说：“恐怕不止。毕业后大家各奔东西，好几年都见不着人。”

我说：“哈哈！今年春节我在医院那边碰到粽子，一副官僚嘴脸。他很少回国。”

张振说：“粽子是学霸啊，在美国当科学家，去年回来结的婚。”

耗子说：“我也得有五年没见他了。他微博上告诉我，他是你的忠实歌迷呢！”

我说：“岁月不饶人啊！你们一个个都是当爹的人啦！”

耗子说：“你呢？还没打算？”

张振说：“毕业后，马大哈第一个结的婚，海鹏第二，我第三，耗子第四，粽子第五，咱们这届就剩你和仲仁啦！听说仲仁现在精神出了点问题，那就剩你啦！你啥时候办，提前招呼一下，兄弟们帮忙，用不着废话！”

我哈哈大笑，差点笑出眼泪，点头说好。耗子熟悉的微笑让我想起多年前那次枪战游戏，火亮的棒子烟花落在他脖子上的场景。

以琐事为由，我婉拒了两人打球的邀约，提着两个大水桶往家走去。一百米的距离走了十分钟，倒不是因为水重，我骤然想起五年级刚从老一号公寓搬进医院新宿舍——现在的医院老家时，母亲从父亲手中接过新户口本，拿给我看。我指着首栏父亲姓名后的“户主”二字问：“户主是个什么东西？”父亲得意地说：“户主就是家里老大的意思！”母亲说：“拉倒吧！一口黄牙，还老大！”父亲说：“信宏，你记住了，户主就是一家之主，就是你爹。只有当爹的人才能叫户主！”我唏嘘一声，说：“那这个户主太没意思了，还不如我的大队委。而且，爹哪有那么好当的？户主肯定也不好当。”父母忍俊不禁。此后，每当“游厂长”向我感叹工作太忙太累之际，我总是对他们说：“谁让你当户主的！户主哪有那么好当的？”

父亲开门，帮我把水拎进屋。歪在沙发上看电视的母亲问我累不累，我说不累。

父亲说：“小孩儿哪儿知道累？我那时候一手一个拎两个煤气罐上六楼，一口气都不喘！”

母亲说：“别吹啦，坐下吧，挡着我看电视了。”

是啊，户主哪有那么好当的啊。

喝口水的工夫，接到黄大伯的电话。他问黄仲仁现在在北京做什么，为何十一不回家。我如实相告。《逆天行》剧组解散后，黄仲仁跟着陈梦去张总那儿帮忙去了。前几天还说在那儿挺好，给张总的一个合伙人做私人助理，也忙一些公司后勤的事儿。有天下班，我去看过他，他一个人守在一个鼓捣文玩字画的公司，照看里面存放的稀有作品。陈梦空闲的时候，常给黄仲仁带吃的、喝的，她告诉我这一个多月下来，黄仲仁的啤酒肚比我的都大。

黄大伯向我致谢，坚持要请我吃饭，我委婉谢绝了。挂了电话，我向父母简单说了黄仲仁的情况。

母亲说："唉，黄大哥真不容易，年纪大了，还得操心仲仁这小子。仲仁小时候多听话啊，也挺聪明的，想不到现在成了这样。"

父亲说："仲仁小时候太压抑了。黄大哥对他严格要求，就怕仲仁犯和他哥哥一样的错误。只是小孩子管得太严，长大后一旦叛逆，就管不住了。"

母亲又问："梦梦现在好吗？"

我点头："挺好的，给大老板当秘书。你就别操心啦，人家都开宝马啦！"我把陈梦这些年的经历挑重点的说了说。

父亲感叹："唉，她娘仨命苦。她妈很聪明的，是药剂科最好的女药师。好在，梦梦和她姐都争气。"

2

天海苑是城东新区人气颇高的置业小区，毗邻市政厅，未来预留的升值空间高。两年前，夏侯和他哥倾尽积蓄，全款拿下了这里一套一百平的商住房，上个月一交房便开始装修了。户主再不好当，夏侯也算当上了。

我赶到天海苑小区门口时，夏侯和他哥已经到了。夏侯站在路边，朝我挥手喊道："宏仔！快点儿啊！"——她熟悉的手势化为时空插座，记忆录像机自动通电，在黑白屏幕闪动着的无数个画面中，意识遥控器再次定格到那个遥远的秋天。

那个灰色深秋，邹梦颜没来北京，摧毁了我最后的自信。我听心中有个小人儿嬉笑道："傻了吧，她和李天娜一样的，怎么会看得上你！哪有什么天使？别自欺欺人啦，你这个五流大学的失败者！"

此前，由于李天娜留给我的阴影，对邹梦颜我是慎之又慎，不敢轻易表白。可事实证明，我只是个自作多情的小丑——幸亏没摊牌。那时，夏侯经常给我短信，不是一些笑话段子，就是要陪她去自习室做功课、去阅览室读书，有时也一同去食堂吃饭。我总是心不在焉，很多时候听不到她在同我讲什么。对此，她也不生气，大大咧咧地调侃些天马行空的话题。如果褚文明也在，他和夏侯会当我是评委，随意找个话题，唇枪舌剑一番，企图辩倒对方。好辩是夏侯和褚文明最大的共性，两人因彼此的俐齿伶牙而惺惺相惜，结拜为异性"兄弟"。夏侯更对我和褚文明豪放道："我是纯爷们儿！"

有一天，褚文明告诉我，夏侯准是对我有意思。我说不可能，她和我是老乡，就是普通朋友。

褚文明咧嘴笑道："没想到游哥在这方面神经还蛮大条的。其实，你可以试试和夏侯发展一下。"

我不耐烦地说："我再说一遍，我和她就是朋友。再说，她性格这么汉子，也不是我喜欢的类型。"

晚上打 CS 时，黄仲仁和我开视频聊天。他捋着自己杀马特的发型，把他新交的女朋友介绍给我认识。他们这对儿非主流情侣一红一绿，外貌标新立异得很。我虽不耐烦，还是告诉黄仲仁无所谓，可还是对邹梦颜没来北京的事耿耿于怀。左思右想后，我决定明天和照相馆老板的女儿——李青去看电影。

次日，看完电影，我和李青又在良乡压了会儿马路，就到了晚上九点半。寝室十点关门，再不回去就要睡马路了。我要打车往回赶，李青拉着我的胳膊，说："要不别回去了？"

我刚要回答，却看到她的前臂内侧有个蝴蝶刺青，便说："这个蝴蝶挺好看的。"

李青叹了口气，不知从哪里掏出一根烟点了，猛抽几口，喃喃说道："唉，男人没一个好东西！"

李青的故事不复杂，十分标准化。她是北京土著，父亲是企业职员，母亲在我们学校外面经营照相馆。三年前，她和我们学校的一个研究生谈恋爱，两人情浓时相约去刺青店各文了一只蝴蝶在手臂上。男的左臂，她的右臂，寓意比翼双飞。然而好景不长，男的研究生毕业后，也不想成家，就狠心和李青分了手，不告而别，留她单飞。李青整天以泪洗面，差点轻生，后在朋友们的百般安抚下渐渐走了出来，后遗症是养成了抽烟的习惯。

"既然如此，你为什么还留着它呢？"我问她。

"洗掉又怎样？"李青吐了口烟，说："就能忘记过去的痛吗？"

现在想想，也许，比起敢于争当户主，展翅单飞更需要勇气。

第三十四章　一见钟情不隐藏

1

临近期末考试，我答应夏侯，帮她补习高等数学。微积分、线性代数、不定积分、离散数学……我用了两周时间，把基础公式、定理囫囵吞枣般地塞给她，不管她能听懂多少。夏侯有点招架不住，带哭腔嚷道：“游信宏，你可真不是个好老师！看看人家白老师，多学着点儿！”

我想起此前荀玉萍的话，便问：“你知不知道有关你和白老师的传言？”

夏侯两眼一瞪，怒道：“什么意思！你听谁说旳？”

听了我一的番讲解，夏侯咧嘴大笑。她说她最看不惯班长荀玉萍，在男生和老师们面前一副温柔小女子的腔调，回到寝室就原形毕露。可男生就吃她这一套。这不，还钓到了吴正治这个金龟婿。

她又说褚文明缺少一种男性的阳刚，斤斤计较，五毛钱的账也要和人明算。况且，荀玉萍还把同寝室的张曼介绍给褚文明。起初，褚文明也追过荀玉萍，被荀玉萍发了“好人卡”。

夏侯说：“信宏，我不是背后说人坏话，只是阐述事实。我去给白老师带饭，因为白老师人真的很好，很像我哥。再说，传言这东西，高中的时候，我就习以为常啦！”

我本不在意传言虚实与否，对夏侯高中时的往事也不感兴趣。只是她这一番说辞相当诚恳，我没有不相信的理由。

很快到了平安夜，夏侯问我要平安果，我把刚从一哥们儿那儿顺来的小苹果转送给她，气得她直跺脚。她指着手兜里一个个红透饱满的大苹果，说：“小气鬼，看看别人送的！”

我说厚着脸皮笑道：“拿好，不谢！”

元旦夜，夏侯找我去良乡跨年，我婉拒，和鹏大哥他们去五道口 high 到半夜。火树银花的五道口酒吧街，歌者舞者们与音符律动在一起。我没半点跳舞的天赋，知趣地站在“酱油群”中观赏。零点时刻，人声鼎沸，大家互祝新年快乐，整条街都动了起来。忽然间，我心底一阵空虚，掏出手机，找到邹梦颜的电话，按下拨号键，一秒钟后，又匆忙挂断。

来年春天一直到三月底，夏侯才返校。她告诉我，她想从数字电视专业改到新闻学专业。去年高等数学考得太差，若不是我帮她补课，她铁定不及格。我问她何以现在才回学校。她笑着说：“说出来怕你笑话，我去一个剧组拍了一个月的戏。”

春节后，从高中就怀揣演员梦的夏侯从一本影视杂志上看到某古装剧在招募跟组演员，就大胆应试，跟组在剧里演了一个多月的丫鬟。就是从此刻起，我对她刮目相看，由衷地佩服她、羡慕她，如果我能有她一半的勇气去追求理想，也不必在这个五流大学混吃等死了。

这一年的劳动节，父母来看我，意外地以迅雷不及掩耳之势买下良乡某小区的一套房子，把它强行与我的青春捆绑在一起。那些有关艺术的理想、邹梦颜昔日的劝勉，成了我不敢面对的咒语。我这个懦夫只能逃避。

从春天到夏天，一有空闲，夏侯就约我去踏青，好几次说好早上七点宿舍门口集合，我却一睡不起。起初，她在外面干等几个小时，见了我，笑着发发牢骚，竟也不抱怨。一次，不知她用了什么法子，混进了男生寝室楼，直接敲开了我的寝室门。还有一次去中关村新华书店买书，她请我吃了麦当劳，多年后我才知道，当时她的生活费只有我的一半。盛夏的晚上，她一身运动装，邀我去操场长跑。初中时，她跑过两年三千米，耐力很强。七八圈下来，她又拉着我去超市买泡面，端着面坐在篮球架下吃。如果还有余力的话，我会表演扣篮秀。夏侯除了鼓掌，还会放一首老歌，副歌部分很容易记住："一见钟情不隐藏，两颗心才不孤单，三生三世也不会觉得漫长……"直到夏天过去，我才知道这首歌是蓝心湄的《一见钟情》。

2

屋内堆满了水泥、沙土、瓷砖等装修物料，好在窗子大开，没什么异味。夏侯兄妹对工期没啥要求，装修师傅们自不必赶工，趁十一假期归家与老婆孩子团聚。夏侯和她哥带我走进每个房间，观摩户型。

客厅阳台外，三百米路东，市政厅大楼赫然耸立；马路北边，新修的写字楼已然投入使用，虽租户不多，但楼顶一侧“青年创业者基地”几个大字很是显眼。她哥说，按市规划图，几年后这里会是一个以新政府办公楼为中心的东城商圈，届时，天海苑便是学区房，房价至少翻数倍。夏侯兄妹敢于倾尽所有，买下这套一百二十平方米的商品房，靠的正是这个权威的城市规划，据说他们家的一位堂哥是市建设局的。

眼光长远的母亲也认为天海苑极具投资价值，未来升值空间充足。我知道，在她看来，夏侯家耗尽存款买下这套房子很可能是作为嫁妆用的。这也能解释近几个月来，母亲何以总把“催婚”二字挂在嘴边。

“一见钟情不隐藏，两颗心才不孤单，三生三世也不会觉得漫长……”夏侯手机响了起来。

“喂，您好……嗯，我在房子这边……好的。嗯，再见。”挂了电话，夏侯对我和她哥说，“家具公司那边快到了，咱们下去吧！”

我不解：“这还没装修呢，买家具做啥？”

夏侯说："不是送，是来量尺寸的，我打算订制床和书柜。"

夏侯拉着我兴致勃勃地往楼下跑，步履比当年在学校操场跑步时更稳健。我忽然觉得，除了具有敢当户主的勇气，夏侯十年如一日地颇有主见。

3

摸着黑儿，我和夏侯爬上了天门山顶。坐在东边山崖旁的小亭子里，等了不到十分钟，晨曦渐露。我指着亭子下方的山崖峭壁处一个七八平方米的平台对她说："高中毕业那年的暑假，我和黄仲仁带着李金婷、黄凤冉飙车，差不多也是这个点儿爬上来的。我突然内急，就是在这下面解决的。"

夏侯问："真恶心，也就你能做出来。你们也是来看日出的？"

"笨！夏天的日出能和现在一样吗？太阳早起来半天了。"

"不看日出，你们还爬个什么劲儿！"

"没办法，黄仲仁那辆破摩托跑到半路油空了。我现去加油站给他带的！那时候，一升油五块钱，可不是小数目。他那小破车上一趟山，来回就是一升油。结果还是打不起火。黄仲仁说，他昨晚刚加了十块钱油，不可能用得这么快。我忽然想到是否是没有机油了，打开机油箱一看，还真是！"

"所以你又下去一趟买了机油，这一耽搁就没赶上日出？"

"聪明！黄仲仁就是看日落的命。"

"那天爬完山，你们去哪儿玩了？"

“去古街吃了水煎包豆腐脑，从东门上南环，一路向南，飙到临县。我俩年轻气盛，将油门掰到底，大概时速九十到一百公里的样子，十五分钟就到了二十多公里外的临县。之后，又一路狂飙，从临县飙到城北远郊，省道上的一个加油站——那是黄仲仁一个同学家开的。在那玩了一会儿，又一路飙到大利群商场，吃的德克士。”

“挺会玩的啊！为啥不吃肯德基？”

“钱不够了呗，黄仲仁那机油二十八块一瓶啊！”

“有钱人啊！高中时，我一周的生活费也没二十块钱。”

我喝了口水，听夏侯继续说：“那个黄凤冉就是黄仲仁第一个女朋友？”

我笑得呛了口水，说：“哈，别提啦！就是这天晚上送黄凤冉回家的时候，黄仲仁亲了人家的小嘴。黄凤冉说，喜欢和黄仲仁一起冒险的感觉。结果第二天黄仲仁就不理人家啦，还把对方的 QQ 拉黑了。我问他为什么，他说他讨厌女生粘人。”

“那时候就病得不轻了。那你和那个李金婷呢？”

哎呀！不好！我心中低呼，又掉到自己挖的坑里了。

所幸在夏侯眼中，除了邹梦颜，旁人都是野草闲花，不足为患。对夏侯来说，倘若没有邹梦颜，人生当是碧海蓝天，云淡风轻，美妙得很。

第三十五章　姜是老的辣

1

回京后，我就邓菲菲的项目和许总沟通。他认为机不可失，倘若事成，对公司是好事，对新项目的融资大有裨益，孙副总的头发也能少掉几根。我知道，许总一向气定神闲，能和我说这些，可见公司眼下已是如履薄冰。我突然有种临危受命的感觉。上次临危受命还得追溯到高三时，学生处主任找我谈话，认命我为第一高中乒乓球队队长，出征市高中乒乓联赛，为校争光。可惜后来在“只欠东风”时，黄仲仁因违反校规丧失了参赛资格，将势在必得的冠军拱手让人，抱憾多年。

出了公司，我直奔地铁站。

近年来，东五环高碑店新村发展迅速，几年前的一片砖瓦平房换成了中国风的商住别墅群，朝阳影视基地也设在此处。现今，这里聚集了数千家影视传媒公司。我在别墅群中穿行了一番，途经几位名导名编的工作室后，来到黄仲仁所在的公司楼下。

楼下堆满了办公室的桌椅、书柜、废书、废纸等耗材，如同小型废品回收站。我上到三楼，只见大门敞着，门口墙角堆满了几十幅风格迥异的画作，墙壁上换了新的墙纸。我进了门，走过长廊，直奔正厅，只见歪在沙发上的黄仲仁正做着春秋大梦。

我踹了他一脚，说："都几点了，还睡！起来吧！"

"信宏！"黄仲仁睁开眼惊讶道，"你来得真快！回老家玩啥啦？"

"有啥可玩的。你们这儿怎么乱成这样？"

"老板要跑路啦！他在世贸天阶的典藏馆不行啦，今年基本没拍出几件古董字画，员工也都走光了，还欠了一屁股债。"

"这屋子里的画多出这么多，是他把那边的东西都搬过来了？"

"对。这一层是文玩字画，四楼是古董器具。我给他看第三层，四层钥匙他自己拿着。他的房子被银行收了，现在就住四楼，和他的破铜烂铁一起，哈哈！"

"你老板人呢？他现在在做啥？"

"拉投资呗！如果年底钱进不来，这里的房租也到期后，他就要睡马路了！现在他老婆带着女儿已经去香港啦，也不知道离没离。"说完，黄仲仁起身，脱下八年没洗的睡衣，穿过杂乱无章的卧室，在厨房角落堆放了半米高生菜的缝隙中，翻出不知何时扔在那儿的一件深红 T 恤衫，又从老板的衣柜里取出一件皮夹克和一双黄色的马丁靴穿上。

2

我和黄仲仁从地铁站出来，来到几个月前与陈梦重逢的那家咖啡厅，张总公司就在附近。买咖啡的工夫，只见陈梦匆匆进来。

寒暄了几句，我见陈梦一脸倦容，眼角的妆都花了，似有泪痕，便问："到底出啥大事了？"

陈梦捋了捋头发，说："怕什么来什么，之前的预感终于兑现了。"

原来，《逆天行》开机十天左右，张总告诉曲总，除刘雨欣直播公司的老总外，又有一位土豪看好这个项目，欲追加一千万。曲总很信任张总，当然双手赞成。于是，在张总的安排下，曲总和土豪碰了个面，吃吃喝喝中就把事情给敲定了。三人一致认为，目前的卡司阵容需要调整。接着就有了于导和吴监制的停机离组。后来不知何故，曲总与张总翻了脸，把钱撤走了，土豪的一千万也没了下文，项目自然也就黄了。

陈梦说："其实，我是知道的，这出戏是张总自导自演的。那个土豪八成是他找来的托儿。估计是觉得曲总人傻钱多，想再捞一笔。可曲总也算是老江湖了，也不知从哪里看出了破绽，及时止损了。直播公司的老总只能哑巴吃黄连，所有的投资全打水漂了！"

剧情急转直下，我和黄仲仁已然惊讶得说不出话来。

陈梦看看我，继续说："以我对张总的了解，怕是他第一次看到你的剧本时，就有这个打算了。"

黄仲仁说："我第一次见这个张总，就觉得他人太精明，没想到会算计到这个程度。"

"果然，姜还是老的辣啊！"我看了看陈梦，说："梦梦，你也尽快离开这个张总吧！以你的能力，换个好工作不难，别再跟着他瞎干啦！如果需要，可以找夏侯帮你介绍。"

"这个……我知道。"说完，陈梦低头，陷入沉默。

3

电视剧《保镖密令》的初版故事大纲得到邓菲菲的大体认可。在蕾蕾的牵头下，大家又碰面聊了几次。按邓菲菲意思，我和李佳慧又把大纲改了几遍，日臻完善。这日中午，对完最新版的故事大纲，邓菲菲请我们仨就近吃饭，席间告诉我们，半月后，是她和东哥儿子添添的百岁日。

邓菲菲说："百岁宴的电子请帖出来后，我会发到咱微信群里，你们可得赏脸来呀！"

我们应和着说："承蒙菲菲姐邀请，我们当然会去啦！"

市场对影视圈的依赖如同小孩对甜甜圈。然而，甜甜圈是单纯的甜，影视圈则是 N 种组合下的酸甜苦辣咸，每种组合间又差了 N 个次元。从没有任何一个时代如今天这般，让影视圈如此蒙受公众期待。

李佳慧科班出身，算是"门槛以内圈以外"。半路出家的我，正在跨越"门槛"的路上，才看见"圈儿"。跨越门槛进圈圈，好比是买了门票进公园，还得再买票才能玩过山车。转战编剧这几年，有幸合作过的每个有名无名的圈内人，都是“跨栏票儿”。不同的是，有名点的票值高些，让你这过山车一口气翻个三圈；无名的，翻个半圈也不错，当然，更可能的是翻到一半滚下来。等翻得差不多，一个像样点儿的项目出来，才算你真正进了圈。

凭借“邓菲菲的编剧”这张票，我这次大概能翻七八圈。成一个项目要翻多少圈，只有老天爷清楚。无论文艺还是学术，那些挂羊头卖狗肉的假圈圈们不算在内。所有的假圈圈，乱的是人，圈由人围，乱人围乱圈。文艺工作者只有洁身自好、恪守原则、踏实做事，才能扬我中华文化，保证文艺圈的良性运转，造福于民，振兴中华。

许总要我这次好好把握，多结识一些资源，为可持续发展铺路。看他眼中电光一闪，我心口反而一紧——我生性不好赌，更不喜欢做旁人的筹码。夏侯倒淡定，近两年丰富的采访经历让她增长了不少社会经验。她也认为，这是发展资源的好机会。

参考了夏侯的意见，我去新世纪百货给邓菲菲的甘添一买了一块长命锁，在百岁宴这天，与李佳慧坐着蕾蕾的小奥迪，抵达昌平区的拉菲特城堡酒店。

第三十六章　门槛外的备胎

1

大厅门口，条幅显眼，条幅下迎宾的是甘晓东、邓菲菲夫妇。来宾们奉上贺礼，签字入场。我们仨与甘晓东和邓菲菲打过招呼，来登记处签上大名，把礼物交给甘晓东的母亲。她微笑致意，把礼物交给工作人员清点，又把纪念品递给我们。

大厅开阔，约莫半个篮球场大，宴桌却不多，二十桌左右。然而，地面铺设的卡通地毯与大厅四壁悬挂的彩带、灯具颇具迪士尼风，用料不菲。蕾蕾提议，我们与邓菲菲自拍留念。随后，邓菲菲吩咐助理安排我们到编剧组的空桌入座。

放眼四周，随处可见银幕常客。

李佳慧悄声对我说：“他两口子人缘还行。可惜没看见一个一线的大腕儿。”

我指着里桌一人，小声说："那个胖大姐，不就是那个有名的'小品王'吗？"

蕾蕾也指着一人，悄声说："那个，是不是演过《三国》？"

李佳慧说："好像是。演的是孙权还是谁来着？"

我说："孙策！"

调音师把音乐调小，灯光师把焦距交汇台前。掌声中，司仪发言。他也不拿演讲稿，些许是展现他与邓菲菲的同门情谊，又或许是彰显其专业的台词功底。接着，甘晓东和邓菲菲先后致辞，感谢来宾朋友，感谢父母，感谢彼此，感恩为人父母。台下的摄影师和摄像师很敬业，把场面勾勒成某影视剧的发布会。其实，较圈内多数明星的排场而言，这场面相当节俭了。

用餐时的节目也很丰富。一个二线歌手登台献唱，那个有名的"小品王"上台和甘晓东一家三口献上亲子小品，司仪和一名二线男星说了段相声……和预想的完全不一样，这样的氛围下，拓展人脉显得不切实际，甚至很愚蠢。

影视圈的门槛虽高，圈子却太小。宴会进入尾声时，我在洗手间撞见了正在摆弄发型的于导。

2

宴会结束，与邓菲菲、甘晓东别过，我和李佳慧坐上蕾蕾的小奥迪，刚出酒店门口，"砰"的一声响。蕾蕾绿着脸说："坏啦！爆胎啦！"

给4S店打救援电话，对方说离我们最近的师傅得从顺义过来，大概要一个多小时。蕾蕾挂了电话，吐了两口京骂，说："等他们来，黄花菜也凉了！这鸟不拉屎的地儿！宏哥，你会换胎吧？"

我硬着头皮点点头，从后备厢取下备胎和工具箱。为避免尴尬，我尽量让自己显得像个老手。我先是拿起千斤顶，装模作样捣鼓了一番，摸清了使用原理，将其放在轮下，用塑料把手转了十几圈，车轮缓缓离地。

蕾蕾又给顺义的4S店挂电话，预约去那边换新胎。备胎上的说明很清楚，换上了只能一次性跑一百公里以内。李佳慧觉得备胎太可怜，长得也和原胎不一样，看着就营养不良。蕾蕾说这车开了两年，第一次上备胎。她姐的车子从买来到报废十年间，一次备胎都没用过。我说备胎只能解一时之需，若不是倒霉赶上了，蕾蕾这车到报废也用不上它。就算出事用上了，也只能像现在这样开着去4S店换原装新胎。

备胎的悲惨命运从它出厂那天就注定了。

半小时的工夫，我用笨拙的手法将车轮上的螺丝一一卸下，把备胎放上，拧紧螺丝。天虽冷，也出了一身汗。我起身，用力踹了两脚车胎，对她们说："换好了！"

两人称赞有加，我松了口气，总算没失掉颜面。换胎是男人必备的技能，不会该有多Low。黄仲仁总是笑我死要面子活受罪，闯荡江湖，脸皮薄，难成事。黄仲仁的厚脸皮，很值得我学习。我又想起方才与于导的瞎侃，深觉脸皮厚才是门槛最高一层的台阶。

于导刚接了一部文艺片。对此，他很是无奈，转拍商业片远比他想象中困难。此前，他因文艺片获奖是荣誉，也是枷锁，束缚了他，让别人以为他只能拍文艺片。其实，他很看好《逆天行》，也希望以此转战商业片，可惜时运不济。我拿出八百年没抽的“至尊天叶”给于导点上，厚起脸皮，说很遗憾《逆天行》没能搬上银幕，不然，凭借于导对剧本的把控能力，一定能执导出一部打破市场格局的小成本爆款佳作。

于导猛吸了两口，说：“兄弟，我一直觉得你人实在，挺虚心，作品也拿得出手。虽然这行很难，但迟早能混出来。当年，我第一部编剧的戏，投稿投了一百家影视公司才被看中。这样，你忙完邓菲菲这剧来帮我，咱一起研究一部爆款！”

去顺义 4S 店换好新胎，蕾蕾把我和李佳慧送到青年路地铁站时已近晚上十点。我与她二人作别，相约改日再聚。

坐上地铁，我正和夏侯在微信上聊天，突然收到黄仲仁的消息。他说元旦时，三里屯附近有一场跑酷大赛，金刚和几个兄弟都会参加。据说，前几名将有机会参演著名导演张克执导的魔幻武侠巨作《玄天九龙铠》。我回复他，有点意思，届时有空去瞧瞧。

这时，我又收到周天舒的微信，说是已经住院了。她很绝望，每周只能用一次手机，快要憋死了，希望我百忙中能去看看她。我回复她，有空儿一定去。

刚想喘口气，又蹦出一条微信，是郑静玉。她说：“信宏哥，后天我生日 Party，在国贸温莎，一定要来呀！好多音乐圈的朋友呢！”

第三十七章　无处安放的玫瑰

1

郑静玉是这两年来黄仲仁和小凤凰最常挂在嘴边的那个95后女生，也是三年前，我赴深圳参加音乐比赛时结识的同赛选手。

那日，我从机场坐大巴抵达南山区的华侨城，把行李扔到主办方安排的酒店，也不觉疲惫，到酒店大厅点了杯咖啡，欣赏台上某乐队主唱颇具英式唱腔的《Take me to your heart》。偌大的厅堂里没几个人，却不影响主唱的热情。

咖啡喝到一半，一个身着白裙的女孩子问我："你好！你也是参赛选手吧？"

"是的。"我点头。

这女孩居然梳着一对麻花长辫。

"我叫郑静玉，来自北京。"她笑着伸手，古典白皙的面庞朝气逼人，双眼蕴藏着无穷活力，俨然一副邻家女孩的气质。

“我叫游信宏，也从北京过来的。”我笑着和她握手。

郑静玉祖籍吉林，高中时父母带她和妹妹迁来北京，定居通州。比赛时，她将满二十周岁，在中央音乐学院读大二，古筝专业。她颇有才华，无心插柳地投稿了两首作品，竟杀进了全国三十强，可惜后来没能晋级复赛。赛后回到北京，她约过我几次，都被我婉拒了，只请她吃过一次饭，看过一场电影。同年深秋的一个夜里，她发微信说：“我最近很烦恼。”

“烦恼什么？”我回她。

“我好像喜欢一个人。我觉得他应该也喜欢我。但是我俩都不说。我觉得，他应该是觉得我俩年龄相差太大吧！”

“他多大？你们差几岁？”

“他快三十岁了吧，比我大七八岁。你觉得我应该向他表白吗？”

“如果你觉得他也喜欢你，那你就可以表白。”我并没读出郑静玉的言外之意。

彼时，小凤凰正在培训学校进修编程，寄居在我家。他看了郑静玉的信息，又盯着她的微信头像看了半晌，然后对我说：“游信宏，你是不是傻啊！看不出她说的这个人就是你吗？”

“不是吧？没有理由啊！”

小凤凰踹了我一脚，说：“你好好想想，大半夜的她和你聊这些有的没的是为啥？”

这时，郑静玉又发来一条：“我想亲口告诉他。可是现在有点晚了，不知该不该打车过去。他家挺远的。”

小凤凰掐着我的脖子，兴奋道：“赶紧让她过来啊！”

我心中一凛，刹那间，想到了自己对邹梦颜的薄情、对夏侯的寡义，于是心中有了主意。

我回复道：“要不你别去了。这么晚了，他家又远，说不定他已经睡了。”

小凤凰恨铁不成钢地叹道：“唉！没出息！孬种！”

良久，郑静玉回复了两个字——哈哈！

显然，她和那年的邹梦颜一样，觉得我是傻瓜吧！

幸亏我当时没有犯错，于情于理，装傻是最好的选择。毕竟，按张爱玲教科书的理论，即红玫瑰白玫瑰之说，我这里并没有郑静玉的位子。但平心而论，十几年来，她是除邹梦颜、夏侯外，唯一令我动过心的女孩子。邹梦颜是淑女，夏侯是女汉子，郑静玉是淑女＋汉子。

前几日和小凤凰喝酒时，他开玩笑说，“如果邹梦颜、夏侯、郑静玉摆在我面前让我选，我会选邹梦颜，会选夏侯，脑袋抽了才会选郑静玉。”我笑着告诉他：“幼稚！那是以前不懂事，没得选。现在，我全都要！”

郑静玉这朵粉玫瑰，我要不起，更收不下。

2

我把手从感应水龙头上移开，发现自动洗手液空了，只得又干冲了两遍，用擦手纸将手擦干。我抬起头，揽镜自视，一头四六分的中长发，皮衣的拉链在微微凸出的肚腩前成了装饰，六块腹肌的美好岁月已成传说，好在，瘦长的脸形可以尽可能掩盖腮帮子与下巴处的赘肉。即将而立的我，身材正逐渐脱离意志的控制，快马加鞭地与年龄看齐。没能遗传到父亲的浓眉大眼固然遗憾，但万幸有比他还高挺的鼻子，更有母亲给我的一张独特的瓜子脸。凭这张脸，再 hold 住十公斤脂肪，抵御二十年的岁月侵蚀，又有何难？知足常乐。

回到温莎 KTV 的大厅，看着密密麻麻正值青春的后来人，“三十”二字又无声息地在心墙上重重敲刻了几下。来回踱步三圈后，接到郑静玉的电话。不一会儿，她和几个朋友从大门进来，老远就高喊：“信宏哥！”

郑静玉头戴白帽，穿了件休闲上装，配淑女长裙，混搭得别具创意。比起三年前，她瘦了一些，妆容也成熟了。听我夸她漂亮，她微笑着将同行而来的几位闺蜜和朋友一一介绍给我。三位和郑静玉年纪相仿的女孩也是刚从音乐学院毕业的学生，一个专修钢琴，一个专修小提琴，那个最为优雅的长发女孩是弹琵琶的。琵琶女孩的男友寸步不离其左右，生怕女友被人抢走似的。另外，有一对二十四五岁的双胞胎兄弟，内蒙古人，长期在酒吧驻场，颇有人气，是某直播平台的当红主播。

来到包厢坐定，我问郑静玉：“咦，你男朋友怎么没来？”

“赚钱去啦！”郑静玉说，“他晚上有个地下演唱会。”

“了不起！我在他这个年纪只会整天打游戏！”

尽管郑静玉他们都认为我在开玩笑，然而对于一个三十岁的大叔来说，现在的小孩子“能干”得让人不安。更可畏的是，蒙古族兄弟好酒量，没唱几首歌，我已经被他俩灌得没了脾气，仰瘫在沙发上，意识缥缈起来。

其间，又有几个宾客相继而入，多是郑静玉的师兄师姐，也有几个地下乐队的成员。其中有一位一头披肩发的草原歌手，一边大口喝酒，一边唱着空灵轻柔的草原歌曲，博得了全场最热烈的掌声。

这时，郑静玉来我旁边坐下，递给我一瓶果汁，说：“信宏哥，今年你终于来了！去年生日你都不来，越来越请不动了。”

我连忙辩解：“哪有！是真的忙。”

她的脸颊有点绯红，有点难为情地说：“信宏哥，那年你为什么不愿意和我去五道口过万圣节？是因为我很讨人厌吗？”

说着，她趁着醉意把手搭到我腿上，动作很自然，与三年前判若两人。

“这个……”

“那天晚上，我本来是想……如果你拒绝了，我也就不再自作多情。”

“我……是这样的，咱俩年纪上毕竟还是有差距。再说，你现在的男友也很好啊！”

郑静玉点点头，说：“他确实很优秀，写、弹、唱、编曲样样全能，经常写情歌送我，也蛮有才华，时间长了也挺感动的，就答应他了。处了两年，也积累了一些感情。”

我说：“这不是挺好的吗？你们各方面都那么般配。”

郑静玉把手从我腿上抽回来，喃喃说道："唉，不是的。信宏哥，这种事……女孩子的心情你是不会懂的。"

大脑深处忽来一个声音——"你到底是来做什么的？"

也许，郑静玉没有说错。邹梦颜认为我太过自以为是，总把自己的想法强加在别人身上，不顾及他人的感受，十分愚蠢。对此，我无从辩驳，只能保证，虽然我有些偏执，但确实是出于好意的。

喝醉了，又开始自我膨胀式的安慰了。

第三十八章　勇气槽

1

人到三十是一道坎，生理上由不得你，心理上仍不愿承认已摸到了青春的尾巴。很多人宣言自己永远二十岁，可看看自己的勇气槽还剩多少血量？不必哀伤，不是每个人都有周伯通的内功。妥协、坚持，都得看勇气槽。抑或是，它只抽象物化在你的大脑皮层中，但每个人只要有心，都能估算出自己剩余的血量。

我估算自己的勇气槽还剩一半，蛮多的。但三十岁生日耗量高，过后不知能剩多少。很多人都是在三十岁把勇气槽清空，修满所有学分，获得生理心理双好学生学位、成熟技能资格证书，捧着青春已逝毕业证从青春学校毕业，走向红尘深处，获得成功，嘲笑以前的自己幼稚至极。我没啥瑰玮奇幻的情操、开天辟地的壮志，就喜欢我行我素、随遇而安，那么就让子弹再飞一会儿，靠着这一半的勇气槽，还可以再从容些时日。

这样思忖着，我走出地铁站，直到踏进医院大门时，才发现双手空空如也。环顾四周，约三百米处的商务楼附近有个面包店。我便买了一杯抹茶拿铁和抹茶红豆派，来到精神科住院部。

走廊里挤满了来探病的患者家属。探病区大门十点开启，开放一个小时。每个住院患者在半个月内只有这一小时能与亲朋会面。父母给子女带了爱吃的饭食，饭香盖过了消毒水的味道；几个中年男女一手拎着水果牛奶，一手牵着不断趴在玻璃门上朝里看的孩子；一个学生模样的女孩不浪费一分一秒，背着英语单词。两个大婶轻声交谈，一个说孩子因为得了躁郁症，酗酒如命，在公共场合耍酒疯，有时还会趁人看不到时拿刀割腕，在这里住了快一年了，效果并不理想；另一个说，必须得住院，多贵也得住，就怕有个万一。

作为精神疾病中的不治之症，双向情感障碍在医学上分为单向、双向、混合三种发作方式。受患者受自身情绪的影响，发作周期不定。有的人上一秒还在捧腹大笑，下一秒已然哭成窦娥。

黄仲仁和周天舒都是混合发作的典型。周天舒第一次割腕时值毕业之际，当时她在位于大望路的某影视公司上班。病发时，她把自己反锁在卫生间，用刀片在手腕上重重割了三刀，鲜血缓缓涌出。她失去意识的同时，同事注意到门外流出的血迹，几位男士破门而入，把周天舒送到医院抢救，才捡回一条小命。我曾问周天舒："为何选择在公司？"她说："我没有选择。病发时，求死欲望急切，完全不受控制。"

探视时间到了，透过门窗，见屋内另一头，一名护士打开一道门。接着，衣着统一病号服的患者们一窝蜂涌进屋内，男女老少犹如刚放学的小学生，兴奋快步地将屋内的座位占满。护士又朝家属这边过来，不紧不慢地开了锁，对一哄而入的家属们喊："咱别急，别急啊！"

我跟着一个身高一米九的大叔走进大厅，在众病号服中看花了眼。喧嚷声中，听到有人喊我，随即在五点钟的方向看到了一脸微笑的周天舒。

周天舒说，住院前她回老家相了两次亲。第一个相亲对象是三年级的医学博士，外科，除了长得不高，别的硬件无可挑剔。只是这位仁兄吝啬至极，两人去苏州旅游，景点门票和酒店费用全是周天舒掏的，两人回来就分了。第二个是技术人员，年薪三十万，虽然长得人高马大、仪表堂堂，脾气却不够阳刚，又被周天舒 Pass 了。为了图省事，周天舒打算找个圈内人。可她母亲始终觉得搞艺术不是正道，女孩子搞搞也就罢了，找同行当女婿可不成。她向周天舒反复强调，一定要找个务实派。

周天舒却说："我可不想找老实人。"

我笑着问她："为啥？老实人多好，脚踏实地，不管赚多赚少全上交。"

周天舒哼了一声，不以为然地说："可是，没情商、死板、无趣，这以后的日子怎么过啊！还不闷死啊！"

我说："有情趣的担心是渣男，老实本分的嫌弃木讷，你也是真难伺候！"

"信宏叔叔，现在有几个人结婚是奔着一辈子去的？不就是女图钱、男图色、生个小孩图一乐！”

“这顺口溜编得挺顺的！你那么年轻，有必要这么消极吗？”

周天舒吞下最后一口红豆派，话锋一转：“信宏哥，你说，我出院后是听爸妈的回徐州考公务员呢，还是留在北京继续漂？”

好家伙，这个难题，全世界也没几个人能给出完美的解答。

我说：“见仁见智吧。如果你有一定的物质基础，就不妨随性一点。我觉得你也可能这样想，在艺术理想没有达成之前，买了房、结了婚、生了孩儿，极可能会对创作生涯造成某种冲击。况且，良性的创作离不开独立思考的灵魂，离不开自由豁达的心境，越是远离世俗，越是靠近真理。当然，这并不意味着你要拒绝婚姻。爱情来了，天崩地裂也挡不住。你要做的是问清楚自己的内心，你到底想成为怎样的自己。”

结束探视前，周天舒由衷地说：“信宏哥，谢谢你来看我！如果以后见面少了，你可别忘了我呀！”

我驻足，笑着说：“青山不改，绿水长流。至少，不会忘记凌晨三点的天安门。”

走出病房门的那一刻，背后传来周天舒的声音：“信宏哥，我会经常骚扰你的！你可得有心理准备！”

唉，果真病得不轻！我心叹。

坐上地铁，我又回想刚才和周天舒的对话，突然感到同行之间，确实容易感同身受，更能理解彼此的不易。然而，在同行里找对象，始终有怪异之感。邹梦颜和那个医生男友之间，怕也是如此；夏侯和我看似同行，却并不属于同行——采编是现实的剪辑，跑外勤、现场多，是体力活儿；创作是现实的艺术，构思多，脑力活。

2

这夜，我失眠的理由，绝不仅是邹梦颜把微信墙纸换成了迪士尼的旋转木马——目前是深夜两点十八分，离我三十岁的生日还有十七小时二十二分。潜意识里似有一台复读机，始终用无数种语言告诉我——你三十岁了。

我能感到自己勇气槽里的血量伴随这句提醒，正逐渐递减。脑海中也像过电影般浮现着往日的画面：儿时的我坐在父亲的肩头，远远听到鸣笛声，随后，一个蒸汽式火车头拖着一望无际的车厢驶过来。我伸出小手，数起车厢数来。火车侧面喷绘着绚丽的彩绘图。火车头侧面喷绘着班车，第一节车厢是黄仲仁、第二节是陈梦、第三节粽子，之后依次是耗子、马大哈、张振、海鹏、李凯、刘欣、医院“班车帮”合影、相扑本田、足球赛瞬间、张梦华、刘超凡、王鹏飞、贾明鑫；书院中学告白墙、王老师、唐子晋、藏玉航、“无敌三人组”合影、打油诗、《九妖传》、邹梦颜、李天娜；第一高中孔子石像、张晓芳、李子丹、小凤凰、李金婷、冯帅、丁长浩、刘洋、王珊；大学 C++ 社团办公室，褚文明、孙辰、郭建、夏侯；公司办公桌，许总、孙副总；音乐比赛现场，郑静玉、薛兄、易老师、向老师；《逆天行》开机照，于导、曲总、吴监制、刘雨欣、夏秋叶、周天舒、李佳慧，邓菲菲……喷绘在车厢上的这些人，面孔都是初见时的模样。他们带着最初的微笑，向我致意，似是告别，又像是重逢……

这显然没有催眠的功效。

我睁开双眼起身。窗外，星夜云涌，灯明路空，远处的地平线，一架飞机宛如蛟龙，划裂长空，捣碎云海，放出皓月，照亮沟渠。通惠河平缓的水面上，树影斑斓，变幻无穷，像人，像物，像虚空。

此时，我的心静如止水。我清楚地看到自己勇气槽里的血量不再减少。接着，困意来袭，倒回床上，我很快就睡着了。

3

民间有个说法：男三女四，光棍无嗣。意思是，男不过三十岁生日，女不过四十岁生日，否则男的打光棍，女的没孩子。看似无稽之谈，老百姓却格外讲究。记得母亲四十岁生日那天，没有和往年那样与父亲去外婆家吃饭。

现在，轮到我了。

多事之秋过生日自然不省心。果不其然，下班后许总对我说，眼下公司经营困难，已经欠薪三个月，很多骨干员工也相继离职，我能坚持到最后，他很感动。我能坚持到现在的理由只有一个，四年前，许总在我最彷徨无助之际，给了我力量。没有他，我出不了书，写不出《逆天行》的本子。许总看着工资单，用淡定的语气说："所有拖欠的工资先发一半，剩下的慢慢还清。"

从公司出来后，我回望一眼，四年光阴弹指一挥间。感慨之际，陈梦的电话过来了。

“喂，梦梦，有事？”

“喂，信宏，生日快乐！抱歉，晚上不能陪你过生日了。”

她竟然还记得我的生日，为了避讳，我可是谁都没有通知。

“没事，我谁也没通知呢，打算自己过。”

“信宏，我已经辞职了。现在，我在去机场的路上。我想了很多，还是没勇气留在北京。我要去美国的姐姐家，妈妈也在那儿……我想她们了。”

“虽然有些突然，但真的为你高兴。”我居然有种如释重负之感。

“信宏，我——”陈梦哽咽起来，说不出话。

“在美国好好生活，有空回来看看我和仲仁啊！咱们再去书院中学王老师那儿吃鸡肉串！”

“好！你请客？”陈梦破涕为笑。

“当然，哪能让女孩子掏钱呢！”

一个半小时后，回应完父母的微信祝福，我抵达小区楼门口，只见夏侯的小福特停在路边。走进楼栋，阵阵香味从屋内飘出，不是A套餐，也不是B套餐。推门而入，换上老拖鞋，发现餐桌上摆满了菜肴，中间的慕斯巧克力生日蛋糕上插着复仇者联盟、四大金刚的玩偶。我坐下，正欲把玩，发现玩偶围起的蛋糕一侧赫然写着：“信宏生日快乐！”

夏侯从厨房端着一盘红烧鸡翅出来，说：“寿星，回来啦！”

“你这也太厉害了！啥时候来的，还以为你忘了今儿啥日子呢！”

“你以为别人都和你一样没良心啊？”

“不错，值得表扬。”我指着桌上的菜品说，“终于出新套餐啦！”

夏侯笑着把蜡烛插在蛋糕上，说：“这些年千篇一律，总得尝试点新花样吧！别说你，我都腻了。”说着，她点上蜡烛，嘱咐我去关掉屋里所有的灯。

平凡的生活，变与不变——都是一个难题；老祖宗定的规矩，信与不信，都是一种选择。眼下，我有理由尝试，抛开有的没的，过过这三十岁生日，何乐而不为？

我一路关到阳台，刚好看到屋外小区马路上，四季常亮的路灯像听懂了夏侯的话似的，忽闪两下，都不亮了。吃完饭，夏侯刷碗时，我来阳台一看，这些路灯竟又亮了回来。

邪门儿！

更邪门儿的是，今晚的月亮圆润，又冷艳。

许久不写诗了。趁一团团淡云仍在圆月旁徘徊的工夫，我打开台灯，在工作台前坐下，拿起笔，在本子上写下一首七律，作为送自己三十而立的礼物：

尝

孤叶轻舟荒漠海，银光重铠百花乡。
残亭卧犬斟新醉，傲月狂人避旧伤。
忙里沉浮居异客，闲来放浪祭寒窗。
莫言琼宇仙修过，一寸时风万念芳。

相爱，永恒的馈赠

青春是一个短暂的美梦，当你醒来时，它早已消失无踪。

——莎士比亚

第三十九章　捷　径

1

小时候，父亲骑着他心爱的 80 摩托，载我和母亲回老家或是去外婆家，总不喜欢走大路。他觉得走小道儿没红绿灯，近，省油。祖传的手艺不能丢。这技艺，我有幸完美继承。

小学放学时，不想坐班车的话，我会和黄仲仁、陈梦他们搭个伙，穿过书院中学、皇城小巷，翻过医院家属院的后墙，抄近路回家；中学那会儿骑摩托，我小路大路综合运用，抄的是捷径中的捷径。这足以彰显我的摩托驾驶技术与道路规划技能。然而，在走捷径上，我是伤仲永——现在除了开车时抄个近道，再无建树。

黄仲仁不同。他远比我有捷径意识，满脑子都是如何赚快钱，标新立异出大名。凡事走捷径，绝对是他的人生信条。与金意涵分手后，他把生意失败的责任也顺水推给金意涵，是有所图谋的。他反复强调金意涵的拜金、自己的可怜，为的就是表演给旁人看，卖个惨，借以卸掉责任，依靠精神病的人设混出个样儿来。这是他要走的捷径。然而天不佑他，这些年非但没能混成网红，因为入戏太深，精神上还真出了点问题。自打《逆天行》搁浅这半年来，唯一能让他这颗抑郁烦闷的心再度躁动起来的，便是元旦的跑酷大赛了。

这次大赛是国内最盛大的专业级跑酷赛事，集结了全国乃至全亚洲最优秀的跑酷狂人，他们飞檐走壁，穿梭于十几层的高楼间，以炫酷的特技动作向世人展现人类所能达到的极限。据说年龄最小的选手只有十七岁，最大的四十一岁。一项项被更新的记录都是选手们奋力搏来的荣誉勋章。最让这些高手们在意的是，本届比赛的总冠、亚、季军，将出演由中国第一武侠导演张克先生即将开拍的魔幻武侠巨作《玄天九龙铠》。

拿奖金，拍电影，一箭双雕，不可谓不捷径。夏天，黄仲仁在电影制片厂门口结识的这帮江湖兄弟里，金刚、赵飞帮主、小李、啊浪等都在第一时间报名参赛。金刚自小习武；赵飞帮主内力深厚；小李本就是跑酷高手；啊浪擅长散打舞蹈。这哥儿几个参赛没啥稀奇，可当黄仲仁告诉我，他也报名的时候，我觉得这家伙这一次是真疯了。

平安夜，我和黄仲仁在三里屯闲逛。从阿迪达斯旗舰楼出来，走进对面优衣库楼时，黄仲仁突然问我："信宏，你说我这艺名叫'三疯'好，还是'欧阳疯'好？"

我说："都不如'大黄疯''快疯侠'之类的。"

"欸，确实欸！算你行！"

“这种小事，等比赛完，你还活着的话，再说吧！”

这一次的捷径，可能捷得过了头，难度之高、竞争之惨烈，空前绝后。

算起来，当初约邹梦颜去迪士尼，也是我走的捷径。我想借此把“时间大爷”这些年带给我和她的空白格子一口气全部填满，直接进入童话故事的结尾。只可惜，我太贪心，太幼稚，太自以为是，高估了自己的魅力。

2

三年前，邹梦颜研究生毕业那会儿，我刚在许总这边稳住脚跟。在许总的督促下，我自制了一套魔鬼式的创作计划，三个月内写了一本小说并出版，撰写了一百篇随笔文章。那个忙碌充实的夏日为我转行影视业打下了基础。得益于许总全方位的物质支持，惬意的工作生活让我很快进入一种理想的创作状态，每日的创作任务完成得颇为顺利。

邹梦颜毕业那天，我发邮件给她，恭贺勉励的同时，不忘给自己两年前的临阵脱逃找台阶。她回复“与你共勉”。

次年春，小说的样书到手，我第一时间寄了一本给她，她满怀欣喜。那段时间，我常跑西单、王府井的新华书店，留意小说的销量。尽管销量不佳，又赶上深圳音乐比赛失利，但在邹梦颜的鼓励下，我保持越挫越勇的心态，开始了电影剧本的创作。彼时，夏侯看了那本以邹梦颜为原型的小说，找我大闹了一番、消失了一段时间。我甚至期待夏侯能移情别恋，做点出格儿的事，大家做个了断。

那一年，诸事顺利。五月，在一家影视公司的命题作文比稿中，我以一个民国故事击败了五名科班出身的编剧，脱颖而出，与我合作的导演还得过国际奖项。这对于一个半路出家的编剧来说，有些不可思议。我似乎摸到了成功的尾巴，整个人膨胀起来。在剧组，我戴着墨镜，昂首阔步，对向自己问好的同僚们点头致意，帅得很矫情。一日，我从新闻上看到上海迪士尼乐园即将开业，心血来潮，给邹梦颜发微信："明天我要进剧组了。等这戏杀青了，就请你去迪士尼。"她回复了一个卖萌的表情，然后说："那我只关心啥时候杀青啦！祝你一切顺利！"这是我给她许下的第三张空头支票，而她也就这么收下了。然而天命难测，这个项目在最后一刻夭折了，迪士尼之约也随之不了了之。许总安慰我，莫气馁，潜心创作，蓄势待发，这才有了后来的《逆天行》。

缘由天定，份在人为。只要把握时机，夏侯的问题、邹梦颜男友的问题，在我和邹梦颜的问题面前，都不是问题，尤其不会是有损道德的问题，是可被正常解决的问题。我隐约觉得，迪士尼这条捷径已经不只是一条捷径了，它是我对抗宿命的宝器，是赌上我与邹梦颜未来的最佳手段。趁一切还来得及，我必须在这上面多做文章，这座城堡，我要设计得比艺术更艺术，比完美更完美，通过它，我要把这十多年失去的全都拿回来！

第四十章　跑酷大赛

1

比赛前夕，黄仲仁拉我来朝阳路一家望京小腰店，与赵飞、金刚他们兄弟十几个喝壮胆酒，作饯行会。明日比赛虽有安全措施，可谁都难保万无一失。然而，这些自诩江湖志士之辈，若此时胆怯了，早就打道回山沟子里蜗活一生了。于世俗中求取功名利禄，是他们余生唯一的信仰。

小李说："有人说这次比赛实际上就是'黑爬'。"

金刚说："不会吧，万一出事，主办方就不怕砸自己招牌？"

啊浪说："别忘了，赛前可都是签了免责协议的。"

黄仲仁说："不过，前几届都没有像'飞楼'这种高难度的场面。"

赵飞说："你们别忘了，《玄天九龙铠》剧组是通过这种方式选角，也是在宣传预热啊！不管怎么样，电影宣传的目的都达到了。”

我点头，说：“如果有惊无险，他们会大做文章，说比赛圆满成功；如果出事，他们又会拿免责协议说事，撇清关系。”

金刚说：“唉，说白了，都是因为钱。”

啊浪说：“想出名，就得有胆魄。否则，还是回家找妈妈吧！”

赵飞说：“赛方要赚钱，电影要赚钱，咱们——钱和名都要！这么看，咱们和他们一样，甚至比他们还贪嘛！”

“哈哈！说得好！来，来，走一个！”

2

跑酷大赛开幕式让我忆起师范小学的春季运动会。看过之前几届的比赛视频，不像今日这般复古、乏味。赛方的条幅上赞助商的LOGO也完全被《玄天九龙铠》的概念海报喧宾夺主了。可见，赛事主办方与《玄天九龙铠》出品方俨然关系紧密。

嘉宾致辞后，黄仲仁、赵飞、金刚一众与参加赛事的百名选手们念着宣誓词，声音洪亮，震得这远郊公园回声嘹亮。比赛随即开始，进行淘汰预选——个人技巧展示。

黄仲仁的好运通常来得都不是时候——他抽中了序号1，成为大赛的开门红。须臾，四处物景斗转星移，眼前的黄仲仁瞬间缩成十岁的小孩。在陈梦、贾明鑫、刘超凡、张梦华、王鹏飞等人的助威声中，少年的我穿过已在赛道前做好准备的黄仲仁、耗子、海鹏等人，在里道就位。哨枪一响，大家一起窜了出去。加油声中，跑着跑着，黄仲仁突然长大了，跑道变成了路障。我的思绪又被拉回到现实。只见黄仲仁连续飞跃两个近两米高的石台，用他得意的“风车”技术，在空中转了一圈半，稳稳落地。

掌声响起。评委亮出分数，黄仲仁的个人技巧展示得到 7.2 分。小时候，黄仲仁虽瘦小，跑得却很快。那时，我自认能跑赢他，并且也做到了。现在，他竟把街舞动作用到跑酷里，居然还成了，单就这一创新，我自叹不如。

尽管高手云集，但大家发挥得都不错。金刚一个立定跳跳到了一米五高的石柱上，这弹跳让我这曾经的灌篮高手开了眼界。赵飞更让人惊叹，四十岁的壮汉，身手居然异常轻盈，路障在他眼里就是小时候翻墙时脚下垫的小板凳，难怪有评委问他是不是练过“梯云纵”。小李身手最利索，他是职业跑酷赛手，比黄仲仁还小的个头也给他夸张的空翻个数提供了保障。啊浪擅长散打和杰克逊舞蹈，脚下功夫特好，腾空时的太空步给他赢得了热烈的掌声。

第一天的比赛结束后，七十多个选手遭淘汰，黄仲仁和其兄弟们等五人晋级三十二强。

3

这天下午，我和李佳慧、蕾蕾碰头，发现两人灰头土脸的，甚是不乐。

“情况怎么样？”

“蕾蕾，你说吧！”李佳慧欲言又止。

蕾蕾说：“本来合同都拟定好了，内容上也没啥问题了。目前，邓菲菲和佳慧的争论焦点是定金。合同上注明大纲定稿后支付稿费总金额的百分之十，也就是四万。可邓菲菲想在此之前，先让佳慧和你试写两集，然后才肯打款……”

李佳慧抢过话头儿，愤愤不平道：“她吝啬得要死，一集两万基本算行业最低了好吧！连大纲钱都不痛快，还试写两集，糊弄菜鸟吧！到时写了不给钱，我找谁哭去？当咱们是枪手吗！”

蕾蕾说：“枪手的话，一集三千、五千的都有。”

“不是吧！这帮文人还有没有骨气？这行业本来就乌烟瘴气的，还搞这种恶性竞争，殊不知到最后吃亏的还是他自己！是他们让自己吃不上饭的！”李佳慧显然是愤怒到了极点。

我说：“编剧好歹凭脑子吃饭，应有尊严和底线，得有穷死不做枪手的志气。可惜现实太骨感，吃不饱饭的太多了。”

李佳慧点头：“也是。编剧在行业内的鄙视链里就是垫底的。即便一线编剧，一部戏的收入还不如一线明星片酬的零头。”

蕾蕾说：“你俩别生气啦！我再和邓菲菲谈谈，至少支付一半的大纲费用，然后咱们再签合同，往下走。”

回到家，为了纾解《保镖密令》项目搁浅的郁闷，我登录好久没上的“音乐人”账号，发现有十几条新消息。

《绝迹》是《执念》以来，普通听众与我都满意的作品，于我意义重大。如果说《执念》是第一首达到我个人标准，又有幸被市场接纳的“C-JPOP”处女作，《绝迹》就是其进阶之作。它固然好，然而比起我压箱底的那首曲子，则逊色太多。或许，完美的事物只属于童话。那首曲子只能在特定环境下的特定时刻对特定的人去演绎，缺其一，便不完美，便矫情多余。

回复完几位歌友的私信，我一口气干掉电脑旁仍在冒泡的半罐可口可乐，盯着瓶身的LOGO看了看，塞进身后装满空罐的可乐纸箱内，又起身从冰箱拿了几根香肠，扔进打开多时的泡面碗中，浇上热水，用叉子封住口。突然想起今天是元旦了。这些年早忘了跨年是什么滋味，那味道想必很乏味，像天天吃的外卖快餐。下午，夏侯微信说晚上公司聚餐K歌，让我自己解决晚饭。我如释重负，正好不用想该去哪个人山人海的地方耗到后半夜。

我又开了瓶可乐，端着泡面，坐在电脑前吃起来。突然，微博收到一封私信。有网友说，他很喜欢我写的那首《为你再写一首歌》，想唱这歌向女友求婚，征求我的意见。我回他，没问题，但建议他自己重新填词。他说怕自己填不好，我说如果填不好，还是建议他唱陶喆、蔡依林的《今天你要嫁给我》。他向我致谢，埋头创作去了。

作为小众音乐人，粉丝用手指头就能数过来，可每个人的作用绝不是一根手指头那么简单。我微笑着，把泡面空碗扔进垃圾桶，再次把可乐喝光。

第四十一章　回头是岸

1

两日后，黄仲仁超常发挥，与赵飞、金刚、小李晋级跑酷大赛八强。

晚上，大伙儿聚在一起庆祝。

黄仲仁喝高了，醉醺醺地对我说："信宏，还记得黄凤冉吗？我之前看她的朋友圈，专挑有她儿子和老公的照片点赞，她的照片我一个都不点。"

我皱紧眉头说，"你真够无聊的。"

黄仲仁把酒满上，叹道："唉，只可惜，她现在把我屏蔽了，你说会不会是生我的气了？"

我说："我的大哥，求你多做点善事，赶紧放过人家吧！"

"我知道！只是有时想起咱们高中毕业暑假飙车那天，就像昨天。也不知道她现在过得怎么样，唉——”黄仲仁居然有点哽咽，然后就重重地趴在了桌上。

小李问：“游哥，黄哥对这个女的情深义重，你怎么这样说他呢？”

我说：“这种‘情深义重’可不是每个人都承受得起。仲仁只是怀念自己过去的风光而已。”

“怎么讲？”

“被压抑了太久，或者说在逆境中走了太久，过于疲惫，便会想起以前的辉煌。好比说，上次吃饭金刚引见的那个刘三刀，酒桌上吹牛皮不眨眼，实际上他只是当下过得不顺，不然，怎能句句不离‘想当年’？你要有时间，可以去他说的那些地方找人问问，看是否真有其事。我可以给你打包票，十个人里有一个还记得他当年的辉煌事迹就算万幸啦！”

“厉害！游哥，你是怎么看出刘三刀是吹牛皮的？能教我吗？”

“很难的，万一练不好走火入魔，就和仲仁一样啦！”

小李手一哆嗦，说：“那算啦！”

记得当年张晓芳在我的同学录上留言，觉得我一眼就能洞穿别人想要做什么。其实是她高看我了，这只是我熟读《名侦探柯南》《金田一少年之事件簿》等作品后养成的，是自以为是的“推理性思维”。可惜，我虽擅长分析洞穿旁人所思所想，却唯独看不穿自己与邹梦颜血液中，那不透明的基因。

邹梦颜答应赴我初次的迪士尼邀约后的一个月，民国的那个项目不幸搁浅。剧组解散那天，我怅然若失，说好杀青后去迪士尼，现在项目无限期搁置，难道要等到下辈子再去？我不能坐以待毙，于是给邹梦颜发出了第二次的迪士尼邀约。

世事无解，玄而又玄。昔日，诸葛亮七擒孟获；今朝，游信宏六约邹梦颜。只是最后，诸葛亮得到了孟获，游信宏失去了邹梦颜；孟获选择跟从诸葛亮，邹梦颜选择放弃游信宏。或许，孟获看得上诸葛亮，邹梦颜看不上游信宏。更或许，孟获是被诸葛亮的宽广胸襟与人格魅力折服，邹梦颜却因游信宏的一再辜负心灰意冷。无论哪个答案，想来，都是因果循环。

2

电话响起，是黄大伯。我不禁心悸，瞥了一眼旁边手术室门上的指示灯，还是刺眼的三个红字——“手术中”，然后与金刚、赵飞他们交换了一个眼神，按下接听键。

“喂，大伯！”

“信宏啊！我刚下火车，一会儿就到！仲仁……他怎么样了？”

“手术还没做完。您快到了告诉我，我去医院门口接您。”

黄大伯赶到医院时，手术还没结束。他紧张地来回踱步，用我从未听过的悲凉语气，自言自语道：“哎呀！这么多年了，这孩子真不让老的省心……要是有个三长两短……”

诚如所料，跑酷比赛的决赛项目是真玩命，要像成龙早期电影中的极限跳跃那样，飞身跃过三座间距很宽的高楼。此外，赛前选手必须和主办方签署意外免责协议。三思之后，八强选手中包括赵飞、金刚在内的四名选手放弃了比赛。

赵飞直言："钱财名利乃身外之物，生命诚可贵。咱兄弟里除了小李，谁都没戏，别玩命了！"

金刚心不甘心道："都拼到这一步了！我还指望拿奖金回去给爷爷治病呢！"

最终，金刚还是被赵飞和小李他们说服，带着一百个不情愿放弃了决赛。本来，黄仲仁也想打退堂鼓，可一想到优胜者有望出演《玄天九龙铠》，那就谁也劝不动他了。《逆天行》的跟组经历对黄仲仁无疑是一次巨大的鼓励，自认废柴的他在表演中似乎找到了实现自我价值的绝佳途经。

决赛跑道设置在三座十层大楼楼顶，总长度约三百米。楼间距一个五米、一个六米。赛制类似田径赛，五个人在起跑线就位，信号枪响后，跨过路障，飞跃高楼，率先抵达终点者获胜。

我劝黄仲仁不要逞一时之勇。

赵飞也说："游兄弟说得没错，你切莫逞能，这可没你想得那么简单！"

金刚说："是啊！这和平常在地上跳远完全不一样。高空的空气阻力很大，比你在地上少跳半米甚至一米，不允许有任何失误。"

黄仲仁摆摆手，故作轻松地说："放心！你们就好好给我和小李加油吧！"

我见他心意已决，不便再劝，又看了看楼下的安全气垫，暗暗祈祷别出什么幺蛾子。

信号枪响，五名选手如脱缰野马冲了出去，跨过几个路障后，来到第一座楼顶的尽头。小李和另一名穿黄衣的选手瞬间加速，起跳、跃起、腾空，两道干净的抛物线划过，顺利落在对面的楼顶。旋即，喝彩声打破了久违的沉默。接下来的两名选手，一个没有把握，在起跳前刹车弃权；另一个倒起跳时崴了脚，在接近对面楼顶时坠落，掉在了安全气垫上，被立刻送医。黄仲仁自知速度不够，没有立即起跳，而是向后退了十五米，助跑加速，再起跳，成功落在了对面的屋顶。

赵飞、金刚等人大声叫好，我也甚感惊喜。黄仲仁这家伙平常莽莽撞撞的，却总能在关键时刻制造惊喜，也算是奇才。

然而，我们高兴得太早。转眼间，小李和那名黄衣选手已穿越了路障，来到了第二起跳处。黄衣选手一马当先，加速奔跑。只听小李突然高喊:“小心！对面楼高，要踢墙，上手！”但为时已晚，黄衣选手早已腾空而起，头一下子撞到对面高楼的墙上，剧痛下没能抓到楼顶，沿着墙壁直线坠落，头朝下掉到了安全垫上。小李随后起跳，抵达对面时，用脚在墙上一蹬，借着向上的惯性，伸手掰住墙头，上到了楼顶。

小李回身，望着站在对面楼顶的黄仲仁，喊道:“小心点！墙高啊！”

黄仲仁笑着挥挥手回应道:“放心，我都看到啦！跟着你学！”

黄仲仁退后助跑，依葫芦画瓢。或许是过于紧张，他在起跳时跳早了半米，结果脚在蹬墙时没有向上的力道，手自然也没抓到墙头，反而在楼角某处磕了一下，继而坠落，过程中还砸到一个窗户，最后落在了安全气垫上。

见状，我的大脑一片空白，赵飞、金刚和我说了什么，我完全听不见了。

3

根据赛前选手们签署的免责协议，主办方原本是不承担任何法律责任的。但接连发生两起意外，经主办方商议决定，同意支付伤者的全额医疗费用。

据说那名黄衣选手很可能落下终身瘫痪，而且还是家中独子，观战的女友早已乱了阵脚，不知怎样通知男友的父母。

捷径也是有代价的。小李的好身手加上运气，得到了出演《玄天九龙铠》的机会。实话讲，我一开始并不待见赵飞、金刚、小李这帮人，认为他们颇为肤浅，成天不务正业，幻想天降横财。然而，通过这些时日的相处，以及他们与黄仲仁的真挚友情，我觉得需要重新认识他们。

表面看，他们似乎都是一些凡夫俗子，都有自己的人生烦恼，也都执着于自己的理想或责任。为给爷爷治病，金刚干了五年的龙套武行，一身伤疤；赵飞浪迹天涯，风餐饮露，二十年如一日，只为心中的演员梦；家里兄弟众多，最没存在感的小李唯一的寄托就是跑酷，跑到老，酷到老。他们都是性情中人，固然平凡，却贵在真实。他们从不逃避自己的责任，急功近利，也安贫乐道，剑走偏锋，也渴望平凡中的幸福。

半月之后，黄大伯带黄仲仁离京，转到老家医院静养治疗。临走前，我和赵飞、金刚、小李给黄仲仁送行。黄仲仁与赵飞等人一一告别，最后悄悄对我说："信宏，我好像弄明白了。这些年，我的人生就是个笑话。为了一个女人，我把自己活成了个傻瓜！装疯卖傻，长期吃药……嘿，终于一切如我所愿，现在成了一个真疯子，还是一个残废疯子。七年啊！真够长的！唉，现在，我突然觉得自己好累。也许，我真该歇歇啦！"

与其说黄仲仁这两跳走的是捷径，赌的是尊严，不如说，他借此捷径获得了翻越金意涵这座心墙的勇气。那些好的、坏的记忆，都在坠落的一瞬间消散了吧！

我显然没有黄仲仁洒脱。

陈梦走了，黄仲仁也走了。这一走，很难再见了。我依然清楚地记得，小学入学第一天放学，蓝天白云下，走上班车的那双背影。

生命中，相逢邂逅，离别重逢，谁能说不是个缘呢？可谁又能说，它只是个缘呢？

仲仁，你真的回头是岸了吗？

第四十二章　从动物园到大悦城，从外贸装到耐克鞋

1

黄仲仁走后三天，李佳慧约我见面，说邓菲菲这活儿怕是要黄。蕾蕾好说歹说先支付百分之十的大纲费用，却被邓菲菲以李佳慧和我都是无名编剧为由压榨到百分之五。她还颐指气使地表示，对标我俩的身价，这价钱还高了一些，算是看在李佳慧师姐与她是同学的面儿上给的特别优待。

“气死我啦！几万块的事，她这么磨叽！还特别优待？真把咱们当穷要饭的了！嫌咱俩没名气，倒是一开始就去找大牌编剧写呀！抠成这样，还想复出？痴人说梦！”李佳慧抿了一口摩卡，一脸不快地说。

“行啦，消消气。”我把手机拿给李佳慧，“看，版权证书已经

下来了。为防不时之需，我把三版大纲都注册了，用了不同的剧名。放心，主动权还是在咱们手里。”

“哈哈，宏哥办事靠谱！对了，你哪天回家过年呀？”

“我看看……腊月二十七吧！”

“嗯——还有十天，赶得上。”

“呃？”

“上午蕾蕾微信说，让咱们下周六参加他们公司组织的编剧年会，说他们老板王总也是邓菲菲的同学，想帮咱们再争取一下。不管能不能成，咱也得先礼后兵吧？”

“对，咱们可不能失了礼数。”

蕾蕾所在的公司是一家编剧经纪公司，老板以前是演员，一直在电视剧里打酱油。成家后，为了一家五口的生计，他谋求转型，创立了这家公司。他本就是中戏的戏文研究生，对剧本的创作与营销有着自己独到的想法。

与李佳慧分别后，忽觉得无处可去。公司倒了，项目黄了，无业游民又上岗了。想到“无业游民”，舅舅的国字脸浮现在我的眼前。

常言道，外甥随舅。我俩身材相仿，舅舅一米七七，我一米七八；气质亦相若。舅舅年轻的时候混过市井，我虽称不上不良少年，却相当叛逆。我俩都有才艺傍身，他尚武轻文，却书法一流，从古篆到行楷，无一不精。我虽然只会尴尬的游氏狂草，却文武双全。舅舅结过两次婚，年轻时潇洒狂放，母亲给他起了个外号，叫“逆流”；我呢，至今感情线减不断理还乱，姑且称之为“凌乱”吧。

俗话说，见舅如见母，舅父好比是男性化的母亲。

徐越还没出生时，舅舅常骑着铃木王125，载我去老体育场的儿童乐园玩碰碰车。比起父亲的雅马哈80，铃木王125更拉风。那时跟父亲出门，只能去新华书店买连环画；跟舅舅出门，则可以趾高气扬地逛玩具店。回到家，还得把买来的玩具枪、小汽车藏到抽屉的最里面，不能被父亲发现。徐越出生后，也没啥变化，还是那辆铃木王，去的依然是儿童乐园、玩具店。小学四、五年级时，因为长了身体，我只能坐在铃木王的后座上，不能和徐越一起坐在前面赏风景了。

后来，舅舅辞掉五金元件厂的工作，做生意赔了钱，经济状况急转直下，铃木王125也换成了国产小50，还是二手的。彼时，舅舅与舅母离婚不久，娶了高中时的初恋女生。

世界很小，二舅母是我学前班的音乐老师，上课时总让我起来演唱，也不知是我唱得好，还是知道我是舅舅外甥的缘故。二舅母人生得美，抛开气质的话完胜母亲，外公则认为二舅母是红颜祸水，是她让徐越失去了完整的家，坚决反对她和舅舅结合。一次，我放学回到医院老宿舍，见舅舅搂着泣不成声的二舅母从家里出来，不耐烦地对母亲摆摆手，不顾身后追出来的一脸盛怒的外公，张扬而去，潇洒的身影如同电影里的成龙。从这天起，舅舅带二舅母另起炉灶，在北城租了间房子一起生活。外公怒气难平，在外婆的劝解下，对其不闻不问。每到周末，舅舅会载着徐越和我去他新家那边住上两天，借以培养徐越和二舅母的母子之情。

后来，说起当时的场景，父亲总是绘声绘色地说：“当时，你二舅妈给你姥爷倒水，被你姥爷一把推开。那时，你二舅妈也才二十多岁，眼泪‘唰’地就掉下来了。你舅本来挺敬畏你姥爷的，见了这架势，也来了火气，拉着你二舅妈摔门就走，头都没回！”

然而，精诚所至金石为开。外婆就舅舅这么一个宝贝儿子，常劝外公得饶人处且饶人。外公见舅舅铁了心如此，慢慢也就看开了，然后，二舅母正式住进了徐家三层楼。之后，舅舅拿出剩余的钱让二舅母在老城区的商业大厦开了个门头，卖女装。他自己也甘于平凡的幸福，安心做起了无业游民兼房东。

那时，父亲在母亲的建议下，承包了医院制剂室才不到两年，工作繁重。两人带着父亲的几个老同学、远方亲戚，起早贪黑、披星戴月地忙碌。加急赶工时，人手短缺。于是，在烟厂上班的姨母、姨父也被母亲高薪请来，帮忙干活。再后来，我这童工也得来刷瓶子、捏瓶塞、压瓶盖。母亲见舅舅还不到三十五就过起退休生活，有些恨铁不成钢，磨破了嘴皮子终于说动他来制剂室帮忙。又过了一年，制剂室的效益上来了，父亲从“游科员”变成“游厂长”，腰板也直了，走路也抖擞了。母亲知道舅舅在经济上不比从前，上有外公、外婆要赡养，下有徐越要照顾，虽然房子的租金可观，可二舅母的服装店时灵时不灵的，开销也不少，故此给舅舅的薪水比讲好的要高一些。

我的生活也发生了翻天覆地的改变。旺仔牛奶从成瓶买到论箱购，衣服从无名外贸装变成“一切皆有可能”的“李宁”，鞋子也从“双星”布鞋变成“我选择我喜欢”的“安踏”。正值青春期的我，个子长得快，不到半年衣服、鞋子就不合身了，穿不上的就都转给了徐越。又过了一年，“耐克”和“阿迪达斯”来了。舅舅很重视鞋子，拉我去商场试了个遍，看到价格忍住没买。我把这事告诉母亲，母亲二话没说，给舅舅和徐越各买了一双耐克鞋和一套阿迪达斯运动装。看着豪气掏钱的母亲，舅舅笑得像孩子一样。这笑容让我想起小时候舅舅带我去玩具店买玩具时我自己的笑容。想着想着，我忍不住笑了，眼中似有泪花。

我初二那年，母亲买了车，每年春节前都会载着舅舅、姨母、我、徐越和表妹康妍，去邻市最大的商业街买最新款的耐克鞋与阿迪装。这个传统至今仍以其他方式延续着。

也许是心灵感应，我刚好接到舅舅的电话。

“喂，舅？”

“信宏啊，你哪天来家过年啊？”

“二十七吧！啥事？”

“我想让你抽空给你弟去买条裤子，他最近不减肥，胖了好多，转了一天没买到合适的，不是号太小就是嫌不好看。我一会儿给你发红包，不用买太贵的，耐克、阿迪就中。”

我告诉他，“红包免了，当我孝敬您的！也祝您多交好运，我也跟着沾沾福气。”

3

窗外景色虽然雅致，公交车“嗡嗡”的引擎声却让人睡意昏沉。我二十岁出头的那几年，北京西站还未通地铁，坐 65 路不为上班，不为灵感创作，只为在学校无课或百无聊赖的日子去动物园服装批发市场闲逛。五块一件的休闲 T 恤、十块一条的沙滩花短裤、二十五块一条的水洗牛仔裤、三十九块一双的低仿匡威、一百块一件的大嘴猴羽绒服……一周至少跑三趟，每次最多花百十块钱，有时只为买条二十块的围巾。这个爱好也是夏侯这位女汉子最女性的一面了。

65 路就像是一条无限循环的时光线，用密密麻麻、重叠往复的线条在意识的稿纸上，绘制出我约莫五年的记忆故事。

后来，由于城市规划，动物园批发市场由盛转衰，夏侯也与时俱进，在二十四岁时转战大悦城。那一年，我工作两年，她工作一年。大悦城升级后的好几年里，每月攒不下一毛钱对我来说是比发工资还稳定的事。

今天，我本想去大悦城的，神游了一圈，却来到了动物园。

我瞅着动物园门口的 KFC，心头一颤。十一年前首次和夏侯约会，正是约在动物园。我买了两张门票，在门口拍了照进去，看熊猫、喂长颈鹿、逗猴子、耍鹦鹉，虎、鹤、孔雀、狒狒……一一看过来，依稀记得曾指着笼子里的狒狒叫夏侯的名字，夏侯气得追了我五百米。若非我及时道歉，这长跑半个小时也分不出胜负。逛完动物园出来，就是去了那家 KFC 吃饭，结果人太多，我俩点了一大盘，却没有位置，干干站了半小时，像两个土包子……

我一口气干掉半听可乐，把空罐扔进路边的垃圾箱，取了路边的一辆摩拜单车，在百度地图上规划去西单大悦城的路线。跨上车座，我朝动物园大门瞥了一眼，又朝对面早已荒废的商贸楼望了望，似听到了往日喧嚷的人潮声，随即戴上耳机，急蹬车轮而去。

唉，人生啊！

第四十三章　再说吧，下次

1

把西单大悦城翻了个底朝天，也没寻到适合徐越的裤子。我太了解他了，既要宽松舒适，还得时尚修身，否则衬不出他 187 身高的大长腿。可耐克和阿迪达斯万年不变的款式着实落伍，即便是旗下人气最旺的乔丹、三叶草，仅靠情怀也勾不起购买欲望——是我变了吗？说好的专一呢？

转移阵地，又去君太百货与汉光百货辗转了一番，收获也不大。新百伦、亚瑟士鬼冢虎、MLB、优衣库、H&M、ZARA、BOY、WHOAREYOU 等同档门店翻了个底儿掉，有号码的款式 Low、款式 OK 的没大号。老佛爷百货的 KENZO、阿玛尼、普拉达倒挺合适，价格却非常不友好。

我勒紧钱包，尬笑着避开浓妆导购的寒暄，来到华威大厦七层新开的约饭街吃饭。这里很多小吃都是西单街边小吃移植过来的。整改前，很多小店都是开在西单图书大厦地铁站 B 口的路边，由南向北一字排开，纵穿汉光百货、明珠百货，其中最有名的是“晓富天下”酸辣粉。他家在大众点评网上如今已是京城 NO.1 的网红酸辣粉，可以让夏侯从一碗六块吃到一碗十五块。十一年间，涨了两倍半，细算下来，居然没有跑赢工资，挺意外。

排了半小时的队，才买到一份酸辣粉，又去隔壁买了一份烤鸡爪，才端着餐盘来“望京小腰”门前的小桌坐下，点了十串小腰、两个翅中、一盘烤韭菜，五串烤鸡皮、两个烤馒头、一杯扎啤。吃喝之余，看着周围的小情侣卿卿我我，快乐似神仙。之所以喜欢来这儿吃饭，是因为这里像极了老家的古街烧烤大排档。儿时夏天，最喜欢的就是和徐越、康妍跟着母亲、舅舅、姨妈他们去古街吃烧烤，这同耐克鞋的意义相同，也是我和黄仲仁喝酒撸串的首选去处。

神游间，电话铃声响起，是母亲。

“喂？”

“喂，信宏。你几号来家啊？”

“腊月二十七吧！”

“前几天，医院里开会了，上面给医院拨款十一个亿，这星期就到账了。我和你爸昨天去医院新小区那边看了，工人们已经在打地基了。”

“好事啊！终于要搬新院了。”

十年前，为缓解医院附近的交通压力，结合城市未来的发展规划，由市政府拨款，位于城东的医院新院开始投建。十年过去，因资金问题，新院迟迟未能建好，搬迁更是遥遥无期。四年前，我们市被评为5A级旅游城市后，新一轮的房地产热乘势而起，市政府为了加速医院新院的搬迁工程，拿下新院对面的地皮，竞标承包给房地产商，承建新院家属院。一年前，新院家属院购房开始报名，父亲本不愿再添新房。一来，他已不再承包制剂室，游厂长早变回了游教授，收入今非昔比；二来，是近期即将上台的房产税。对此，母亲不以为然，放着内部职工团购价的房子不买，不是傻吗？父亲拗不过母亲，只好拿出压箱底的钱，付了首付。

“信宏，我得跟你商量件事儿。”

“我没钱。把你和我爸结婚时城北盖的那房子卖了，剩下的钱还能买辆奥迪Q5。”我说着，吞下一串小腰。

“臭小子，还没问你要钱呢！这点出息劲儿！首先，全款咱不考虑，别说没钱，就算有钱也不能全款，公积金利息那么低，银行的钱不用白不用！我和你爸算了下，用公积金贷四十万，五年总利息才七万不到，划算啊！”

“那就贷呗！”

“可是，你爸的公积金用不了。我去问了，人家说名下少于两套房的人才能用。”

“我就知道你就想打我主意。我不当房奴。”

“人家说你的也用不了。”

“为什么？”

“你户口还在家里。公积金购房限套是以一个家庭为单位。如果你和夏侯……先领个证，你把户口转到福禄新城去，就可以用你的名义了。”

醉翁之意不在酒，又是套路！

“再说吧！”我把扎啤一饮而尽。

我还很是留恋这难得的山水之间啊。

2

吃完饭，我来到大悦城，注意到“DICKIES”的一款工装裤。细观之，做工上乘，款式比“探路者”时尚，价格与“三叶草”持平——心里来了谱，就它了！心理学说，人在购物时，如果错过了一眼相中的物品，事后又买不到，必定懊悔。这就像上学那会儿做选择题时老师传授的秘诀：遇见不会的、似是而非的，一定要相信第一感觉，除非有百分百的把握，否则交卷前如若临时改了答案，多半是错的。

前些日子，电视剧《新倚天屠龙记》前几集雷人的慢动作让诸多观众在豆瓣上狂打一星。昨日官方紧急通告，将改善剧中武打部分的节奏问题。他们总算看明白了，等你左手右手一个慢动作结束，这剧也就完了。人也一样，光摆造型玩慢动作，转个身，黄花菜都凉了。

扪心自问：游信宏，如果再给你一次重来的机会，关键时刻，你还会临阵脱逃吗?

再说吧，下次。

“梦颜，国庆节去迪士尼吧？”“游下次”问。

“再说吧。有安排了。”“邹再说”道。

“那下次？”

“嗯，再说吧。”

第四十四章　编剧嘉年华

1

暮色渐沉，白雪轻盈飘落，朝阳路上车流舒缓，公交地铁空空如也。临近春节，北京终于做回了本真的自己。兴隆公园十字路口南侧，“南门涮肉”门前停满了车，人比平常还多。我深吸一口气，捂住风衣的领口，望了眼来时的脚印，梳理思绪，组织措辞。

蕾蕾的公司就在马路对面的财满街。李佳慧说她有事，迟一些到，让我先过去。可是，我与蕾蕾的公司并无经纪合约，邓菲菲这个项目也是以李佳慧搭档的名义参与的，眼下让我自行登门，略显尴尬。

打开蕾蕾通过微信发的编剧嘉年华邀请函，顺着地址下到B1层，很快就到了地方。我按下门铃，一个大眼妹子来开门，笑着问：“欢迎！您是来参加嘉年华的吗？”

“是的。我是游信宏。”我微笑地回道。

“请进！您的经纪人是？”她边让开门边问。

“蕾蕾。”我把门关上，在门垫上蹭了蹭鞋底的雪水。

大眼妹子朝里屋喊道：“蕾蕾！邓菲菲的编剧来啦！”

“我叫游……”我把名字吞了进去。

如今，江湖初见，第一眼看的是来路。“邓菲菲编剧”这头衔可比“游信宏”响亮多了。是我多虑了，也更觉尴尬了。

蕾蕾带我来到会场。狭长的空间两翼林立着几个大书柜，上面摆满了书、奖杯、瓷玉器等工艺品。墙壁正中挂着“编剧嘉年华”的横幅，横幅两侧系着彩色气球，墙体四周由若干抽象派油画和影视剧海报填充。靠窗一侧，有一张用三张长桌拼成的超长台面，上面放了十几口小火锅，食材佐料都已备好，摆放整齐。窗台下有一个小型操作台，后面墙架上摆满了红酒威士忌，两个姑娘在咖啡机前调制咖啡。一旁，十余人在三五个沙发上分散而坐，谈兴正浓。沙发中央放置了一台大型摇杆街机游戏机，两位老兄正在《拳皇97》里忘情地厮杀。

蕾蕾对其中一个光头老兄说：“王总，这位是邓菲菲的编剧游信宏。”

光头老兄连忙起身，同我握手，看着很是面善。

“欢迎欢迎，鄙人王在乾。等人到齐了，咱就开吃，要不要先喝点什么？”王在乾笑得像弥勒佛。

“王总客气，就拿铁吧！”

“蕾蕾，你去让晓青给游老弟做一杯拿铁！”

与在场各编剧简单打过招呼后，王在乾拉我到一边的沙发坐下。然后，咖啡送了过来，我致谢接过来。

王在乾说："你们的情况蕾蕾都和我说了。邓菲菲是我老同学，这事包我身上，如果有必要，公司可以做担保。"

我连忙说："有王哥这句话，这项目指定能成。"

王在乾笑着拍拍我的肩膀，拉我打了几把"拳皇"。

几个回合下来，王在乾有些惊喜道："嘿，老弟，玩得不错！"

我谦虚地说："再打下去，我可没把握了，还是王哥道行深厚呢！"

这时，蕾蕾过来说，人都到齐了。跟在她身后的李佳慧跟我打了个招呼，对王在乾说："抱歉，王哥，我来迟了。"

王在乾笑道："不怪不怪，我和游老弟正在聊项目的事呢！一会儿吃完饭，咱们接着聊。"

2

王在乾朗声说道："今欢迎各位编剧老师，光临'剧本堂'，参加我们的编剧跨年大会。希望咱们在吃好喝好的同时，广结良友，针对一些好的项目达成合作意向。"

掌声过后，众人把超长的台面围了个水泄不通，掀开面前烧得滚烫的小炉子，把手边能拿到的食材一并拨进去，其乐融融地聊了起来。王在乾和几个编剧大咖坐在长桌东头，推杯换盏，聊得甚为投机。

李佳慧把几个大虾扔进锅里，对我说："宏哥，王总旁边那个戴帽子的就是朱伟，《黑熊谷》的编剧。"

我把辣椒油倒进酱料碗，说："嘿，来头很大啊！"

这时，一位约莫四十不到的女编剧凑过来说："朱伟是一线老编剧，和张谋刚一个辈分。他能来，可见王总的面子不小！"

女编剧对面的一个国字脸老哥说："朱伟旁边那两个是写《誓言》的林天海和《先行者》的卢金。"

李佳慧对面一个白脸小哥接着说："卢金右边是赵子轩，毒舌，编剧圈的网红翘楚。"

我对面一个留着道姑头的女生继续补充："赵子轩现在不写本子了，改说相声了，在脱口秀上把嘴皮子练得越来越快。"

眨眼工夫，我们这片儿也相互加了微信，客套寒暄了半晌，都在心里给彼此描了个速写。

道姑头女生提议玩"斗台词"的游戏。她先是拉个微信群让大伙进去，然后说："现在的影视剧大都无病呻吟，水得很。咱们这次斗的台词，比的就是谁更矫情！"

国字脸老哥说："成啊，有点意思！"

道姑头女生说："那么，咱们按年龄来。先请这位大姐吧！"她示意之前的那个女编剧。

女编剧笑了笑，便说："我先献丑啦！校服是我和他唯一穿过的情侣装，毕业照是我和他唯一的合影，同一个班级是我曾经和他唯一在一起的方式。"边说边把对白敲在微信群里。

接下来，国字脸老哥说："本以为要吊死在这棵树上。可谁想，这树竟然自己断了。”

道姑头女生点赞道：“大哥这句好！是那种高大上的矫情。”

我和李佳慧等人纷纷点头，这句确实好，浑然天成，可见国字脸老哥功力很深。

轮到我，先是想了想，随后说：“‘人’字不过一撇一捺，却好生难写。”

李佳慧竖起大拇指，笑道：“到底是宏哥！高！妙！”

女编剧附和道：“这句好啊！虽是大白话，却简练，充满哲理。”

国字脸老兄说：“哈哈，游兄高论，鄙人佩服！”

我谦虚道：“谬赞了。随口一说，诸位莫笑。”

道姑头女生好奇地问：“您看上去也不大呀，不像从您嘴里说出来的。请问，今年贵庚呀？”

我说：“刚好三十。”

白脸小哥说：“才三十岁道行就这么深！哥们儿，你哲学学得不错。”

道姑头女生又问李佳慧和白脸小哥的生辰八字。和我们仨一看就心中有数不同，他们仨还真看不出长幼。

确定好顺序，道姑头女生先说：“人哪，别动不动就感慨，动不动就把一切交给时间，时间那么忙，懒得收拾你那些烂摊子！”

李佳慧笑道：“哈哈，好一句毒鸡汤，直抒胸臆！够矫情！”

国字脸老哥说：“这话从妹妹嘴里出来，真是凉风入后颈，冷酷有余温。”

女编剧说：“麻烦别人总是不好的嘛，‘时间大爷’一般人也请不起。”

我说：“那是这大爷要命不要钱，才请不起！”

接下来轮到李佳慧。她事先说明这句对白取自她人气最高的小说：“说句真心话，我根本不在乎你和他之间如何情深厚谊，我在乎的是，我不想再做你的好妹妹，我只想成为你的灵魂爱人！因为，你是我活过的证明啊！”

李佳慧边说边比画，用专业的话剧功底将这句对白说得绘声绘色。语毕，众人无不鼓掌喝彩。

最后是白脸小哥压轴。

“有不少女性说，女人要给心爱的男人生孩子、做饭、洗衣服、赚钱什么的。可现在百分之八十的女性只会生孩子这一件事。当女性吐槽男性找女朋友就像是找妈妈的时候，女性不也想找一个像爸爸那样宠她的男性做配偶吗？这真的是半斤对八两，谁也别说谁了！”

道姑头女生听后有点不悦道：“你这是台词吗？直男癌发作吧！”

白脸小哥继续不卑不亢道：“请不要双标！试问，当女性吵着闹着杜绝妈宝男时，又凭什么要求一个父亲式的男友呢！一面说女性要独立自主，一面又叫嚣着男性照顾女性是天经地义，我就问，这就是所谓的男女平等吗？”

道姑头女孩一听就火了，两个人瞬间就唇枪舌剑起来。幸好四周人声鼎沸，并没有人关注这场突如其来的战局。

李佳慧低声对我说：“有意思啊，直男 VS. 女权。照这架势，等一会儿岂不是要群魔乱舞？”

我见国字脸老哥好言相劝，平息了两人的争执，对李佳慧道：“到底是小鲜肉，年轻气盛啊！你看，还是我和这老哥这样的‘老腊肉’靠谱，保质期长，有嚼头。”

李佳慧笑出声来，打趣道：“行啊！宏哥。这节骨眼上，还不忘给自己贴金！”

中年女编剧对道姑头女生和白脸小哥说：“两位别争了，听姐一句劝。两性关系并不复杂。爱情这东西，只有幸降临在百分之一的人身上，剩下的百分之九十九终究要以婚姻的形式度过余生。婚姻是两性最主要矛盾之一，几千年来也没个结果，你们又争什么呀！”

国字脸老哥附和道：“大姐说得对！”

人不可貌相。我和李佳慧对这位样貌平平的女编剧肃然起敬。她那颗龅牙看上去，反倒有些可爱了。

第四十五章　孤岛说

吃完饭，进入自由交流环节。

李佳慧和道姑头女生被蕾蕾拉去和一群年轻人玩“狼人杀”，国字脸老哥、中年女编剧和几个同行侃侃而谈，白脸小哥已不知影踪。我顿感百无聊赖，同几个编剧老哥打了几把“拳皇”，萌生了退意。

我退出会场，来到长廊一侧的落地窗边，窗外落雪飞扬，银装素裹。朝阳路上车灯稀疏昏暗，罕见行人，唯有民航医院和“南门涮肉”两处灯火依旧。我正欲给李佳慧发消息告辞，又想到王在乾说餐后商议邓菲菲项目一事，便收起手机，轻叹了一声。

“编剧老师，你在这儿做啥呀？吃个冬枣吧！”

我转过头来，看到一个女孩端着一盘洗好的冬枣伫立眼前。是之前那个给我倒咖啡名叫晓青的姑娘。

我取了一颗冬枣塞进嘴里，道了声“谢谢”。

晓青说：“老师在这赏景找灵感吗？”

我说:“是啊！现在的故事越来越不好写了。”

“老师有没有写过关于灯塔的故事？”

“灯塔？”

“每个人都是一座孤岛，每颗心都是孤岛上的灯塔。灯塔上的指航灯闪烁不定，寻找着宿命的良友爱人。”

“这隐喻不错！‘人是孤岛’这个概念在十七世纪英国玄学派诗人约翰·邓恩的十四行诗 *No Man Is An Island* 中被广为人知，后来海明威把这诗放在自己的小说《丧钟为谁而鸣》的扉页。不同的是，诗中说的和你表达的意思相反。”

“诗的开头说:‘没有人是一座孤岛，可以自全。每个人都是大陆的一片，整体的一部分。’”晓青轻吟道。

“不错。不过对现代都市人来说，你这句更容易引发共情。再者，玄学诗派本就是诗海中的一座孤岛，海岸上飘满了晦涩的海雾，想登岛的现代人没几个。”

“我觉得，去一座孤岛做个守塔人是很梦幻的理想。早上，迎着海平面第一缕晨光，每天都是奇迹的起点；夜里，与大海和星辰为伴，为迷雾中的船舶照亮航程。”

“嗯，朴实又惬意，做个‘孤岛陶渊明’倒也不错。”

“怎么，老师也有兴趣？”

“当然。除了守塔人，做个航海人也不错。”

“是呢，像《海贼王》里路飞和娜美那样，扬帆海洋，过浪漫与危机并存的冒险生活。”

“多年前，我看过一本自传游记，叫作《一个人的环球航海》，不知你看过没有。作者一人、一船、一帆、双桨，从日照起航，沿黄海、东海、南海出境，途经雅加达、马达加斯加、好望角、巴拿马，穿越莫桑比克海峡、加勒比海等海域，横跨印度洋、大西洋、太平洋，用十一个月的时间抵达终点日照，成为中国单人无动力帆船环球航海的第一人。”

“太厉害啦！可是，我还是想做守塔人。”晓青换个站姿说，“如果人生是一片海，那么除了航海人和孤岛守塔人，是否还有其他不广为人知的人存在呢？”

“当然有——”

未及我说完，蕾蕾跑过来说：“晓青啊，洗个冬枣这么费劲！原来在这儿和游哥聊上了。老大叫你呢！”

晓青连忙说：“不好意思，我这就去。”她不好意思地朝我点点头，匆匆离去。

蕾蕾说：“游哥，马上散会了。老大说要跟你和佳慧聊项目的事，麻烦再等会吧！”

我笑着点头：“没关系，又不赶时间。”

大海上，旅行者和海盗都是航海人。除了航海人，都是孤岛人。小孤岛上有守塔人，大孤岛上也有。陆地则是最大的孤岛。我们地球人大多是孤岛人，生活在同一座大孤岛上。把每个人看作一座小孤岛，然而彼此间连片像样的海都少得可怜，这未免太勉强而矫情。或许，这才是约翰·邓恩那首诗想表达的意思吧！

雪停了，梦仍未醒。眼下，如晓青这般愿去孤岛守塔的小姑娘还有多少？邹梦颜这座孤岛上的指航灯，是从何时起忽明忽暗的呢？

第四十六章　来年今日

1

临近除夕，京城上下张灯结彩，年味飘摇。

小年这天，下午三点，我从望京一家影视公司谈完事出来，舒了口气，年前工作上的事基本告一段落。本不想接这种网络电影的活儿，可眼下不能和钱过不去。虽然这种小项目审核不严，拿的是快钱，却断不能署我游信宏的大名，毁我清誉。

我不由想到那晚散会后，王在乾向李佳慧和我保证，他会给邓菲菲打电话，为我们极力争取，稿费可按事先约好的价格，由他做担保，让邓菲菲先把稿费暂存到公司账户，待我和李佳慧前三集的剧本通过后，再转给我们。李佳慧和我没有异议，只有一个要求，先结算大纲费用。王在乾用一个很玄妙的微笑留了一个悬念，称年后必有定论。

我们都对此没抱太大希望。为了一点微不足道的稿费，皮球都快踢烂了，还在意买皮球的钱做什么？

我一路地铁辗转，终于到了离家最近的星城站。许久没来星城了，为工作方便，去年春天我在东四环另租了一个房间，两地同住。这几年上班赶时间，快速公交坐得多，远郊地铁坐得少。恢复无业游民之身后，乘坐高架城铁反成了一种享受惬意的方式。去年新城铁运营以来，周边房价再度上涨，在宏观调控下，价格渐渐趋于平稳。前两年，房价高速上涨时，母亲天天挂在网上看涨幅，和父亲自夸当年她的明智。游教授一向很少夸赞妻子，他坚信，没读过大学的母亲决计没有自己高明。然而在我看来，抛开学历，母亲的智力绝不在父亲之下。单看这三十年，母亲主动示弱将父亲哄得团团转这一点，两人情商差了何止一个次元。

穿越星城社区，一路遍地回忆。宽长通亮的南北街路，社区超市招牌依旧沧桑，超市后街的社区工行、派出所、拉面馆、小吃店……一双无形之手把淡色调的相簿逐一翻开，浮现着夏侯、褚文明、鹏大哥等人的面孔……大学那会儿，星城社区是距学校最近的小商圈。超市对面的社区文化广场是学生们无课时消磨时光的必争之地。夏日夜晚，在广场四周的大排档撸串喝一顿，算轻奢体验；若是去格调更高的青年餐厅来一顿，怕是得接着吃半月的方便面……逝者如斯矣，今夕是何年？

星城社区后街的农贸市场，很像家乡的“赶大集”。这里的商贩多是邻村人，社区居民是主要消费人群。同往年一样，我在缓慢的人潮中穿梭着，走到贩卖春联的小摊儿前买了几个“福”字帖和对联。本想跟老板砍一番价，可看到棚屋内正在写作业的小朋友，还是笑笑作罢了，又多掏钱买了些门钱。

回到家，我撕下门上的旧春联，将新的一一贴好。去年这时，我也是这样做的，前年也是，大前年也是。我只是在重复罢了。十多年来，这房子是父母最为欣慰的战利品。他们觉得它的宝贵价值就是一个异乡人在北京的最大底气，把它绑在我身上，成为我骄傲的盔甲，不受人欺。但他们没有把我的青春成本算进去，也没有把我的谦卑算进去。万幸的是，现在他们终于试着去相信，尤其是固执的游教授能放下偏见，不再讥讽儿子是不学无术的无业游民。而我着实欣慰。只是，彼岸花开又一年，我还有多少时间？难道只得眼睁睁看着邹梦颜愈来愈远……

回到家，我匆匆煮了一碗速冻水饺。吃完，我忐忑不安地查了一下快递的跟踪记录。颤抖的心脏在看到“已签收”三字时，方平复下来。

“梦颜，生日快乐！”我在心里默念。

2

腊月二十六下午，夏侯拉我去超市置办年货。除牛栏山、北京烤鸭、稻香村老三样外，我们还准备了十几盒北京小吃礼包、夏侯公司年会上发的高档葡萄酒，加上我俩的行李，一股脑塞进了小福特的后座和后备厢内。我打开一听可乐，夏侯则吐槽老北京爆肚和炸酱面不易携带。我说，幸亏不方便带，不然她嗜好的米线和臭豆腐不得把小福特熏成路边的快餐车。

夏侯听了不乐意，反问：“路边摊有什么不好？才喝了几天咖啡就装高大上？”

我笑答：“不是装，我可是路边摊的钻石VIP，小学时就入会了。想当年，我们医院‘班车帮’放学时都会……”

“大哥，都几点了？别想当年了，还得去给我爸妈买羽绒服呢！”

我把可乐空罐投进垃圾桶，钻进驾驶座，点火，打开左转灯，方向盘逆时针旋转四十五度，轻点油门起步，从反光镜中避开两个赶时间的外卖小哥，向主路车道并线而行。

夏侯说：“忘了和你说了，你和李佳慧给邓菲菲写的那个本子有人看上了。”

“靠谱吗？”我松了松油门。

“公司以前的一个客户推荐的，说是圈内名人。你要是想卖的话，年后去谈谈看。”

“你给他们报价多少？”

“五十！”夏侯边说边抓起一只鸭脖吃起来。

以我和李佳慧目前的身价看，数目可观。可是，天下没有赔钱的买卖，五十万能买的剧本多了去了，为何看上我这个呢？

我这疑心病拜十八岁那年李金婷的事而起，到六年前找邹梦颜后的一年，夏侯的报复计划为承；再到三年前，邹梦颜的迪士尼与希尔顿之择为转，现在是要高潮大结局啊！

该来的总会来的。来，就来得痛快一些！

前路无车，我狠踩油门，小福特咆哮着在红灯前两秒窜过十字路口，上了立交，往京通快速路的方向飞驰。

3

黄仲仁一直说我晚熟。在三十岁的我看来，这个曾经不以为然的命题，确实有它的道理。

刚下高速，忽降大雪。我先把夏侯送回她家，趁路面打滑前，打车回家。出租车停在小区门口，我卸下半车的年货，大包小包一路慢行。最后这两百米归家路真够我喝上一壶的。有几个熟脸的长辈跟我打招呼，我笑着回应，却一时记不起他们是“班车帮”哪个小伙伴的家长了。走到楼口碰上了耗子他爸，得知耗子媳妇刚生了二胎。相互寒暄片刻后彼此告辞，我运起残存的内功，在体力耗尽前按下了电梯按钮。

母亲笑着清点我们带回来的“战利品”，父亲则一反常态，拉我到书房，用极为罕见的语气神秘地说：“医院最近引进了三名骨干医生，其中一个叫邹梦颜。”

“什么！”我本已枯竭的内功又蓄势待发起来，本能地反问，“重名的吧？”

“我托人查过履历，就是你那个同学。”父亲显然比我还激动。

我呆若木鸡。

爷爷还算健硕，就是腿脚不利索，出门时要拐杖轮椅伺候。难以想象，这是姑姑口中那个四十岁爬树比爬楼还快的壮汉。我同爷爷闲聊了几句，到储藏间去看卡尔。卡尔是九年前我从夜市上买回的金毛猎犬，养了半年，带回老家交由母亲喂养。如今，它的体格雄浑，走路都有点困难，这让我无比怀念从前跟它赛跑的时光。

衰老不可避免，却可以减缓。不爱运动的爷爷、贪吃无度的卡尔，对岁月的磨砺显然没什么抵抗力。

皮囊如此，思想如是。

晚餐，母亲张罗了一桌子大鱼大肉，炖山鸡、炸虾仁、红烧排骨、清蒸鲽鱼……唯一的素菜是一盘汇集鸡腿菇、青椒、豆芽、韭菜、莴笋的蔬菜什锦。母亲把果汁倒进玻璃杯，分给我们祖孙三人。

熟悉的菜肴、熟悉的场景，似是从高中那会儿，爷爷从老家出来与我们一起生活时，便如此了。吃饭前，祖孙三人坐在椅子上集体发呆，等母亲端饭上桌，连筷子也得等母亲发放。

万幸，多年的北漂生活救了我。

吃没几口，母亲便问："上次和你说的公积金的事儿，你和夏侯商量得怎么样了？"

我吐出一块骨头，背出台词："正在进行中，放心。"

母亲嘟囔了一声，又问父亲："刚才你偷着和信宏说啥了，神神秘秘的？"

父亲笑着咬了口馒头，说："没说啥啊！"

"没说啥？那个邹梦颜又怎么了？"

"没怎么。"

"信宏，别听你爸瞎说！说不定重名而已。"

"什么重名！我问的杨主任，还能有假？"父亲提高了调门。

“信宏，就算是她，你打算怎么办？说不定人家都快和她对象结婚了……这时过境迁……”

“多大点儿事，你还来劲儿了！”父亲声调又提高了八度。

我干下一杯果汁，意识高速旋转。

那一年，夏侯向母亲哭诉我去找邹梦颜后，母亲对我说，我和邹梦颜是童话，而婚姻是现实，即便真在一起了，以后也得斗个天昏地暗，消停不下来。管你爱有多深，柴米油盐就是爱情坟墓的黏土与墓砖。父亲则认为我长年不务正业，自己都活得费劲，从婚姻角度讲和邹梦颜不太匹配，即便她愿意，她父母也不乐意，他和母亲可不习惯看别人的脸色行事。他们坚信，婚姻不是两个人的事，是两个家庭的博弈。尽管中学时，他们偷看我抽屉里邹梦颜照片的时候，不是这样说的。

当时我很诧异，伴随父亲阶级性的转变，连部分观念也一同转变了。他可能忘了同村的小芳、同班的小薇，忘了那个卑微的自己。

都说不忘初心，可什么心才是真正的初心？

而母亲本身的阶级性并无变化，说的大多是非物质层面的东西，反而更趋向于婚姻的本质。

后来过了两三年，见我并非一无是处，父亲的口吻又变得截然不同起来：“其实，那个邹梦颜真的不错，你们又是青梅竹马，感情深厚啊！要不再试试看，实在没缘分，也不强求，还是老朋友啊！”

我笑问：“妈，你不怕我爸去找初恋情人？”

母亲不屑一顾道：“哼，我巴不得他赶紧去，最好五百万把这个老家伙卖了！”

“你那肉联厂的老情人呢？”

“小兔崽子，再胡说——揍你！”母亲咆哮起来。

“嘿嘿……”父亲贼笑。

“你笑什么！嘴张那么大，怕别人看不到你那一口烂牙？”

“没事，你想找就找呗！”

骚乱中，两人越斗越认真，结果那天晚上没饭吃了。

现在，邹梦颜来了医院，父亲情怀复苏，自认又多了一个儿媳候选人。偏袒侯的母亲想必从夏侯身上，看到了与她自己相似的东西。眼下，二老各站一边，对我发起最后的总攻击……

第四十七章　迷死谜

1

雪停了，车内温度过暖了。我把别克老爷车的暖风调小一个档位，将收音机调换到一个老歌频道，沉溺在张雨生的嗓音中，饮下半罐咖啡。现在是晚上十点半，已过两个小时。车窗外，武装部家属院的门栏紧闭，许久无车出入。

这不是第一次蹲点了。三年前，也是春节前后的一个晚上，我牵着卡尔从医院家属院西门而出。昔日，少年时代上下学与黄仲仁、陈梦他们常走的皇城古巷，早已换成社区马路。原地回迁的社区居民们坐拥县城最贵的学区房。我拿一包儿爱吃的沙爹牛肉干为饵，拽着发懒的卡尔穿过皇城社区，一路西行，在遍地回忆的提醒下，途径书院中学、第一高中，走了不到四里路，来到武装部的家属院前。

高中毕业以来，我对同学录上邹梦颜留下的地址牢记于心，然而迫于形势，不便登门拜访。人生很有意思，有些事有机会做的时候，偏不去做，非等到回天乏力时才挤破脑门，挖空心思地去执行。我和卡尔在邹梦颜楼下寻了个阴暗处，站了约莫四十分钟，天落小雪之时，一个熟悉的身影进入视野——是邹梦颜和她母亲。

邹梦颜头上的纯白棒球帽与多年前那个“宿命之夜”戴的一模一样。暗红的路灯被雪地映衬成日光灯，尽管轮廓模糊，确然是她。

怎么办?

卡尔的反应比我快。天性温顺的它对陌生人特礼貌。我用力拉住要往上扑的卡尔，直溜溜地目送邹梦颜母女走过。邹梦颜朝我这边望过来。我选的侦查点光亮明暗有度，天然带有视觉上的朦胧特效。这十米开外的距离，大家都捂得严实，她哪能认出是我呢！邹梦颜疑惑地掉转头，和母亲走进楼栋。卡尔抬头瞥了我一眼，像是说——胆小鬼！

也对，这么多年，我的胆量不如一条狗。

车窗又被雪花盖住，雪又下大了。收音机里，张雨生的歌声变成广告。我关了收音机，将罐中的咖啡饮尽，开门下车，舒展四肢。坐久了，浑身疲乏无力。我望了望门岗，站岗的战士成了“雪人”，却纹丝不动。

我背靠车门，从大衣里口袋取出一根中南海流水音，火机划了四五下，点着了。我没有烟瘾，却对烟的口味很挑剔。二十五块的流水音比七十块的中华、一百块的天叶口味更佳。我吐出一口烟气，放眼北望，盛都国际大酒店裹着一身花火，是寂静夜雪城的璀璨明珠。福尔摩斯的烟袋也备齐了，该分析分析眼下这局势了。我一直认为自己站在更偏战略家的角度，先看问题的宏观层面。然而，当年那个关键的结点处——邹梦颜的心之所念，至今仍是不解之谜。

2

吃过早饭，我驱车来到外婆家。外公和舅舅站在大门下贴春联，见我来了，笑着帮我把后备厢的年货搬上楼。外婆拉着我的胳膊唠叨，重复了八遍家长里短，又从二十九年前母亲随父亲出差时她哄我睡觉的那个夜晚讲起，说我晚上总缠着她讲神怪故事，听的时候特别认真，即使发困也坚持听完。

“我见你眼睛一睁一闭的，知道你困了，就对你说：‘信宏啊，讲完了，咱睡觉啦！’你猜怎么着？你一闭眼就睡着啦，还打呼噜！”外婆眉飞色舞地第 N 次重复这句对白，“信宏啊，我一直看到你三岁，你还记得吗？”

外婆身体健康，就是神经过敏，喜欢抓住任何一件琐事钻牛角尖，一定要得出结论，才能释怀，否则就无限循环地盘问。多年来，大家从不当面说一些外婆听不懂的话题。

“记得。我还记得你讲的是‘九头小妖’。”我宠溺地看着外婆。

外婆咧嘴一笑，“你还真记得啊！那时候还没有徐越呢！”

外公走进来，递给我一包牛奶，笑眯眯地说：“信宏，你还记得小时候我带你去济南的‘西游记宫’吗？咱出来的时候——”

“被墙上的孙悟空尿了一身！”我抢答。

外公心满意足地一脸笑意。

“徐越说他又谈了个对象？”我问。

外公说：“他姥姥那边给他介绍的，家是北关的。”

“之前那个为啥不行？年龄太大？”

外婆说：“岁数大是一方面，关键是属羊，和徐越合不来的。”然后不住地摇头。

“他和现在这个谈得怎么样？”

外公说：“你舅说改天和人家父母吃个饭，商量商量。”

“嗯，挺好。”

看来，徐越终于体会到“整片森林放眼量”的道理。

外婆攥住我的手，说：“信宏，你说你今年虚岁都……三十二啦！”

“哪有！我才刚过三十周岁生日。”

“我和你姥爷都挂记着你，别让徐越结到你前头去了。你爸妈不好意思催你，别忘了你爷爷年纪也大了。”

“差不多了，该结婚了。”外公收起笑容，一脸严肃道。

“那个夏侯跟你在一起很多年了吧？我记得你大学还没毕业，人家就跟着你了。”外婆一脸无辜地说。

“2008 年奥运会那年，我记得很清楚。”外公补刀。

“该结了！小姑娘都跟你跟成老姑娘啦！男子汉大丈夫得有责任心。”

显然，这二人转是精心彩排过的。导演是谁？除了母亲，别无他人。文绉绉的台词必定是父亲杰作。这一出，唱绝了！

“我有事，先走啦！”我迅速起身，蹿出门外。下到二楼，舅舅正在晾晒香肠。

“你姥姥和你说了？你弟弟的事。”

“说了，挺好的。你去好好谈谈。给徐越和你买的东西合身吗？”

“试过了，非常好。”

“那就行。我先走了。”

“不留下吃中午饭？你弟弟快下班了。”

“初二吧！”我抓紧扶手，飞身下楼。

3

一如往年，腊月三十这天，我和父母、爷爷四人回老家上坟贴门联。当我和父亲从地里给奶奶上坟归来时，母亲在若干个堂叔的帮助下，已然将老屋的门联贴好。这个父亲兄弟三人出生长大的地方，如今断垣残壁。一直等到我们带爷爷驱车离开，叔叔、堂弟志维依旧没来。昔日，游家每年一度的全员例会在五年前戛然而止。叔叔曲高和寡，和村里的兄弟街坊们毫无共同语言，加上他青年时有一些不愉快的回忆，索性自行废除了这项没有规定过的规定。父亲对此不悦又无奈。面对家族兄弟长辈们的问询，只道叔叔工作繁忙，乃性格使然。父亲和叔叔的手足情，我所见之，最为另类。

老家例会退出历史舞台后，全家人会去酒店吃年夜饭。不过，这一项在叔叔剑走偏锋后，也被迫终止了。吃罢年夜饭，看着春晚，祖孙三人沉默无言，如三尊石像，各自神游。母亲独自准备着初一的饺子。拜年微信已然爆仓，却只能有选择性地回复。到底从哪年开始，人们落入了这种既定套路式的过年流程？

清晨五点，我被母亲从爆竹声中拉起床。她扔给我一支三百响的“大地红”。我裹上棉衣，到家属院楼下的老位置把三百响挂在栏杆上，点着。火光中，我看到五年级时的自己拿香点燃“大地红”，一直等到最后一发响过去，才满意地离开。

吃完三鲜水饺，我和母亲去隔壁荣明医院家属院——表妹康研的爷爷家拜了年。我拒绝母亲提出的跟父亲回老家拜年的建议，坐着徐越的车来到商业中心，在游戏城打了几把游戏。中午，我带着夏侯和徐越以及他女友吃了韩式自助，下午逛了会儿街，看完《飞驰人生》，暮色已至。离别前，夏侯拉着徐越女友的手说，结婚时一定会奉上大红包。徐越则拽着我肩膀，要我和夏侯加快进度，了却家人们的一大心事。

“哥，咱们这个大家庭二十多年没有喜事了！你和姐赶紧的，我不想赶在你们前头啊！”

“明天就去领证。”

“哥，你能不能换句台词，都说了八年啦！”

夏侯把我送到医院大门口，驱车回家。我看下时间，七点五分，寻思着这个点儿母亲还未打电话，定然是和父亲、爷爷尚在老家未归。这几年过年他们一般都会留那里吃晚餐，爱打牌的母亲可不会放过春节期间每个走亲访友的牌会。

我来到黄仲仁家楼下时，刚好收到他发来的微信。

“信宏，在哪儿呢？相扑本田请咱们吃饭啊！”

相扑本田？对了，陈梦的堂哥，陈旋风，陈向前。

第四十八章　迪士尼与希尔顿

1

月出星照，我在古街老巷里蜿蜒几圈，来到一家古朴的大院饭庄前。饭庄是明代宫室建筑风格，青灰色的砖墙瓦顶装修考究。大门两侧石柱旁，雌雄麒麟护院，屋梁左右各挂一大红灯笼，正中的牌匾上，写着“鲁青人家”四个金色大字。

院内一派水墨山水田园之风，食客满座。自我市被评为5A景区后，这家饭庄近几年成了古街景区内人气最旺的本土饭店，所有招牌菜号称沿袭了明代衡王御膳房的标准，是否名副其实就不得而知了。

我走到东南角尽头的一个小包间内，黄仲仁正和一个身材壮硕的宽额大汉把酒言欢，桌上的菜肴一筷子也没动。见我来了，两人放下杯子，起身相迎。

“信宏！看看他是谁？”黄仲仁指着宽额大汉问道。

我同大汉握手。

“游信宏啊游信宏，你这艺术家整天忙啥呢？我都好几年没见你啦！”大汉笑道。

“真的是好久不见了，相扑本田。”我笑道。

读大学后，我鲜少与陈向前碰面。去年，陈梦告诉我她堂哥做了体育老师，不过又听张振说，陈向前现在被借调到了体育局。

元旦时，黄仲仁在北京因跑酷大赛受伤，跟黄大伯回家，腿上刚包上绷带，就被转送到精神科住院部。黄仲仁躁动不安、口出狂言，医生确诊为双向情感障碍病发，黄大伯毫不犹豫地在住院单上签了字。吃药、睡觉、放风、发呆、吃药、睡觉……如此过了近一个月，一个周末的探病日，陈向前提着一筐烟酒副食出现在黄仲仁面前。患难遇故知，这可比吃药管用，黄仲仁的精神很快稳定下来，医生见了连连称奇。两人寒暄了一番，黄仲仁问起陈向前的来意。

陈向前刚从父亲黑老陈口中得知，陈梦去了美国，却不知为何走得如此突然，连招呼都没和他打一下。黄仲仁告诉陈向前，陈梦和北京的男朋友分了手，回美国找姐姐、母亲疗伤去了。陈向前并不知道此前陈梦和张总的那段插曲，只是感叹堂妹命苦可怜。随后，他又提到了我，和黄仲仁一同追忆起金色的少年时光，谈及与我们争斗的那些时日，感慨万千。陈向前很无奈，一直觉得陈梦和我、黄仲仁青梅竹马，理应从我俩中择一人托付终身。黄仲仁用罕见的成熟口吻说，“现在这样也很好，至少我们仨是一辈子的亲密好友”。最后，陈向前表示，等到过年之际要找机会跟黄仲仁和我好好聚聚。

此后没几天，医生认为黄仲仁恢复得不错，病情基本稳定，同意他出院。本来黄仲仁想早点告诉我陈向前的事，可出院后他与狐朋狗友们恢复到往日的生活，将这事暂抛脑后了。

当下，三人举杯共饮进餐。其间，大家又从追溯过往中找到一丝难得的闲情雅趣，笑侃之余，酒意半酣。我拍了拍陈向前粗壮的大臂肌肉，对他说，如果当年他这么有力气，我和耗子指定打不赢他。他则摆出大卫般的英姿，告诉我，那次街战之后，他发誓必须要强身健体，再不受此奇耻大辱。

“之后，我每天都跑步健身，从每天一公里跑到三公里，从五个俯卧撑做到二十个，日复一日，年复一年，直到今天，从没停过！”陈向前得意地说。

“你是说，从那时候到现在一天没停？”我问。

“整整二十年零五个月，一天没停！”

“厉害！实在是厉害啊！”黄仲仁又敬了陈向前一杯。

就算陈向前是在吹牛，我也有理由相信，他这个励志故事至少大方向上有可取之处——强烈的向上信念正是当下普通人所欠缺的。这也不难解释当年的学渣相扑本田，如今平步青云、一路高升的原因了。

我举起酒杯，说道：“总之，以前有什么不开心的还请陈大人海涵；以后遇上事了，也请陈大人赏脸给个照应。”

陈向前哈哈大笑，重重拍拍我的肩膀，说：“小孩子那会儿的事还计较些啥！我是梦梦的大哥，也就是你们的大哥！以后你和仲仁有事，千万别不好意思，只要我能帮到的，全都不是事儿！”他把杯中酒干了，补充道，“就是有一点，咱可不能违法乱纪。”

黄仲仁说：“当然，陈大人放心，你还不了解我和信宏吗？”

三人又饮了几杯，意识各自缥缈起来，聊着，笑着，泪也出来了，这场面，就差结拜为异性兄弟了。

我心道：确实，早先对陈向前的偏见太深。以前的他，身材肥胖、脾气霸道；现在的他，身材霸道、脾气温和。看来，磨砺一个人性格的最好的工具，就是生活。

就在我支撑不住醉意之际，陈向前突然来了一句：“我有一个事儿，不知当不当说。”

“什么事？”我的眼皮像是被缝合了似的。

“是关于邹梦颜的。”

听罢，我惊出了一身冷汗。

黄仲仁说：“信宏啊，你绝对想不到的……人生真的很有意思。至少，比你写的故事有意思多了。”

我看着黄仲仁，又望望陈向前，酒醒了一大半。

2

二三十年前，徐家是县城典型的大户人家，鼎盛一时。外公与二外公两兄弟一文一武，一个老会计，一个老教师。兄弟俩在当时的老城中心北侧距老火车站不到一公里的地方盘了块儿地，合盖了这栋小我一岁的三层楼。一层租赁给彼时卖摩托车的南方女老板，二层改为旅馆提供给赶火车的人们，三层自住。当时，徐家一年的收益是刚去医院工作没几年的父亲年薪的十倍。几年后，姨母新婚，姨父向父亲自嘲，他和父亲都是徐家的入赘女婿。

我五岁那年，徐越与康妍相继出生。堂弟和小表弟生得晚，我与徐越、康妍一同长大，感情更胜亲兄弟。小时候，我常欺负徐越，却一直对康妍关爱有加。母亲问我何以如此，我说父亲告诉我身为男孩子一定要关照妹妹。徐越也懂这个道理，他一方面受到来自我的“压迫”，一方面还要宠着康妍，多年下来，也是不易。康妍自小去体校打乒乓球，后来凭此考入山东师范大学。如今，即将研究生毕业的她，依然过着半天文化课、半天训练的有序生活。她告诉姨父姨母，工作落实之前不谈对象。康妍一直说，她打乒乓球是受我跟黄仲仁的影响。刚读学前班时，她看到我与黄仲仁迎着夏日炎阳在医院操场的水泥球台上打一下午都不累，便由衷地爱上了这项运动。如今，她已经是专业省队的水平，这些年也拿了不少奖项，连续蝉联我们县城商业比赛的各项冠军，应邀去国外参加各类友谊赛，取得过全国大学生锦标赛的单打亚军、团体季军。现在的她就是山师乒乓球的门面儿。

我工作之后，见康妍一面比徐越还难，初二这天见了，有说不完的话。除了日常调侃徐越的糗事，她喜欢听我扯一些乌七八糟的经历。我带她复习小时候带徐越爬屋顶看女澡堂、让徐越一毛钱买两根苦咖啡雪糕等趣事时，忽借昨晚之事想起了那个遥远的夏日午后。

初二那年的暑假，正值中伏，燥热难耐。那天睡完午觉，舅舅骑着本田 125 载徐越和我来到县城有名的“金碧辉煌”洗浴中心洗澡。舅舅带我俩来到沐浴区，叮嘱我们先到池子里泡上半小时，再去冲洗区洗澡，等他回来。

可过了一个小时，仍不见舅舅回来。我拉着徐越四处寻找，终于在宴会大厅发现了正在和彼时还不是二舅母的二舅母用餐的舅舅。徐越想上前找舅舅去音像店买奥特曼的VCD，被我一把拉住。我带徐越又回到沐浴区，泡了泡澡。从桑拿房出来的时候，舅舅终于回来了。

“哥，你是说，咱舅那时候就和现在的舅妈旧情复燃了？”康妍幸灾乐祸地问。

“不好说。不过记得那之后过了没一个月，咱舅就离婚了。”

我俩又谈及工作，康妍很焦虑毕业留校的问题，想求稳就得再读三年博士，需要面临不亚于考研难度的备考复习。我宽慰她，既然有了目标，就步步为营，再行千里。

康妍点点头，忽想到什么似的，问道：“哥，你打算什么时候结婚呀？”

“我妈让你问的？”

“不是，我就是觉得你一直这样拖着也不是办法。”

3

如果迪士尼是童话，希尔顿就是现实。

下午三点半，从外婆家出来，坐在老爷车的后座上，我不断分析昨晚陈向前说过的每一句话。事已至此，他没有任何保留的必要。

梦颜，我多么想给你一个童话，可事实上，我高估了自己。我们热衷的捉迷藏游戏，捉来捉去，终于将彼此落空。

希尔顿酒店，海景房，烛光晚餐，碧浪沙滩，迎着海风，美妙浪漫。

我痛苦自己的不完美，痛苦邹梦颜的不完美，必须得承认，我心中那个完美到虚幻或是虚幻到完美的邹梦颜已经不复存在了。她是一个同世人一样，充满人间烟火的普通女人。

女人忘不了自己的第一个男人，无论是精神上的，或是肉体上的。若足够幸运，灵肉得以统一，则不论天长地久与否，倒也畅快。否则，这两个男人的交锋，将是女人一辈子的孤单心事。究竟更爱哪个？这比男人的“红玫瑰、白玫瑰”问题更难解答。

而男人穷极一生，都会迷恋于对这道分析题的推理。只有经过完美的逻辑推理，得到完美的答案，才能根治自己的苦痛。

我和他，你更爱谁？

这个难题，自古无解。过度沉迷，久了也便疯癫不治了。譬如黄仲仁。

王家卫在电影《东邪西毒》里借人物之口说：“若你最喜欢的人不是我，你一定要骗我，我曾经问过自己，你最爱的女人是不是我？但是我现在已经不想知道。如果有一天我忍不住问你，你一定要骗我。就算你心里多不情愿，也不要告诉我你最爱的人不是我。”

女人都爱成熟的男人，可被爱情或激情魅惑的她们，往往会忽略一个残酷事实——爱上你的所谓成熟男人，你在他心里可排得上前三？

或许，约邹梦颜去迪士尼是走弯路，去希尔顿才是捷径。在那一年那一晚就去，才是捷径中的捷径，才是凡夫俗子该做的。

然而，理性地辨析一下，这样也不坏，没有开始就没有结束，没有得到就没有失去。爱情，永远都是最美的样子。

毕竟，打败爱情的，不是希尔顿；拯救爱情的，也不是迪士尼。

第四十九章　蓦然再回首

1

往年的大年初三这天是要去舅姥爷家的。前年春天舅姥姥病逝，今冬舅姥爷也去了。奶奶去世得早，父亲就把对奶奶的思念和关切都转移到舅姥爷身上，于是“初三走舅家，初四走姑家”就成了父亲的铁律。

今年的大年初三，父亲三十多年来第一次改变行程，将“走姑家”提前。我们一家在七大姑八大姨的催婚中吃过午饭，母亲本想和亲友们打牌到天黑，被我在傍晚前拉回家。我突然感到莫名头痛，躺在床上一动不动，小寐了一会儿。醒来后，我正盯着天花板发呆时，突然收到黄仲仁的微信语音。

“喂，信宏！我把你拉到小学群里来了，你看看啊！邹梦颜也在里面！”黄仲仁的语气听起来很激动。

黄仲仁把我拉到师范小学 95 级校友群。我拉开群成员栏，不到半分钟就在两百多个头像里找到了邹梦颜。其间，很多熟悉的名字将记忆一一唤醒。每个名字都是一张泛黄的旧照片、一段雪花屏的 VCR。它们缓缓拼凑成一小段光影短片，提醒着我："看，这就是你无法抹去的旧时光。"

群里多是书院中学和第一高中的同学。除了粽子、耗子等医院"班车帮"成员，还有不少老面孔。贾明鑫和刘超凡在，唐子晋和马传海在，不是 95 级的金龙和曾一峰也在……我点开他们的头像，扫了一眼他们近期的朋友圈，看了看各家的孩子可不可爱、老公老婆都长啥模样，最后默默打消了添加对方好友的念头。

加了又怎样？倒不如大家就这样静静驻足群里，头像挨着头像，就像以前在班上，座位靠着座位。

突然，群主"二班刘晓璐"刷屏，公告三年一度的第四届校友大会将在正月初五下午五点半于老城商业街的嘉城酒店隆重举行，请校友们届时踊跃参加。

不到一分钟，就有二十多人确定参加，群里一下子热闹起来。闲聊中，黄仲仁首当其冲，异常活跃，谁说话他都能接得上。见唐子晋和刘超凡也冒泡了，我便摒弃杂念，不管邹梦颜去不去，这次同学聚会我是去定了。

2

同学会设在嘉城酒店大堂。东头的三张大桌座无虚席，结了婚的一桌，没结婚的一桌，混合桌上坐的多是当年关系较好的仁兄义妹。我和黄仲仁坐在混合桌两侧，和唐子晋、刘超凡、贾明鑫他们边喝酒边追溯那些被岁月掩埋的往事：跟刘超凡玩剪刀石头布作弊，因没戴红领巾被大队长贾明鑫揪着耳朵去体罚，与唐子晋、藏玉航组成“无敌三人组”以及小说《九妖传》掀起的风波……本来拘谨的气氛被装了酒的话匣子捅破，渐渐地，大家不再揣着台本念台词，更不必担心表演到不到位。每张老面孔都对上了暗号，十几个人很快打成一片，纷纷感叹物是人非，所幸感情还是老味道。他们恭维我成了卓尔不凡的艺术家，我则自嘲，“你们是研究生，我是烟酒生，确实与众不同”。

大家又说起小时候的糗事。

我说：“忘了是四年级，还是五年级了，每个班的大队委员轮番站校门口，检查学生戴没戴红领巾。我们四班执勤的时候，有天我忘了戴执勤袖标，被咱们贾副大队长拧耳朵伺候。不巧的是，贾副大队长‘行刑’时刚好被我爸看到，上来就把她训了一顿——”

贾明鑫打断道：“游信宏，别丢人啦！这点破事还讲个啥劲！”

王鹏飞说：“你这一说我还真想起来了。”

刘超凡换了个话题：“鹏飞，梦华现在做什么呢？”

王鹏飞嗤笑一声道：“怎么，想她啦？”

刘超凡说：“这个……问问老朋友近况嘛！”

王鹏飞刚要回答，我就接过了话茬儿：“梦华去年结婚了。超凡，你晚了一步啊！”

诸君坏笑，刘超凡的脸颊更红了。

我转头对唐子晋说："唐 Sir，你知道吗，张梦华嫁的是咱们'无敌三人组'的老三——藏玉航啊！"

唐子晋重重拍了拍腿大叫道："行啊他！"

大家顿时感叹世界太小。

贾明鑫说："这也好理解，现在人们的社交圈子就这么大，很多人最后找的都是老同学，大学、中学的居多，小学的少，幼儿园的也不是没有。"

"所以啊鹏飞，当机立断啊，你现在又是自由身了，趁今天的好机会，好好物色物色！"贾明鑫搂着王鹏飞的肩膀，打趣道。

诸君起哄，王鹏飞担心大家拿她开炮，赶紧又举起刘超凡这个挡箭牌：

"对了，超凡，听说你最近结识了一位大家闺秀，不向大家汇报下情况吗？"

大家又把眼神对准了刘超凡。刘超凡的脸早已喝成了柿子，不用逼供，抄起酒瓶站起身，就自动自觉地滔滔不绝起来。

刘超凡军校毕业后，一直留在部队服役，近十年来表现出色，成绩优异，入了党，读了研究生，升至正连。去年，他做了一个重要决定，申请调回我市的武装部。对此，他父母喜忧参半，喜儿子回来伴在他们身旁，忧儿子放弃了大好前程。由于刘超凡读书从军期间从没正式谈过恋爱，一直操心儿子婚事的老两口逼他走上了疯狂的相亲之路。就在刘超凡刚摸到门道儿的时候，经刘父的一位老同学牵线，给他介绍了武装部一名老干部的女儿，和他还是小学、中学的校友。

贾明鑫说："是谁？说不定大伙儿都认识！"

刘超凡一屁股坐下，缓缓吐出三个字："邹梦颜。"

黄仲仁瞬时跳了起来，表情浮夸，欲言又止，不断给我使眼色。

诸君个个恍然大悟，纷纷回忆着邹梦颜的样子。

贾明鑫问我："千禧年晚会和咱们一起弄节目的那个？"

我极力将生硬的脸颊挤出一丝微笑："对，六班的文艺大队委。"

唐子晋也小声问："咱们初中同学？"

我点头："对，数学课代表。"

唐子晋拍着脑袋说："哎呀，巧大劲儿了！"说着，他突然为难起来，"有件事我不知该不该说，说与不说都不太合适。"

我心头一紧，问唐子晋是不是知道邹梦颜的一些事。

唐子晋放下柠檬茶，浓眉星目的侧脸仍保持着当年的弧度，他用一种自然的语气说道："她大学是在邻市医学院上的吧？我邻居孙俊铭也是那儿毕业的。他俩在大学谈了几年。"

我突然觉得自己被乌云层层包裹，有点透不过气来。万幸，相扑本田提前给我打过预防针。

当年，在师范小学，孙俊铭是陈向前的跟班小弟，一个眼镜男。我们一年级时，他们四年级。一年级下学期末的夏日，有天放学，我们"班车帮"在学校足球场踢球时，与来抢夺球场使用权的以陈向前为首的"相扑本田军团"发生冲突。孙俊铭颇有些正义感，认为四年级欺负一年级不厚道，向陈向前求情放我们一马，无奈双方还是打了起来。后来，陈向前吃了我和耗子的亏，追着我俩满操场跑。海鹏搬来金龙这个大救星，陈向前才认怂，可这时候黑老陈又冒了出来。若不是陈梦及时赶到，我和耗子准得被叫去教务处了。

“班车帮”转战书院中学后，与陈向前军团又发生过摩擦，最后陈向前他们被金龙军团包围，我请金龙放过眼镜男，也算还了孙俊铭的人情。惭愧的是，即便我再天马行空，也写不出孙俊铭是邹梦颜第一个男朋友这种神剧情。

孙俊铭书院中学毕业后去了实验高中，复读了两年考入邻市医学院，本科毕业又去青岛读了研，现在结婚生子，定居青岛。读本科时，他跟邹梦颜谈过恋爱，两人也曾有过美好的时光。本科毕业时，孙俊铭曾向邹梦颜求婚。那时邹梦颜读大三，以学务繁重为由拒绝了。两人开始异地恋。两年后，邹梦颜本科毕业，孙俊铭再度求婚，依然被拒。再后来，邹梦颜考到上海读研，两人又纠缠了半年。孙俊铭认为邹梦颜根本没把他放心上，一气之下与一个研究生师妹闪婚了。

唐子晋的陈述和相扑本田告诉我的大致相同。等他说完，黄仲仁焦急地喊了我一声。我知道他要说什么，急中生智地把他按回座位，转移话题道：“女医生好啊！虽然辛苦些，但地位高呀！很多土豪不就喜欢找个医生当老婆吗？”

“那是！”贾明鑫对刘超凡说，“超凡，你可得好好把握机会。”

诸君哄笑，刘超凡的脸又红了，有点嗫嚅道：“我……我又不是土豪！”

“邹梦颜今天怎么没来？”

“医院值班。”

王鹏飞说：“嘻嘻，我只担心超凡能不能应付得了。人家好歹谈过对象，咱们超凡连女孩子的手还没摸过呢！”

刘超凡义愤填膺地说：“军校确实严格。这么多年，哪见过几个妹子……”

大家笑得前仰后合，纷纷给刘超凡出谋划策。

“有智商、有主见的女医生考虑问题的方式和普通女生不太一样，过于理性、冷静。”刘超凡说，“我俩还在彼此了解阶段，说白了都是因为长辈撮合才试着谈谈”。

贾明鑫有点恨铁不成钢，捶了刘超凡一下，道：“从实用婚姻的角度出发，相亲可比自由恋爱靠谱多了。”接着，他又举例某公众号的热门文章，阐述分析了找医生老婆的种种好处，一套一套地。

诸君边侃边饮，都喝高了。我见黄仲仁趴在桌上，脚边全是空酒瓶，知道一时半会儿是走不了了，便去卫生间上了个厕所，洗了把脸，到酒店门口点了根烟，刚吸了一口，肩膀就被人拍了一把。是唐子晋。

“游 Sir，给我来一根。”

我拿了一根天叶给唐子晋点上。他深吸了两口，吐出一团棉花。我俩并肩而站。夜路上，汽车的长尾灯闪来闪去的，宛如长了眼的脉搏企图望穿自己跳跃的轨迹。它们自以为能够抵达生命未知的地域，殊不知自己的人生注定蹦不出心电监护仪的显示屏。

“唐 Sir，打算给老二起啥名字呀？”

“还没想好，你这大作家可得帮我参谋参谋。”

听到“大作家”三字，我一口烟钻进了喉咙，流出不知是被呛出来还是被逗出来的眼泪。

“如果是女儿，你儿女双全，就太幸福啦！”

唐子晋弹弹烟灰，说：“一个女人不论贫贵富贱能一直跟在你左右，多年不离不弃，也就够了。现在，我很满足。”

“羡慕你啊！嫂子从大学跟到你研究生，又跟到你考公务员，给你生俩娃……”

“游 Sir，别说我了。你这长征比我长，咋还不顺利会师啊？”

“还有些家事要处理，就快了。”我说，“有个新闻不知你听没听过。一个女大学生爱上了一个贴膜哥，全家反对。女学生与家人断绝关系，跟贴膜哥四海为家，相夫教子。你知道这说明了什么？”

“说明什么？”

“说明不是只有相对上层阶级的女性委身下嫁，才能证明世间有真爱，而是麻木又向往真爱的大众就喜欢这种直白畅爽的案例。”

“确实，都被坑怕了吧？”

“听了这个新闻以后，我也想去贴膜。”

“死性不改！搞文艺的都这么喜欢幻想不切实际吗？你啊，是身在福中不知福啊！”

“或许吧！”我用力一弹，烟头没入黑暗。

“游 Sir，我们都等着你的好消息。”唐子晋把手搭在我肩膀上，“日子定了，马上告诉我。第一张请柬一定要给我啊！”

我忍不住自嘲地笑了笑。

我曾以为，要给味如嚼蜡的人生找点乐子，不惜一切代价吮吸到爱情的甘水，自己的希冀就要放在后面。后来发现，即便主角选得不错，想表达得太多，反而会把故事写得过于臃肿，主线紊乱不堪，这场戏就算再离奇曲折，也跑偏了主题。除了冠以纯粹高尚的幻想之名，就只有为赋新词强说愁的无力罢了。

这些年，我憧憬过、迷恋过、追求过、信仰过、推翻过、反思过，最后终于明确辩证出十六年来，我跟邹梦颜是真情，还是笑话；与夏侯不离不弃、相依为命的这十一年，不可避免地在两个人的生命中画下最厚重的印记。得到与没得到、理想的爱情与现实的爱情，交锋过后，战场上一片狼藉，就像拔河时的僵持状态，势均力敌只是一时的，终究是要分出个高下。

我曾怀疑自己没有面对现实的勇气，可终归还是看到了沧桑和永恒的样子，以一瞬，以永生。我不能总那么幼稚，像孩童一般要无赖。能睹一眼爱情的真颜，已是三生有幸，不枉此生。这场战役的最后，当硝烟退去，这清扫重建的活儿再难再痛，也得亲力亲为。

第五十章　记忆百通，思力无穷

1

我做了一个很朴实的梦。明月繁星，大海游轮上，我们一家四口，正享受假期旅行。中年的我身材略发福，万幸发际线无忧。奇怪的是，妻子和两个孩子一直是虚镜，我努力想看清他们的长相，却总是徒劳。在我奋力拽住妻儿一探究竟之时，空中一道惊雷，母亲用狮吼功惊破了我的美梦。

明日初八，爷爷八十八大寿，我得去订蛋糕。在蛋糕房甄选了一番，我指着一个带有寿桃形状和“寿比南山”字样的三层蛋糕，叮嘱蛋糕师务必绘上“信宏恭贺爷爷八十八大寿”几个字。排队结账时，站我前面的是一个年轻母亲，一个扎着小辫看上去三四岁的男孩趴在她的肩头，朝我挤眉弄眼，很是逗萌。夏侯说，我身上有种奇妙的特质，特别招小孩、小猫小狗喜欢。

我轻轻捏了一下小男孩的脸蛋儿，惹得他咯咯直笑。年轻的母亲一回头，我俩几乎同时叫出了声。

“信宏？！”竟是张晓芳。

“晓……晓芳！真巧啊！”我捏着小男孩的小手，问道，“你几岁了？”

小男孩咧开嘴笑而不答。

“我们三岁啦！”张晓芳对儿子发号施令，“来，滨滨，问‘舅舅过年好’。”

滨滨嬉皮笑脸地说：“舅舅……年过好！”

“好好说！”

“哈哈！没事啦！”我掏出两百块塞到滨滨手里，“乖乖听妈妈话呀！”

“滨滨，还不谢谢舅舅！”

“谢舅舅！”

我摸着滨滨的头，与张晓芳寒暄。

张晓芳四年前结的婚，老公是警察。她吐槽道，结婚就是给自己找罪受。她老公平常工作忙，不着家，她下班还得看孩子，几次她都生出了离婚的冲动。我说等去幼儿园就能松口气了。她更显无奈，幼儿园之后就是小学，去哪个学校，决定将来去哪里读初中，初中又决定高中，高中又影响到考什么大学……这个连环套餐吃完就是半辈子了。我开玩笑说，“生活果然是最好的学校，以前那个一身公主病的张晓芳现在也成贤妻良母了”。

“信宏，你就别笑我了。等你有了孩子就明白啦！”

“就怕到时候比你更惨。”

我俩走出蛋糕房，张晓芳把滨滨放在汽车后座的幼儿座椅上，与我作别。突然，她好像想起了什么。

“对了信宏，你有梦颜的电话吗？我给你？”

我愣了一下，点点头说：“我有。”

我驱车回家，一路琢磨张晓芳何以来上这么一句。难道梦颜现在……算了，别再杞人忧天了。此时，前车猛然急刹，我也赶紧踩刹车，却感觉车屁股被轻轻顶了一下。

我气不打一处来，立刻下车来一探究竟。只见后车的车窗摇了下来，满脸歉意的李子丹映入眼帘。我的气还没出来，就被这意外的小惊喜给烘干了。

“这不是信宏吗？”看得出来李子丹也很惊喜。

我瞅瞅老爷车开花的屁股，笑着应声：“子丹，好久不见，过年好呀！”

地球这样小，在哪里遇到都不奇怪。相反，明明大家生活在一个小城，余生却再难重逢，才更奇葩。

五年前，留学法国的李子丹即将毕业，学金融的她趁最后的假期回国，一边写论文，一边实习，在房产公司卖我们小城最贵的房子。彼时，她和黄仲仁再度相遇，彼此保持着很微妙的朋友关系，却始终没有实质性的发展。我有心促成二人，便做东请他俩吃饭。两人虽生疏了些，但气氛还不错。我知道，黄仲仁若痛改前非，好好表现，跟李子丹再续前缘的机会很大。于是便借口早退，让黄仲仁见机行事。谁想二人逛街途中，黄仲仁经受不住酒友的邀约，要拉李子丹一起和他那帮狐朋狗友喝酒，彻底惹恼了李子丹。此后，两人渐行渐远。

奶茶店里，我盯着玻璃窗外停在路边的老爷车，随时观察交警有没有贴条子。李子丹果然问起黄仲仁的近况，我决定有选择地汇报。

“这家伙整天喝酒，不干正事，想走捷径发大财。”我将吸管插在奶盖绿茶上。

“唉，太任性了，都多大人了！”李子丹的语气听起来像是黄仲仁的姐姐。

意外又不意外的是，李子丹没有延续多年前的旧模式，把有关黄仲仁的话题持续太久，而是主动与我互通近年来各自的境况。目前，她在法国一家香水品牌公司工作，主要以中、日、韩三国为目标市场。这些年，她不是奔走在各国分公司的项目会上，就是坐飞机在各国领空穿梭；中间也谈过几个男友，有华人，也有法国人，但都没到谈婚论嫁的地步就吹了。她现在的男友是韩国人，时装模特，和韩国某天团的某个成员是师兄弟。看着李子丹手机里那哥们儿的帅照，我感叹，这可真不得了。想到邹梦颜是该天团的粉丝，便求李子丹方便时让男友帮求一张乐团的签名照。李子丹爽快答应。突然她像是想到了什么，瞬间沉静下来。我知道她对邹梦颜和夏侯的事略知一二，黄仲仁估计也没少在她面前爆料，如今见到我，她肯定要以福尔摩斯好友艾琳的口吻有感而发一番。

“信宏啊——”李子丹吸了口玛奇朵，“你就没想过，这些年，说不定她俩私下见过面，甚至达成了某种共识，在你不知道的情况下。”

“这……不会吧！”我张大了嘴巴。

“信宏，你还是老样子，没变。”

那一年，我去找邹梦颜，夏侯哭了一夜。出于对世俗礼教的恪慎，以及对夏侯的愧疚，我克制住了自己对邹梦颜的渴望，却彻底伤害了两个真心爱我的人。我明白，爱可以是信仰，是力量，是救赎，是共生，是希望，但不应该是伤害。从头到尾，我给邹梦颜的除了自以为是、仅限精神层面上的关爱，就只剩永无穷尽的伤害了。她最为落寞痛苦时，我并不在她的身边。对夏侯亦然。这些年，她因怨恨我，做过一些出格的事，属于一种自毁式的报复。最初，我怜惜夏侯身世唏嘘坎坷，欣赏她于逆境中的果断与洒脱，这一点是我和邹梦颜都不具备的。这些年来，她为了邹梦颜，闹也闹过，但到底忍了下来。想想也真是太过委屈了她，这么一个骄傲独立的女子却甘愿活在另一个女人的阴影下……扪心自问，我爱邹梦颜不假，但对夏侯就不真心吗？显然不是。只是，沉溺于鱼与熊掌兼得的贪念、恩义两不违的幻想，才更愚蠢。

莫言说，爱情是一场大病。我深以为是。对相当一部分人讲，他们须用生命自毁，拿骂名文身，以悲怆美为长枪，桀骜不羁地跟时光斗上几百回合，最后再通过与现实的谈判，方能完成对爱情的证明。

2

爷爷的寿宴较往年办得隆重。人到得挺全的，三桌坐了近三十人。老家每户亲戚都至少有一个代表出席。为了撑场面，母亲提高了菜品的标准，为此，孝心可鉴的父亲极为感动。唯一美中不足的是，叔叔婶婶照旧放了鸽子，堂弟志维去澳洲读书了。孙辈这边除了族弟族妹，只有姑家小表大孔和老表徐越出席。志维和大孔出生前，爷爷把徐越看作“游越”。徐越小时候常去游家村玩，舅舅离婚后，每逢春节，他就随我跟父亲、母亲一同去游家村拜年，算是半个游家兄弟。

夏侯和徐越女友小张是众亲友的主要“审问”对象。这回，母亲算是兵强马壮了，都不劳自己动嘴，七大姑八大姨尽可帮她搞定。她需要做的，就是补刀，在几位叔姨对夏侯和小张的思想工作中点评几句，不失威严，又相当得体。“得力干将”六堂叔以医院新院的房产相当先进高级为由头，让夏侯当机立断，早一天嫁进游家门，早一天享受这些惹人生羡的隐形福利。三堂婶也以此顺带让小张和徐越赶紧把事儿敲定，好和我、夏侯一起四人结伴出游。夏侯和小张笑着应承，我和徐越则自轻车熟路地顾左右而言他。最后母亲表示，她会督促我和徐越完成亲友交代的重要任务，随即向众人征求意见，新房是要带花园的一楼，还是有露台的楼顶。另一边，众堂叔也纷纷向爷爷、父亲道喜，他们盼了十年游家添新丁的日子，终于指日可待了。

四堂姑说："信宏啊，你算算，我们等你都等了十年啦！"

九堂叔说："不止十年！"

八堂叔说："信宏，抓点紧，你爷爷指着你抱重孙呢！"

姑父说："不止咱爸指望信宏，咱们也得指望信宏请咱们去大饭店见见场面。"

母亲说："你们放心，到时候我第一时间和你们说。你们现在也赶紧准备，别到时候大庭广众下在信宏他爸领导、同事面前给游家村丢人。"

二堂婶说："嫂子，你放心！我监督他们，谁要是偷懒耍滑，咱就不带他玩儿了。"

2008 年夏天，外公、父亲、母亲、舅舅、姨妈、姑姑、大孔、徐越、康妍和我组团赴北京看奥运会。回来没几日，外公在家的大门后边发现一个信封，里面装的全是我和夏侯以及舍友鹏大哥等人去长城游玩时的照片。这些照片是我上传在当时流行的校内网与 QQ 空间的，不知被谁洗了出来。这人既然知道外婆家的住址，想必是我熟知的人，将照片放在外婆家的用意是告诉长辈们，我和夏侯在交往。然而，是谁会这样做呢？

这起悬案的谜底于六年前的最后一次同学会上被揭晓，作案人是李金婷。事后，她向我道歉，说当时她看到夏侯的照片心里很不舒服，于是把它们洗出来放到我外婆家，让他们来评判夏侯够不够格做我的女友。李金婷的如意算盘差一点就成功了。当大家与夏侯初次会面后，针对我与她的关系家人们还在外婆家紧急召开了家庭会议。最后，除母亲和舅舅持保留意见外，包括父亲在内的其他人都认为需要再三斟酌。反方观点有二：一是夏侯虽然漂亮，但家在乡镇；二是我俩都才二十岁，年龄尚小，存在变数。

如今，徐越说他很羡慕我，以前他不觉得夏侯会跟我这么久，更想不到这些年来我俩分分合合，她居然还能如此待我。我自忖与夏侯的关系也是如鲠在喉。另外，当年持反对意见的亲人现在逐一认可并信任夏侯。我觉得，这不仅是逢年过节夏侯礼尚往来的高情商决定的，一定还有什么其他的原因。至此，反方绝迹，只有父亲还持三成中立态度。在他得知邹梦颜来医院工作后，这种态度放大到了六成。父亲的如意算盘是邹梦颜的家境和教育背景明显优于夏侯。

3

剧作中，起承转合、首尾呼应是很理想的套路，然而戛然而止才是更高明的结尾。人生也是如此，每个关卡之间没太长的过场，往往一关尚未结束，就直接进入下一关卡了。

回到北京，写作之余，我也不断寻找新的平台和机会。房租只够再交两个月了，我似乎提前感受到了中年危机。

李佳慧告诉我邓菲菲彻底惹恼了她。蕾蕾说，王在乾提出的中介付款方式未被采用，也许是邓菲菲另找了新编剧，只坚持花两万块钱把大纲买断。李佳慧向我吐槽道：“她纯粹拿宏哥和我当叫花子呢！咱还缺这点小钱不成？”我淡定地笑笑，没好意思和她说，眼下我手头还真有点儿紧。

有了《逆天行》这种板上钉钉之事都化为泡影的前车之鉴，邓菲菲这个项目以如此方式流产，亦属正常。遗憾的是，李佳慧近期因多个项目缠身连夜作战，双眼劳损严重，视网膜出现脱落的风险，准备飞到东京做手术。我只能委婉地祝她早日康复，青山常在，以后继续合作。

周五下午四点，从望京一家公司面试出来，我接到夏侯的电话。她说年前那个看中我和李佳慧剧本的老板又不打算做了。我说这很正常。夏侯欲言又止，说晚上吃饭时和我细聊。晚七点半，房山天街的一家火锅店里，夏侯边吃边告诉我其中的隐情。

"怎么说呢……感觉那个投资人醉翁之意不在酒……他暗示我……你懂的，只要我同意，他愿意多加三十万购买这个剧本。"

"要你以身相许呗！其实，这未尝不是一件美事儿！"

"你说什么呢！游信宏，你当我是什么人！"夏侯怒不可遏道。

我像中了邪似的完全管不住自己的嘴巴："这些年，不是很多金主给你抛橄榄枝吗？你就没考虑过？何必在我这棵千疮百孔的歪树上吊死！"

"游信宏！"夏侯大怒，"我要是有那种想法还能和你在这里废话！反倒是你，要不是那年你去找你的老情人邹梦——"

"打住！又扯这个！我啥都没做，问心无愧啊！问题是，谁知道你有没有背着我做些我不知道的事。"我简直是疯了，口不择言起来。

"你——"夏侯把杯里的水倒我一脸，啐道，"不要脸！"

说完，夏侯抄起皮包，大步离开。

我沉吟几秒，冷静地对服务员喊道：“买单！”

夏侯坐在车里，一言不发。我启动车子，寻思着说些什么。这时，王鹏飞微信发来一张邹梦颜的照片，说两人处得不错。照片上，邹梦颜和刘超凡彼此手指比心，笑得很甜。人呐，既不希望情敌比自己强，失了气场；又不希望情敌比自己弱，损了自尊。或许，刘超凡能让我安心，直至死心。

我的爱情如同儿时的棒子烟花，“砰砰”几声昙花般的绚烂过后，只剩下无边的黑暗。但我不能被黑暗吞噬，即便肝脑涂地，也要实现理想。十六年前，从写下第一首打油诗开始，我便与创作结缘，邹梦颜是其中最美好的素材。她的完美只存在于我的臆想世界。只有在那里，她是纯洁、美丽、温柔、善良、洁白无瑕的天使。我越是这样想，越怕有一天她被世俗的生活所污染，变得和那些庸常的女人一样虚荣愚昧，那么，这将比世界末日更让我觉得可怕。所幸，现在看来，是我杞人忧天、庸人自扰了。归根究底，这十六年来所有的错，大部分都是我犯下的，我逃不掉。同理，十一年来，从自行车后座到摩托车后座，再到汽车副驾驶，夏侯一直在我身边。我俩从路边摊一起吃到五星饭店，从动物园一起逛到 SKP。我对这个圆满女友唯一不圆满的是什么，恍然间心知肚明起来。果然灯下黑，我确实是个笨蛋。

我递给夏侯一瓶酸奶，她不接，我便硬塞到她手上，但见她满眼噙泪。

“刚才是我混账，我道歉！系上。”我把安全带拉出来给她系好。

“那剧本……”夏侯嗫嚅道。

“别傻了！没钱就要卖老婆吗？我游信宏还没滥到这份儿上。”

多年来，我心中执着寻求的答案渐渐清晰。或许，打败爱情的不是时间，而是爱情本身。当爱不再纯粹，其中夹杂着恻隐、怜惜、感恩、崇拜、色念、贪欲……这些杂质都可轻易击碎这块纯洁的水晶。

4

一个月后，找到新工作的第二天，我接到于导的电话，他有个项目要在五一时去取景，问我有没有兴趣一起去，他对现在的剧本不满意，希望我能和他一起改。我欣然答应。

看下了时间，刚好一点四十五分，还有十五分钟。一会儿可得把事儿办妥，不然对不住上班刚三天好不容易请下来的假。一周前，我接到民族文艺职业学院的通知，说我的小说《锁返》获得该校文学艺术鉴赏大赛二等奖。虽说是个专科院校内部的小比赛，算不上多大荣誉，但微薄的奖金尚能用来充作房租。有个张姓老师建议我务必备好发言稿，颁奖现场也算是一个分享会，少不了回答学生们提出的一些关于创作方面的问题。

会场不大，坐了三十余人。我也算是有点阅历的老江湖了，这样阵容还能应对一二。三等奖获得者发言结束后，我走上领奖台，从颁奖嘉宾手中接过荣誉证书，在主持人的恭维和学生们的掌声里，均匀呼吸，接受提问。

“游老师，您怎么看待有关校园爱情题材的创作？”一个梳着马尾辫的女生问道。

“年轻人的感情就像玻璃，很纯粹，但易碎。可即便玻璃碎了，碎片依旧纯粹。况且，有些幸运儿的玻璃是水晶做的。所以放心去写，不管故事的结局是喜是悲。”我坦然作答。

“游老师，您在《锁返》里诠释的‘青春’是基于个人色彩多，还是站在普世角度上给出的呢？”一个男生问。

“世事无常，命运这个老司机随便拐个弯都能带出个漂移。打个比方，青春就是你看过无数的攻略，即便有《大话西游》这样‘爱你一万年’的经验护体，依旧难以把握住的东西。你不甘心，将经验传给下一代，可他们往往和你一样懵懂，只有自己经历过了，方能感同身受。如此循环。”

“游老师，能给我们分享一下您最近最有感触的一件小事吗？”一个秀发齐肩的美女问道。

“前两天的一个下午，我开会开得口干舌燥，在地铁巴士买了个抹茶红豆冰棍，刚要吃，正巧撞上路边的几个高中女生。其中一个女生开玩笑说：‘大叔，现在这天吃冷饮对您的胃不好，把它给我吃吧！我们小孩子胃口好。’我笑了，一不留神冰棍还掉到了地上，谁都没吃成。我觉得，成年人的生活就算再难再无趣，还是有很多小美好在等着你去发现，去体会。”语毕，笑声、掌声不断。

主持人是个短发女生，她看了看手表，又问：“时间有限，最后一个问题我代大家问了。游老师，您是如何定义‘爱情’二字的？”

如此高深的问题打消了我自由发挥的豪情。我拿出备好的发言稿，用生硬的语气念道："回答这个问题前，希望大家首先明确一点：爱是单向的，相爱是双向的，暗恋是单向的，互相暗恋是单双向的，要区分开来。这些年来，好多人问过我，爱到底是什么？真正的爱情到底存不存在？所谓爱情，是荷尔蒙的碰撞，还是多巴胺的交合？是生物趋于本能之上所形成的一种麻醉剂吗？"

我顿了顿，台下所有人的眼睛齐刷刷地望着我。我没有宗教信仰，却在这一瞬间有了种朝圣之感。

我继续念道："对此，我总是摇头，似懂非懂。通过不断的酝酿、推翻、再总结，终于写下了这一家之言。不知若干年后，再回看这番话时，我是想补充，抑或推翻——我认为，爱是信念，是勇气，是奇迹，是永恒，是果敢，是责任，是奉献，是信任，是包容，是隐忍，是理解，是不妥协，是不放弃，是不阻碍，是同舟共济，是殊途同归，是星火燎原，是视死如归，是无怨无悔，是执迷不悟，是不离不弃，是相濡以沫，是明知前路坎坷依旧勇往直前，是恋一匹野马不惧头上的草原，是出身市井却有'我养你'的妄言，是海纳百川，是连绵不绝，是无穷无尽，是'本我'的觉醒石，是'超我'的意志丹，是'无我'的忘情水，是'神我'的伊甸园，是前世今生，是来世来生，是无限趋近于完美的、一场永远没有答案的不醒之梦，如同乱矢流星雨一般的岁月流年，是命运的捉弄，宿命的垂青，轮回的绮梦，永恒的馈赠……"

是夜，挂断母亲的慰问电话，我把证书放进文件夹。看着一摞摞废掉的剧本，顿觉李宗盛那句"时间是贼"的歌词另一层面的蕴意。夏侯微信说，她嫂子五一前后要生产，她打算找时间去趟烟台。

我回她，如果于导那边时间充裕，我陪她一起去。

洗把脸，喝了杯奶，刚套上睡衣，手机响了，号码显示电话来自美国。我心头一紧，连忙接起来。

“喂，信宏吗？最近好吗？”听筒里传来陈梦的声音。

“喂！梦梦！我挺好。你在那边还好吧？”

“非常好。我……我要结婚了！”

“是吗！太好了！恭喜你啊！”

“婚礼定在五月三十日，你和仲仁有时间的话，一定要来呀！有你们在，我才不会怯场呀！”

“哈哈，放心！我俩就是砸锅卖铁，也得把飞洛杉矶的机票买到手！”

陈梦把她和老公的结婚照发给我看。新郎是个剑眉大眼的华人男子。有他这双强力的手臂，依偎其中的陈梦必定安心又幸福。我把照片看了又看，霎时百感交集，朝西方夜空望过去，恍惚看到一条游龙在漫天星辰之间穿梭。极光把云端照亮，白昼显现的瞬间，我如释重负，不由自主地笑了。

5

一年后的五月三十一日下午，我和几个编剧姑娘正在开剧本会。因男女主角感情戏里的一句台词，我脑子突然抽筋，想起一个遥远的未解之谜。我索性问姑娘们：“如果夜深了，一对男女约会结束分别前，女问男，‘你还有什么要说的？’这话是什么意思？

几个姑娘笑瘫了，争先恐后地表示：“这男的是二百五吗？人家女孩子的意思八成是等你表白啊！”

慌乱中，我连忙翻出邹梦颜的微信，却发现她在朋友圈贴出一张婚纱照片。尽管人像照得不太清晰，可从轮廓上看，隐约能看出是她和刘超凡。我的心猛然震动了一下，复查再三，确定是邹梦颜无疑。

下班后，我告诉黄仲仁，现在终于明白我并不是从未追到过邹梦颜，她也并非没给过我回音，只是我没有把握住。

当时，邹梦颜问我：“你还有什么要说的？”我是不是应该回答：“我知道，咱们现在都有对象……但你应该也察觉到了，咱俩才是彼此最终的归宿……所以，等你我处理完各自的事情，就光明正大地在一起。你愿意吗？”如果我这样说，邹梦颜想必会答应的。或者另一种解法，什么也不说，抱紧并亲吻她……至此，多年来困扰我的疑惑得以解套。

我终于成熟了，补考多年，到底从爱情大学毕业了。邹梦颜成了我的学费。早知如此昂贵，我死也不毕业。

我把照片发给黄仲仁。这小子立马开了视频，对我百般抚慰，勉励我奋发图强，成就霸业，再把邹梦颜抢回来。

我不禁失笑，然后告诉黄仲仁我的立场。起初，我玩票似的搞创作，是为了引起邹梦颜的注意，进而赢得她的芳心。这么多年过去，我终于明白创作更是实现自我价值的体现。创作不是赚取回报的手段，而是发自内心的一种自我需要。

对此，黄仲仁有点消化不了。

我告诉他，就算我和邹梦颜现在依然彼此牵挂，但我不能搅乱她现在的生活，她也无法取代夏侯这么多年对我的付出。说穿了，我们要对自己当初的选择负责，并努力经营好当下的人生。

“唉，你们两个啊，太好面子！明明一句话的事儿，非要弄成这样。我是俗人，理解不了这样高深的境界。不过，有一点我敢打包票，继续这样下去，你俩迟早都得后悔！”

“这个……只能交给时间去评判了。”

“你老实告诉我，那年你不顾一切去见她，最后却没表白，你后悔吗？”黄仲仁突然认真地问。

“当然后悔啊！我到底还是个凡夫俗子啊！”

“信宏，如果邹梦颜不再年轻了，来找你，你还要她吗？”

“要。如果我孑然一身的话。”我脱口而出。

“信宏，你真可怜。”

我一笑而过。

眼下，医院新院搬迁在即，师范小学、“班车帮”、书院中学、第一高中……一个时代终将结束。三个月后，是徐越的婚礼，新的时代即将拉开帷幕。吃过晚饭，接到父亲电话，说是已经核实，邹梦颜婚期将近。母亲夺过电话，叮嘱我不可胡来。我心下明白，有些东西，不可强求。

“信宏，老百姓都信个缘。缘分就是‘是不是时候’。实话跟你说，当年在你抽屉看到邹梦颜照片时，我和你爸都很喜欢她。不仅你爸，你那些女同学里，我也最喜欢她，包括你刚认识夏侯的那几年。但是，这么多年过去，我们都觉得夏侯人很好，也更适合你。

同样，梦颜现在对象肯定也适合她。”

“我知道。”

“谁没个初恋呀！当年你爸也有一个‘邹梦颜’，可又能怎样呢？”

“你乱说些啥，老太婆！”电话那头传来父亲的声音。

两人吵起来，我无奈一笑，挂断了电话。

好一个“是不是时候”！即便不说这大道理，我也懂得祝福是我此刻唯一该做的。

太过相爱、苛求完美，都是扼杀缘分的凶手。不沟通，再相爱的人也会毁了彼此的缘分。再者，若只因世俗的缘故就放弃相爱，或因怀疑了就不爱了，太累就不爱了……这些都不是真正的爱情。

得不到的才是最好的——这话过于绝对。喜欢却得不到的人或事数不胜数，谁知道哪个才是最好的？最好的，多是比较出来的。

我打开电子邮件，编辑了一番，删了又删。临睡前，还是给邹梦颜发了过去。

梦颜：

是时候坦白一件很世俗的事了。确实，那一年、那一夜，如果我们在一起了，也不会是现在这个结果，很可能我们已经儿女满堂，过着平凡幸福的生活。可话说回来，如果那晚，一切都发生了，你跳出来冷静想一下，是爱过去的“我”多一些，还是现在的“我”多一些呢？

原谅我的幼稚，这么多年，让你默默付出了太多太多。从开始到现在，十七年来，错多在我，作为男人，我必须承担起所有的是与非。

我的余生只有两个念想：实现理想，与爱重逢。

梦颜，我理解并尊重你所有的选择，你也明白我不便多言的苦衷。因为爱情，我们超越了世俗，却最终免不了世俗。希望最后，我们都能坦然地面对世俗。

因为爱情，一个平凡之人有了对抗世界的勇气与力量。这是爱的奇迹、生命的造化。

真善美是永恒的歌颂主题。这是“相爱是永恒的馈赠”的真正含义。

与子共勉之。

梦颜，要幸福。

游信宏

2020.5.31

6

徐越在婚礼上的表现比我预期想得要好很多。“新娘过门”仪式时，在众亲朋街坊的起哄声中，徐越毫不怯场，面对司仪的提问对答如流。虽说事先彩排过，但这从容应对的潇洒让我深深发觉，小时候那个常被小伙伴欺负的“爱哭鬼”终于长大了。

婚礼仪式的最后环节，按徐越事先和我说的，新娘小张把“手捧花”给了夏侯。当司仪高喊夏侯名字的时候，我晃了晃受到惊吓而僵直的夏侯，将她赶上台。干练的夏侯发挥职业素养，迅速调整了姿态，用恰到好处的措辞向徐越和小张致上贺词。

“……希望你们今后能够相亲相爱，互帮互助，面对生活的磨砺，不忘初心，过好每一天。即便有一天，生活步入平淡，也能像我和你们的哥哥那样，平等地相处，虽然平淡，却贵在真实……”

夏侯在徐越婚礼上的精彩发言让母亲再也按捺不住，没过几日，她和父亲按照规矩，来夏侯家与夏侯父母商议我俩的婚礼事宜。一来二去跑了几趟，基本敲定了婚事的程序。鉴于夏侯家当地的风俗，母亲提议接亲时完全按照这边的风俗，可在仪式结束后，两家各办一次婚宴，尽量周全。

当我的父母和夏侯父母为婚事忙得热火朝天之际，我突然发现夏侯的情绪似乎起了微妙的变化。我俩在一起十二年，彼此间任何的风吹草动都瞒不过情绪雷达的探测。这一点，在徐越问我俩婚期时更是得以彰显。前段时间，母亲找算命先生推算过，冬月初二是我和夏侯喜结良缘的吉日。

“这么说，确定是冬月初二了？”徐越问。

“嗯，你大姑他们把婚呈都写好了。”说完，我看向夏侯，见她面无表情，埋头吃下一小碗宽粉。

小张拉着夏侯的胳膊，说：“等你们结了婚，明年咱们去法国玩吧！”

夜里，夏侯拉我到小区花园散步。走到溪水边时，她突然发问道：“你想结婚吗？”

“想啊，怎么？”

“我仔细想了很久，这婚，还是别结了。”

“为什么？”

“其实，我知道，这么多年，你心里仍然放不下她。”

“又来了……想多了吧你！咱俩都多大了，还计较这些‘陈芝麻’做什么？”

“我只是觉得你和我结婚的理由，是因为咱俩在一起十二年，而不是你爱我胜过爱她。”

“若是以前，我大概会这样想。但这么多年过去，咱俩心智都成长了，有什么能比这十二年的风雨同舟、相依为命更重要呢？”

“这是两码事。信宏，你为什么就不敢承认呢？”

“承认什么？”

“当初，咱俩刚认识的时候，你对我的感情……我是知道的。她在你心中的分量，我也知道。我承认，我小心眼儿，忘不了那年你去上海找她……虽然后来咱俩分分合合，又坚持了这么多年，但一想到结婚，我心里总觉得有点不舒服。”

“梓真，你——”

“信宏，这几天我想了很久。我觉得，咱们应该好好冷静一下。我向往的婚姻是基于纯粹的爱情，你说我小肚鸡肠也好，蛮不讲理也好，我就是忘不了你和她的事。你为她写歌、写书……想到这些，我心里就……就好难受！”

“可……可我和她真的没什么啊！”

“信宏，这十二年，你对我的好，我心里记得比你都清楚。还有，叔叔、大姨对我像亲儿媳一样看待，我很感激。我也舍不得他们，还有爷爷、舅舅、姑姑、姨妈、徐越、大孔、康妍、姥姥、姥爷……还有信宏你……我想和你一起孝顺他们。如果可以，我想做叔叔、大姨的干女儿，因为我……我从小……除了爷爷奶奶、爸妈、我哥，没人比他们对我好！”夏侯眼圈发红，泪珠在眼里打转，“你说，他们会答应吗？还是会生我的气呢？”

我百感交集，吐不出一个字，也不知该怎样规劝她。夏侯说的一些问题确然是我们多年来始终在规避、没有解决过的问题。然而，想到与夏侯相识到现在，十二年来的风风雨雨，那一个个温暖闪耀着的快乐画面，何尝不也是一种莫大的幸福呢？而我，虽有幸置身在这幸福之中，却为了坚持自己背负的东西，无法给予夏侯一种平等的回应，这对她不公平。虽然面对夏侯，我自认做到了一个男友乃至丈夫应有的责任，但邹梦颜这个死穴，我避不开，夏侯也难以完全相信我。

我和夏侯这十二年，相互拥有过彼此的一切，除却彼此心中那片“挪威的森林”，抑或“情感的禁区”。换个角度想，我和夏侯早就结婚了，只是没有世俗意义上的那张纸而已。眼下夏侯的意思与其说是分手，更像是离婚。

眼看婚礼将至，我和夏侯却“离了婚”，双方父母乐极生悲，多日缓不过神。我知道，夏侯敢于做出这个决定，绝非一朝一夕之念。我毕竟没忘记，最初的她可是一个直爽的“女汉子”。

午夜梦回，我竟然又回到一年前的那个梦境。在大海的游轮之上，继续着中年的我一家四口的游轮之旅。客房外的甲板上，我把儿子越上扛到肩头，指着星海中的北斗七星。

我说："还记得奶奶给你讲过的牛郎织女的故事吗？"

越上说："记得！可我更喜欢爷爷讲的，孙悟空大闹龙宫借走定海神针的故事。金箍棒抡起来，差点把东海龙王的龙宫摇翻！"

"嘿嘿，爸爸小时候也听爷爷讲过。"我摸着越上头上戴的小金箍说。

"真的吗？爷爷好厉害！"他指着大海深处问道，"爸爸，龙是不是住在海底？"

"对。"

"如果，海水有一天干了，龙该怎么办？"

"那就飞上天。"

"可他本来是喜欢潜在海里啊！"

"水是海，云是海，星是海……天上的海更辽阔。"

越上似懂非懂，摸着脑门儿上的小金箍，静静地望着星河，哼唱道："极光漫步在星海，穿梭着无奈，是哪个宇宙爆炸遗落的尘埃……"

这首《绝迹》写在那个遥远的夏日，在创作了人气颇高的《执念》之后，是越上最喜欢哼的歌。听儿子唱自己写的歌，一种无法道明的感触油然而生，似乎打开了一扇宿命之门。

手机响起，是夏侯。

"喂？"

"你什么时候回京？我得去接越初，下个月她得来我这儿住。"

"我知道，五天后，十八号的飞机。"

忽然，身后飘来一个熟悉的声音："喂，你爷俩儿别感慨啦，该吃饭啦！”

我和越上同步转头，笑了。

“爸爸，晚上我们看哪个奥特曼啊？”

“我想想，该看赛文奥特曼的大结局——史上最大的侵略。”

“哦！真让人期待！越初姐姐愿意和我一起看吗？”

“不如你去问问她？”

2013 年 6 月 14 日 起笔 北京

2017 年 7 月 3 日 一稿 北京

2020 年 4 月 17 日 二稿 北京

2020 年 7 月 2 日 三稿 北京

2020 年 8 月 19 日 四稿 北京

2020 年 9 月 24 日 定稿 北京

后　记

算不出真正的解，不代表不喜欢数学

书启终有尽，笔回续新篇。仍记得，小学一年级作文课写下的第一篇作文，题目叫《有始有终》，其中有一句似是这么写的："我问爸爸，为什么孙悟空的故事有开始，又有结束呢？爸爸说，这叫有始有终。因为有时间存在，每个人的故事有了开始，就一定有结束。我摸着头，有些没弄懂。"

现在看，"始终"是一个时间阶段内的"开始"与"结束"。上一个阶段的结束，将会是下一个阶段的开始。如此反复，逆向诠释了时间。爱因斯坦告诉我们，没有超越光速的能耐，便挣脱不了时空的束缚。人如此，地球如此，太阳如此。何况，未知的宇宙中，时间只不过是个小角色，对于渺小的人类来说，敬畏时间，要比敬畏佛祖实际得多。百年沧桑，不及逝水光海中的一粒黄沙。叛逆的人类自不量力，自诞生以来就妄想与时间为敌，无奈只是笑话。好在，我们的祖先也明白，到头来，能与时间一斗的都是些抽象化的诸如思想、感情之类的东西。于是，哲学与艺术凭借对时间的超越性，立足于人类精神文明的基底。

2020年，新型冠状病毒再次扇了人类一记耳光，就连困扰我多年的人生难题——青春是不是个笑话，也疼得连标准答案都不认识了。生命面前，这点儿矫情连根羽毛都算不上。金庸大师说，人生就是大闹一场，然后悄然离去。也许这不是游信宏最后的故事，但希望是我笔下关于自己最后的故事。写完这场“不醒梦”，我才能重获新生，成为一个纯粹的写作者，去承载更多的社会责任。

《看不见的高山》是关于一个孤行者的爱与成长的故事。它是小说，不是自传，却脱不了自传的干系。早在2013年写下第一稿的开头时，我就有种莫名的冲动。至今，才厘清这种冲动。写得早，是担忧自己后半生的创作都脱不了怀念青春的执念。不如反其道行之，一步到位，杜绝此念。

创作本书的过程中，苦痛与欢乐交错共生，犹如一段跌宕起伏的音线图。我试图潜入记忆海洋的深处细思过往，加工润色，竭尽所能地描绘那个逝去的时代，既为写出的令自己满意的段落欣喜不已，也为多个静夜孤灯下难续一字而黯然神伤。这是自己和自己玩的问答游戏，把那些矫情幼稚的青春岁月压缩成保质期很长的果汁罐头。它们口味各异，色泽有别，可留作日后某个聊发少年狂的时刻，静静回味。在酸甜苦辣咸的味蕾疾风中，肆意享受着青春风暴的同时，我不忘感慨一句：年轻真好！

许是担忧通篇流水账太过俗套，我耐住性子几易其稿。每次落笔之际，都会被游信宏身边人物的命运所牵动。偏执无赖却单纯怯懦的黄仲仁，早熟知性又受困于世俗夹缝的陈梦，吐气如兰、内敛倔强、完美又不完美的邹梦颜，热情如火、飒爽长情却任性的夏侯梓真，傲然聪慧的耗子，一脸横肉的宿敌相扑本田，睿智幽默的唐子晋，毒舌敬业的王耀光老师，油嘴利舌的褚文明，怀揣演员梦的女主播刘雨欣，逼婚豪门、北漂落户的高知女演员夏秋叶，多才多情亦命运多舛的女编剧周天舒，怀揣理想、从偏远山村来京为家庭谋出路的金刚、小李……这一幅人间浮世绘的加持，把这个矫情的故事调得有了一点点趣味，算是意外惊喜。

我的母亲是干部家庭出身，在二十世纪八十年代的县城说不上是大家闺秀，也算小家碧玉。父亲如今勉强算中产，却是土生土长的庄户人，通过学习改变了命运，毕业分配到县城最好的医院。他们的结合在多数人眼中并不匹配，门不当户不对。或许正因此，从出生那一刻起，我注定携带着叛逆的因子。窃以为，关于青春的话题——无论爱情，还是梦想，“纯粹”二字，足以涵盖人类所有童话的主题。作为人生的重要驿站，“青春”不应被单拎出来。那些不愿长大的老顽童们，他们的每一天、每一分、每一秒都被童话塞得满满的，实在没有多余的空隙容纳那些所谓的成熟与世故。比起“成熟”“糊涂”，“纯粹”更为弥足珍贵。

教育不仅关乎着一个家庭、一个国家的未来，更决定着人类的未来。书中，游信宏与邹梦颜的悲欢离合就源于游信宏的教育问题。从孩提时期起，游信宏就是孤独的，这是80后、90后这代独生子女共有的特性。好在黄仲仁、陈梦这些医院“班车帮”的小伙伴给了他一个绚烂的童年。这是幸运的。中学时期，父母为了改善物质生活而忙于工作，难免对游信宏的教育顾及不暇，做不到像小时候那样带他去新华书店买书、晚上讲睡前故事等，从而令正值青春期叛逆期的游信宏更为孤独、敏感。父亲对儿子的成长并不能给予相当的理解和肯定，只是一味地逼他考高分，让他像别人的孩子那样听话，对他所有的爱好与艺术天分嗤之以鼻，冷嘲热讽，并彻底将他压垮。这时，游信宏遇到了邹梦颜，她成为他孤独的、几近干涸的心灵荒漠里唯一的绿洲。

当下的社会很浮躁，不少人认为爱情是个笑话。终其一生，他们大概也遇不到爱情，或是早已错过了爱情，无法感受到爱情带给生命带来的那种永无穷尽的力量。

万幸，邹梦颜的爱情给了游信宏最好的教育，让他知道始终为理想奋斗的人生才具有意义。他们的爱情是生命的造化、奇迹的奉献、永恒的馈赠。爱情，是对一个人最大的侵略，也是最美的侵略。

游信宏与夏侯梓真的爱情最具人间烟火。相依为命、患难与共的十二年，将两人的生命紧密地联系在一起，没有出轨，没有狗血，只有最真实的生活。然而，邹梦颜是一座看不见的高山，耸立在二人之间。

游信宏用文艺创作的理想偿还了邹梦颜，用相依为命的生活偿还了夏侯梓真。代价只是时间。从始至终，一个用了十七年，一个用了十二年。一种人生，两种爱情。他不忍也不想去伤害任何一个，却不自知，因这份优柔对她们造成了更大的伤害。忠义两难全，没有十全十美的选择。那年，不去找邹梦颜，会和夏侯结婚生子；找邹梦颜，和她在一起，也可能结婚生子。然而在A与B之间，游信宏选择了C，展现了他复杂倔强、追求完美的品格，更表现了一种“鱼与熊掌兼得”的贪念。好在从游信宏的选择中，能看到人性中晦暗却不失光辉的一面。游信宏只有敢于承认“邹梦颜赢了过去，夏侯梓真赢了现在”，他自己才能赢得未来。

游信宏，是我，也是你，是每一个跨世纪的孤行者。面对人生路途中那一座座看不见的高山，唯有过之、越之。

真正的作家不为强权服务，不为名利卖身，永远站在客观的角度，冷静观察，克制地抒情、模仿、记录、创作，力求有生之年能写出空前绝后的传世之作。他们受制于时代，又超越时代。他们所承载的，是人类灵魂对于客观事物束缚的对抗。他们是以文字为代码的灵魂编程师，是人类意识进化事业的先知突击手。

不论得到与失去，我始终相信，接受命运而不能顺从命运。就算山有虎，偏向虎山行。

毕竟，算不出真正的解，并不代表不喜欢数学。

2020年7月3日 北京

2020年8月19日 改 北京

2020年9月24日 定 北京